回不去的故乡

HUIBUQUDEGUXIANG

袁学骏 ◎ 著

花山文艺出版社

图书在版编目（CIP）数据

回不去的故乡 / 袁学骏著. —石家庄：花山文艺出版社，2016.12（2023.9 重印）
ISBN 978-7-5511-3094-3

Ⅰ.①回… Ⅱ.①袁… Ⅲ.①散文集－中国－当代 Ⅳ.①I267

中国版本图书馆CIP数据核字（2016）第308755号

书　　名：回不去的故乡
著　　者：袁学骏
责任编辑：卢水淹　杨丽英
责任校对：齐　欣
美术编辑：胡彤亮
出版发行：花山文艺出版社（邮政编码：050061）
（河北省石家庄市友谊北大街330号）
销售热线：0311-88643299/96/17
印　　刷：北京一鑫印务有限公司
经　　销：新华书店
开　　本：700×1000　1/16
印　　张：17
字　　数：220千字
版　　次：2016年12月第1版
2023年9月第2次印刷
书　　号：ISBN 978-7-5511-3094-3
定　　价：58.00元

（版权所有　翻印必究·印装有误　负责调换）

自 序

都说人生经历是宝贵的财富,其实经历的记忆才是真正的财富。经历了体验了又忘却了就毫无意义,或者说是生命的浪费。只有记着忆着才会产生幸福感、痛苦感或沧桑感,才会形成思维的升华、生活的智慧、自励且利人的精神力量。这是我在整理这本散文集时才体会到的。

这本散文集是我对少儿时代朦胧记忆的一次零散的记录。时间大约在我8至18岁之间,相当于1953至1963年。但也不能不涉及古今城乡。我对这段童年时代的记忆太难以忘怀了,也在心中储藏太久了,已经反复酝酿发酵,觉得有些走形变味了,但我极力想保持它的原汁原味,称为口述史也是可以的。

写的是吾乡吾土,极为平常的人与事,包括生我养我的居落和家族父母、童年趣事、村中人物。零零散散,只有个大体脉络。正应了散文这个名称。恋乡情绪、感恩情愫、悲悯情怀、历史反思,是混合在一起的,想想也只好如此。

那是中国农村由个体转向大集体的时代。从新中国成立前后的土地改革,集体化,分田到户和新世纪以来的城市化运动,相关的土地流转,农村已经是四次大变革了。历史地看来真乃刚分即合,刚合又分。我的童蒙时期就在人民公社成立前后,说是为了防止两极分化而要跑步进入共产主义,这实在是太乌托邦了。结果那时的我和乡亲们饱尝了极左的苦果。

谁也难以阻止社会的变迁,但历史的曲折有时是人为造成的。

尽管如此,我的乡亲们却有着坚韧的生存意识,有着随遇而安的乐天情绪，有着苦尽甜来的耐心期盼。我家人多，在贫寒中有温馨，苦涩中有甜蜜，务实中亦生出浪漫。我和我的玩伴们更是不当家不知柴米贵，不谙世事不发大人的愁。农家生活一直如汩汩细流又如浩浩江河不曾停步。而现在的我，又觉得自己生如渺小蝼蚁，亦如一棵脆弱的庄稼。

每一个村人都有无奈和有耐。虽然学者们判断那时已经发生着文化的断裂，但其和谐共存的精神内核却难以被现代性一刀砍断，集体化的生产方式不能使所有传承已久的风俗紧跟着死去。文化传统的支撑力还是相当巨大的，所以人们才苦苦乐乐地走到了今天，而且还要走下去。同一条河里的水在变化，却仍然是同一条河里的水。当今生命意识正备受推崇，但它代替不了文化底蕴，否则我们够不上人类。现代性与传统性之间的博弈从那时或更早从五四运动起至今仍在进行，二者之间是各有胜负，破旧迎新实际上是择旧图新。

童年，正是接受文化熏陶和渗透的时期，这便是成长。

如今已经是散文大泛滥的时代，乡土的回忆早已令人生厌。而我有我卑怯而自珍的经历。我是在眷恋与反刍、挚爱与审视、赞美与否定中书写我生命的春光，记述我的父母长辈与乡亲们的。也自然是向传统致敬又向传统发问，为亲情乡谊点赞又向宗法农村质询，以新社会新事物为美也不回避它们的弊端。

在写真写实中，细微处也有必要的想象，试图进行现实化的想象而达到想象的现实化。

我娓娓地讲故事，追求乡土原味历史与纸上生活神韵大体一致，童年视角与文化视角二者结合，人性揭示与个性表现相熔融。也试将书面语言与俚语乡音适当混用，以躲避当下散文写作语言的同质化。

自序之，表达我的主观意图而已。

2016 年 10 月 26—28 日

目　录

家世百年 ··· 1
　要问我从哪里来 ·· 3
　四门八庙十字凤凰街 ··· 7
　爷爷是个"气管炎" ·· 11
　有天分的大伯 ·· 16
　从来不笑的二伯 ··· 20
　老院老屋 ··· 23
　我家的坟茔 ·· 26

父母恩深 ··· 29
　满手老茧的父亲 ··· 31
　吃剩饭的父亲 ·· 34
　笑容满面的父亲 ··· 37
　不识字的父亲 ·· 40
　好人父亲 ··· 44
　父之爱 ·· 47
　孝婿父亲 ··· 50
　忙年的父亲 ·· 54
　病中的父亲 ·· 57
　我的出生 ··· 61
　赶年集 ·· 64
　为娘买点心 ·· 68

娘也会讲故事……………………………………………72
娘的遗产……………………………………………75
给娘送月饼…………………………………………78
老娘不进城…………………………………………81
跟娘一起过年去……………………………………85
娘的眼泪为儿流……………………………………89

童心野趣……………………………………………93

东小街………………………………………………95
赶庙会………………………………………………99
看大戏………………………………………………103
马家滩………………………………………………107
割草的日子…………………………………………112
野地里的烧烤………………………………………117
吃西瓜………………………………………………120
看推麝香车…………………………………………123
怕挨打就跑姥爷家…………………………………127
看枪毙石啦啦………………………………………130
爆竹声中一岁除……………………………………133
难忘的钟声…………………………………………137
童蒙上高小…………………………………………140
寒苦的"瓜菜代"……………………………………145
三去辛集……………………………………………149
三口铁锅……………………………………………153
三口水井……………………………………………155
三个意外……………………………………………160
学习要像后娘打孩子………………………………165

惊心动魄的滹沱河·················169

村中人物 173

　　老童生考秀才·················175
　　袁俊儒···················178
　　纪丰元···················181
　　张老树当支书·················184
　　吉水爷看相··················188
　　狗头哥···················192
　　连生叔···················195
　　盛德大伯··················200
　　走出宪兵队的人················204
　　保林兄弟··················209
　　潇洒的三奶奶·················213
　　家乡的老寿星·················216
　　傻母狗···················219
　　白马王子··················224
　　狗插的故事··················228
　　长辫子小榆林·················232

家乡风韵 235

　　家乡的风··················237
　　家乡的云··················240
　　家乡的月亮··················242
　　家乡的声音··················244
　　家乡的梨园··················247
　　家乡的酒··················250
　　家乡味儿··················254

爱恨交织的热土…………………………………………… 257

后 记 …………………………………………………… 260

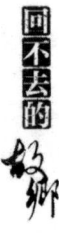

家世百年
JIASHIBAINIAN

要问我从哪里来

水有源,树有根。谁也会有条自己的根,谁也别想当菟丝子。

我的家乡在冀中平原滹沱河南畔的晋州(原晋县)。乡亲们成天念叨:"要问我从哪里来,山西洪洞大槐树。"或者说来自"山西大槐树老鸹窝"。据我大伯说,七七事变以前山西老根的袁家人来这里做买卖,还互相认过亲。后来兵荒马乱就失去了联系,即便偶然谁碰上谁也是形同陌路,一家人难认一家人了。又说我们大石家庄的袁家,老根儿是山西,又从南边八里的大里丰庄迁来的。他们弟兄二人一个叫袁提,另一个叫袁拔,据说还有一个袁拽。其中袁提又北迁到这里。现在说已经是明朝初年的事,距今大约600年了。

到清朝康熙年间,我们的祖宗里出现了袁清吉、袁清泰弟兄二人,起先清吉没有儿子,清泰便把大儿子过继给哥哥,在民间这叫压量,意思是引导,从这儿那老祖奶奶便生起儿子来了,一气生了三个,连上过继的一共四个了。清吉自幼喜欢文墨,已经有监生、国学身份。四个儿子却个个从小爱习武,成天玩枪弄棒。就在康熙年间,大儿子袁彬便中了秀才,又在雍正年间直隶乡试中得了武举。这袁彬力气大、功夫好。在校场上见那马性子太烈,他骑上去就双腿一夹,嘎崩,竟夹断了马的三根肋条,那马就扑腾倒下了。袁彬只好另要了一匹好马来。主考官一看这小伙子力大无穷啊。待他上场演武,果然出众,便高高点中了他。到乾隆时,次子袁梅、三子袁楣同年同榜中举,一时传为佳话,袁家成为左近一带的名门。

小四儿袁棻很不服气,他也天天习武中了秀才,但功夫比三个哥哥差得老多。这年直隶省又开科取士,小四儿便跑了去。一

天,他去一个饭馆里要喝上等好茶,店小二就悄悄地对他说,你敢给上座的王爷敬一壶茶吗?小四儿说我带银子不少,怎么不敢?于是花三十两银子要了一壶大红袍,恭恭敬敬地端给了王爷。那王爷一看小伙子这样礼性,就问你是哪里人,来做什么。小四儿回答说,我是正定府晋州人士,已经有三个哥哥中了举,就我还是个小秀才,今天来是赶考的。王爷又问,你们多大村子就有三个举人?小四儿眉头一皱便夸口说:"我们村四门八庙,十字凤凰街,就叫大石家庄。"王爷一听真是个大村镇,就说明天考场上,你看我的眼色行事。第二天考场上,秀才们一个个骑马射箭进行比武,有的真是武艺高强,小四儿看着心里很发毛。但点到他上场时,王爷让人给他派了马童,牵着马不许它疯跑。小四儿在马上看了王爷一眼,王爷举起三个手指头,他便会意了。待来到箭靶前,他一下子将三支箭插到靶上。王爷便在看台上高声宣布:"好哇!三箭齐发,中了,中了!"考生们一个个大眼瞪小眼,有人骂起街来。这样四举人光荣地回来了,报喜的衙役也来了,州官县官都来了。弟兄四人四个武举,当时全直隶省也是唯一一家。袁清吉体面无限,便大会宾朋。这是我们袁家历史上最光彩的一页了。

  我小时,街门一侧卧着一块青蓝色的石头,上大下小,像是一个倒着的梯形,正中间一个可以伸进双手的圆孔。石头高约二尺,厚约一尺,上头的平面是个长方形。我和弟弟妹妹们经常在这青石上坐着,光溜溜的,凉丝丝的,还经常往石眼里装土玩。后来母亲盼我回家也经常坐在这块石头上翘望。大伯、二伯和父亲都说,这是四举人早晨起来练功的制石,少说也有二百斤,也说过有三百斤。我曾经使劲推它,它一动不动。有时我们几个小伙伴一起推,它仍然岿然不动。于是便知道了这块制石的重量,也想像祖上四个举人一定都是天天举它玩它,才生出了千斤之力。族人们还都说,这四个举人按当时官府规定不缴钱粮,也都不下地干活。他们不是教徒练武,就是端把椅子坐到街里庙上去慢慢喝茶,谁见了都要给他们施礼。街里庙就是十字街口，距北路西有一座土地庙，路南东侧有一座关帝庙，上层是钟楼，下面是关公神像。所以村人都称这路口为街里庙。一条官道从这里南北穿过，经常有官员路过的。县官们来了，就得赶快下轿，否则举人们就发火了。人们说这就叫文官下轿，武官下马，是那时候对举人、进士人才的尊敬。可这会儿却没有这种刚性的礼俗了。

四举人在我们晋州城南一带兴起了一股尚武之风。据说我们村东南五里打绳庄有个武会元叫孙清元，曾经在云贵川做过三任提督，那是汉人绿营兵的一品官，后来因脚疾调回北方，任正定府总兵，死后嘉庆皇帝封他为镇南侯。孙清元小时候慕名而来，向大举人、二举人学过艺。但有状元徒弟没有状元师父，举人们都没有再考上进士，有的年岁一过就没去考，也没有出任过像样的官职。只有小四儿武艺虽差，却受到征召当过运粮官，相当于哪一级的后勤部长吧。也没听说他立过什么战功，算是做了一回平安官。

那时，我们袁家又冒出一个怪人，叫袁四胡子。传说他一降生就长着四寸长的胡须，是个白胖的小老头，把全家人吓了一跳，也不知这孩子生来是凶是吉。问过相面的，人家说古代太上老君在娘肚子里怀了八十年才出生，一落地就是白须白发的，你们这孩子将来一定有本事，有造化。于是爹娘就把他当宝贝一样养大了。他果然不负家望众望，学了一身好武艺，三五个人都打不过他。但他不曾参加考试没有名分，又无心下地，爹娘也管不了。他天天上街闲逛，背着手攥着一根长竿，故意挡着大道，人车走来还都得求他。有一年，一个据说在朝廷里有根茬的吉庆班从村中路过，好事的袁四胡子就拦住不让走，和戏班的武生们打了一架，把他们都打趴下了，这戏班不得不在村里义务演了三天，本村和外村的乡亲们就过了三天戏瘾，从此讨厌他瞎转悠的乡亲们就高看他一眼。袁四胡子名气大了，哪个戏班也不敢再从我们村路过，附近马家滩劫道、砸命伙的贼人们也都悄悄不见了。于是村民们就说袁四胡子是星相下界,天生的能镇住匪类人,将来还要打个新天下的。是啊,乱世出英雄。可到他去世也没有天下大乱,他的本领就一直没有真正施展出来。

  附近周元方村也出现了一个赵飞腿。传说他脚心长着一撮毛,跑起来能日行千里,夜行八百,也说是星象下界来保主子打天下的。他和袁四胡子成了好朋友,三天两头来往,虽然做过路见不平拔刀相助的义举,得到了人们的夸奖,但也惹了很多麻烦。赵父就设法把儿子的一条腿折断了,他再也不能飞行了。袁四胡子一见他就唉声叹气,只不过是惺惺相惜,谁也没法改变自己生存的现状,后来便先后离世而去。他们的故事却一直流传到了今天,成为我们后辈人津津乐道的谈资。从四举人到袁四胡子,我们袁家不能说没有出过人才,但没有大才,却有奇才怪才,有后人无法忘却的口碑。他们都是英雄无用武之地。早就听大伯说,别小看咱农村,这地方乌七八糟,什么鸟儿什么神圣都有,这叫藏龙卧虎,这龙不一定上天也是龙心龙性,这虎不一定吃人也有虎威虎胆。还说,别看县长官大,让他来当村支书不一定能当成。我现在回想起来,大伯这些话也够得上至理名言的。

  从大约六百年前开山祖宗迁来,现在我们村的袁家已经八百多人了。有几十人像我一样走出了村庄,混上了官饭,吃上了皇粮。近些年又有几百人去城里打工,村中的男劳力明显在减少,但他们也像我一样过年都要回来看望亲人、上坟祭祖。因为我们的根就在这里,是从山西洪洞县移栽到这里。我们又像一颗颗种子被风吹走,或者说是被剪下来插到别处去的柳条、石榴条、山药蔓一样分散开来。这或许就是人类繁衍的一种不成文的规律吧。

2016年9月3日

四门八庙十字凤凰街

我们村叫大石家庄,北面东寺乡还有个对应的小石家庄。我们村叫大不大,新中国成立初也不足一千人,现在已经发展到2400多人了。小石家庄就更小,现在也不过千把人。我在石家庄工作,晋州市电视台来搞专访,我就说,我是从大石家庄来到了没有大字的石家庄。观众们一听都笑了,包括我那当时八十高龄的老母亲也觉得听起来很有意思。可我们村自小就没有听说谁姓石。回想儿时曾经跟姥爷姥姥住,姥爷就说这村西口原来有个小村叫秦家寨。有一年天旱得碌碡不翻身,就人吃人。有一个小孩来看姐姐,他姐夫就要杀了他吃肉,姐姐便哭着跪下求饶。那姐夫却咬着牙说,要不我就连你一块杀了煮煮吃。这姐夫还真是残忍地杀了小舅子,饱餐了几顿。后来好多人就向外逃,过路的也尽量绕开不进村。人吃人的秦家寨便渐渐人去房空,传说半夜里还经常有冤死鬼叫。姥爷又说,咱村西那口石井就是秦家寨的老井。这口井我知道,井口不大,由一块巨大的石板凿成,井沿磨得光溜溜的,还有井绳磨出的沟痕,姥爷曾经天天从这儿担水的。在村西枣林里,我曾经发现有废砖烂瓦,那就该是秦家寨的遗址吧。

大伯也说过,咱村原来只有姓范的十户人家,就叫十家庄,后来改成石家庄,所以没有姓石的。我想,口传的历史也很可信,姥爷和大伯不至于编造一段村史吧。当年,袁家高祖从山西迁来又分出一支从大里丰庄来到这里,一定是看这里风水好能活人就定居下来,与范张周赵李等姓的人们和睦相处,渐渐兴起了一条南街,也就是我们的袁家大街了。

小四举人说我们村是十字凤凰街,倒也准确,没有欺骗那个王爷。因为这里至今还是十字大街,分东头、西头、南头、北头,这里人的习

惯叫头不叫街。从村中心十字街四望,真是一个大大的十字。因为北头张家人少街短,就算一个凤头,北口还有一个大水壕,雨天里总有满满的水,据说这是凤凰的饮水地方。我们南头袁家人旺,弟兄三个以上的很多,街道就一直向南也向东向西延伸,是北头的三四倍,被古人看作凤身和凤尾了。而东西大街则是凤凰的双翅左右展开,但都长不过凤尾。记得老辈人说,袁家人旺财不旺,就丰收了人了。又说,从四举人以后,人才出尽了,更不会有大官大臣大财主了。或许就是如此吧,我们几个在外工作的也不过是县处级、副厅级而已,像样的企业家一个也没有。

　　四条大街曾经有四门,围村有一圈土垛的寨墙,用以夜间打更保安。四门就是东西南北四个豁口,却没有建起好看的门楼,也没安放像样的大门,据说只有几扇木头栅栏,只挡好人难以挡贼,那在当时也是安保措施不错的村子了。父亲活着的时候,成天讲夏官的故事,说从栾城来了一个姓夏的县官,他很勤苦地下乡查访治安情况。有一夜他偷偷进了我们村的西门,以为这里没人打更防守,却被突然冒出来的值更人抓住,捆起来就打。他高喊,我是新来的知县。人们看他个子不高、相貌不咋样就根本不信,继续审问不止。天亮后衙役们来找,才知道这真是新任的县官,就一再磕头赔不是,又好酒好饭招待。夏官却夸奖这村的打更值班做得好,不是聋子耳朵充摆设。所以,人们一直在讲说这个忠于职守的夏官。他卸任时还路过我们村,村中人拦住他不让走,他感动地掉了泪,说咱们以后就是朋友了,都是平民百姓了,去栾城有事没事找我喝酒吧。我爹没听说谁曾经去找夏官,但人们把他的故事一代一代地传了下来。夏官如果知道这样传讲他会多么高兴。

　　我们村里,真的曾经有八个大小庙宇。在20世纪50年代我记事时,一个庙也没有了。1947年冬天土地改革,把它们全拆了。世世代代敬神的村民们怎么肯拆庙呢?当时张家的管事人向大家理直气壮地说,咱们盖了这么多庙,初一十五都要烧香磕头,可神仙不保佑咱们,让咱们一辈一辈地受穷。现在咱们翻身解放了,又分土地又分房,还要这些老泥胎干什么？拆吧！于是分田分地真忙的村民们就呼隆隆地拆起庙来，人人都觉得以后不再烧香磕头，真省事了。那些庙宇，我只知道南头东小街里有一座奶奶庙，正对大街路西岗上是一座玉皇阁，村东有座三官庙，西头有座娘娘庙。奶奶庙、娘娘庙供的大概是送子娘娘或叫送子观音或能看眼病、斑疹的女神吧。三官庙是供奉天官地官水官。印象最深、遗址最明显的是十字街街口北面的土地庙和南面的关帝庙，那两块庄基多少年都空着，没人在上面盖房，这是村民们仍然对土地爷、关老爷的尊重和敬畏。我爷爷去世后，烧黄迷钱也叫黄昏纸，就是我们儿孙们排着长队去土地庙遗址上进行的。

关帝庙最神奇。据说日本鬼子占领了我们东面二里的东里庄，又修了炮楼，经常到周围各村进行扫荡。一次，一大帮日伪军来到我们村东口，就望见村中排着长长的一支古装军队，刀枪剑戟在阳光下闪闪发光。他们就没敢进村，转头向南去了另一个小村西里庄。人们就说，关老爷这回显灵了，便纷纷向关老爷敬香化纸。关帝庙上方是个钟楼，那上面的大钟一敲全村都能听到，有紧急事就敲钟集合，包括抗战年代都常用它。但那大钟早不知去向了，有的说被毁庙的砸破卖了烂铁。大伯们还反复地讲打赌喂小鬼的故事。说是一个人叫吹破天，他当众吹牛说，我天不怕地不怕，神仙鬼怪也不怕。有人就提出来和他打赌：今天半夜子时你若敢到关帝庙喂小鬼一碗饭，我就输你一顿酒菜，条件是不许点灯，要让小鬼吃完。要是你喂不成就输我一顿酒菜。那人当众信誓旦旦，说你就等着拿好酒好菜吧。半夜狗不咬鸡不叫的时候，那人从家里端上一碗米粥就去喂小鬼。他摸索到小鬼的位置，用小勺往小鬼嘴边一放，万没料到那小鬼真的一张嘴就把饭吃了。又喂又吃，又喂又吃。他心中暗想，这本来是个泥胎，怎么能张嘴吃饭呀？一定是小鬼显灵了。又一想，常言道神鬼怕恶人，我叫你吃，不喂你了！接着把碗向小鬼打去，转身撒丫子就往回跑。他跌跌撞撞地跑进家，喊着活见鬼了，便蒙头大睡起来。第二天，他的精神还没恢复正常，那个跟他打赌的人来了，脸上带着几

块伤,说对不起,半宿里我把泥胎搬开吃你的饭,故意吓唬你,不过你这碗也把我砸成这样了。得了,酒菜我也不要了,以后你也别再瞎吹牛了。吹牛的一看他,明白已是两败俱伤。现在关公小鬼都没了,但吹牛的还大有人在。

  总起来看,我们村的街道是端正的,民间信仰不少,也有佛家的,但没有佛寺。北面的南寺、东寺、西寺等村庄则是因有寺院叫起来的。

2016年9月4日

爷爷是个"气管炎"

我没有见过我的奶奶,小时只见过爷爷。听说爷爷是娇生惯养的独根苗儿,长大后会做小买卖却不懂治家。奶奶是周元方的富家美女,她精俏伶俐,嚎亮能干。小夫妻婚后过日子,难免要拌嘴。爷爷总是被能说会道的新娘子说成了没嘴的葫芦,奶奶便渐渐成为实际上的一家之主。可见那时我们的家族就是阴盛阳衰型的了。爷爷名义上是一家之主不做主,对家务百事不管,万事不问,油瓶倒了也不扶,挣回钱来往家一放就不再过问。他是搂财的笆子,奶奶就是攒钱攒物的匣子。后来爷爷到家就吃饭,吃了就出门。可他不下地。庄稼事原先有他爹,我的老爷爷,后来他有五个小子伺候着,比他耕种得还强。只是他爱挑小子们的毛病,苗不齐他发火,苗整齐了他也发火。粮食一袋一袋扛回家来入了囤,他没有笑模样,如果被雨淋在地里他就会火气冲天。小子们个个怕他,有时受了委屈就向娘诉苦,娘去就训斥他。他反过来就再训小子们。爷爷是一个管天管地管不了家中一人的大汉们。中国人的家庭兴气管炎(妻管严),爷爷那时候就是一个,谁说封建社会的神权、夫权死死统治着女人呢?

我小时,见爷爷留着稀稀拉拉的山羊胡儿。他很喜欢我,却给我起名叫破盆。我娘不乐意,爷爷就说该叫尿盆。娘更不肯,就说俺他叫庆有,好好个小子该叫个好名。爷爷便说小子家起个脏名成人。娘便说你愿叫你叫去,俺不叫。爷爷照样喊我破盆,我不愿意答应,他就不高兴,把拐棍往地上咚咚戳几下,有时我怕了就赶紧答应。我大概八岁时,爷爷肚子上长了一个人疮,天天流脓流血,谁也治不了,终于全身感染去世了。他是我们袁家的大辈子,记得为他送殡的仪式浩浩荡荡,满街筒子都是

穿白戴孝、拿着哭丧棒或繁花雪柳的人们。停灵的第二天傍晚去街里庙烧黄迷钱时，我拿了一根高粱秸缠着白纸条的雪柳，父亲却让我到前头去架着母亲，怕她哭过去了。因为爷爷住老宅，父辈分家时分给了我家，母亲对爷爷伺候行孝就最多了，乡亲们早就对娘有好口碑。在停灵吊纸的日子里，我对爷爷很留恋，觉得他什么都懂，什么都愿意让我知道。他有了好吃头就留给我。可是爷爷已经躺在灵床上了，再也睁不开眼睛了，再也给不了我好吃的了。

之后，人们总要讲起爷爷来。大伯说，你爷爷他爷爷已经单传了三代，到俺们这辈就一下子弟兄五个了。我问，你们不是弟兄三个吗？大伯说，还有两个兄弟死得早。一个是年轻的时候和别人打架，人家打不过他就掏出刀子来捅他，他就流血不止，死了。我问谁这么狠。大伯说就是某某家的兄弟，某某人的大伯。父亲也说，他杀了我哥哥，咱们一辈子不能和他们来往，你也不要跟他们孩子一起玩。事实上，我们和对方都在东小街，又都是东门的子孙，抬头低头都常见，无法不说句话的。但每次大伯二伯或我爹遇见了都吆喝我。我便对那家的孩子说，咱两家有仇不能通商，后来下地拾柴割草就与他们做伴很少。父亲去世前几天气息奄奄中，还对着我的耳朵说，咱与谁谁家有血仇，我死后不许他们来吊孝，要不我到那边没法见我的哥哥。我点了点头，还告诉了哥嫂和姐姐们。但办丧事时，人家不但很早来了，而且主动地帮助操持了很多事情。隐隐意识到，那家儿孙们是背负着上辈的血债来赎罪的，但与我们这辈无冤无仇。哥哥也说，不为死的，要为活的。是啊，过去的就过去吧，何况那人杀死大伯后天天做噩梦，一合眼就看见我大伯浑身是血地扑过来讨命，没多久也被吓死了。不知他们在阴间是否还要打斗一场。

另一个大伯叫白白。父亲说，白白哥哥和你大伯一样聪明，就是好抬杠较真。你奶奶不喜欢他，就撵他走。他临走发了誓，我不混出个人样不回来，你们等着看！三年后的大年三十，白白从北京带着大包小包回来了。他一进街门就高声喊："爹，娘！我回来了，我回来了！"当时奶奶正从锅里往外拾年糕,撩开门帘一看是讨厌的白白,不由得一阵火气涌上心头,抓起一个烫手的年糕就朝白白打去。白白乘兴而来,根本没想到自己的母亲竟然如此厉害。他把年糕从脸上抓下来,肿在北房台阶下,不知是该进屋还是不进。奶奶又决绝地说:"我没有你这不听话、出本事的小子!滚……"接着就落下了门帘。白白性子也刚强,见母亲这样绝情,就对着门帘磕了一个头说:"爹,娘,哥哥兄弟们,我走了,再也不回来了……"他就转身出门去了。可惜当时爷爷和弟兄们都没在家,没人拦驾说情,那尴尬场面没人解,也没派人去追赶,就造成了他们母子永远两分离,成了爷爷的终身之憾,其实也是奶奶的终身之悔。

　　几年后又是年关,有人捎信来说,本来袁白白已经在我们鞋铺升成了二掌柜,老掌柜还想把女儿嫁给他。可他回家探了一次亲就洋洋乎乎,有时候还记错账,老掌柜就很不高兴,婚事也不提了。后来白白病倒了,哭着死了。他临死时攥着我的手,让我把这些衣裳和东西捎回来,说这辈子行不了孝了,代问爹娘个好吧……爷爷一听就泪流满面,大喊:"我的儿啦……"奶奶也扭过头去,满脸是泪。一时间全村都议论白白之死,当家子们劝说或批评奶奶,你没有慈母心肠,太要强太不近人情,白养大个小子就这样没了,你自己心里不后悔吗?但奶奶总是说,他是个短命鬼,该着的,我养他是我上辈欠他,还够了,不后悔。现在用一句不恭敬的话说,当时奶奶是摔死的鸭子还嘴硬。儿女们都不敢劝她,爷爷不搭理她,一家子又过了一个沉默的年。

　　一天,爷爷看着白白的包儿,心想打开看看吧,把孩子的衣裳埋了吧。他解开包抖搂一件长袍,没想到当啷啷掉下了三块银元。他一面捡银元,一面大哭:"我的儿啦,你也是个孝子啊……"爷爷直起腰来,也不和奶奶商量,便发布命令:"小子们,给白白择个日子……出殡吧!"我们这里的白发人不送黑发人,就由大伯张罗着买棺材出殡,草草地为白白大伯埋了个衣冠冢。几年后奶奶也病故了,才不到60岁。人们说她不沾气性大的光。

爷爷开过油坊卖过香油。他常去马家庄卖油。这天他碰上过一个爱占便宜的女人，总要再添上点儿，添了还要再添。爷爷就上了拧劲，端起她的罐子呼啦啦倒进油桶里，说不卖了，还拿油布把罐子擦了个一干二净，连罐底的油泥也擦下来了。那女人不干，就说，我罐子里起码有半两油。爷爷就说，你那里头是空的！便气哼哼地推起油车走了。那女人在背后大骂，爷爷也一边走一边说："你骂自己哩！你们村的娘们难伺候，我再也不来了。"由于这村里有亲戚，后来爷爷该去还去，还推着香油车子，敲他的铜牌子，但那女人再也没露过面，别人也没再贪便宜要过添头。亲戚说，你是在俺村打出来的硬光棍。爷爷一听就笑了。爷爷关了油坊就扛起了糖篮子，那是一个很大的白柳条篮，上面有一左一右两个盖儿，一打开里面有两个夹层，一边是糖果，一边是花生，或者还有哄孩子的小东西。我见他敲着一个圆圆的小镲锣，吆喝着："长果儿，炉香，五百四两！"长果儿就是带皮的花生，炉香就是剥了麻皮的花生豆。那时的五百就相当于后来的五毛，秤是老辈子的十六两秤。爷爷的小秤很精致，他秤花生豆的样子也很利索，人们都说他的秤准不撒小两儿。但他从来不在街上给我抓一把吃，到家里才可以，还要瞒着哥哥弟弟们。

爷爷没有学过戏，却爱唱戏，每逢外村的戏班来唱，他天天早早去看，还要上台演个角色。有时缠得班主没了法儿或正好缺人手，就让他演个跑龙套的兵。他下了台也不洗脸，满街游走显示自己会唱戏。终于有一回，梆子腔戏班要演《王花买爹》，缺一个主角，就让他穿龙袍戴龙冠扮演宋朝的八千岁。他很高兴，替他化的妆也很漂亮，上台来唱得也很卖劲，人们就说戏班出了个好须生，还为他鼓掌叫好，下了台才知道原来是他，人们说你个卖油的还有这两下子。他说我早把戏词背过多少遍了，一句都没落下。这天散了戏，他也没洗脸，嘴里"哐切哐切"着回了家。奶奶被他吓了一跳，回过神来就骂了他个狗血喷头，下令从今不准再上台出招儿。如果说现在我还有几个艺术细胞，从遗传学上说可能与爷爷有些关系吧。

爷爷活了八十出头，到现在应当140多岁了。如果那时医疗条件好，他再活十年绝没问题。人死不能复生。他一生经历了五六次白发人送黑发人的痛苦，但他心量很宽，善于自我排遣。这或许对我们的人生处世有所借鉴的。

2016年9月4日

有天分的大伯

我大伯叫袁汝霖，号老语，这号是村里最后一次为中老年人采号时给起的。二伯叫袁汝贞，号老本。父亲叫袁汝起，号老发。已故的两个大伯就用不着采号了。他们老弟兄三个，大伯个子最高。他长脸膛，宽额头，双目秀气有神，年轻时是南头的好小伙儿。

大伯小时虽然家中不算穷，但没有上私塾、学堂，只是每年冬天场光地净后，去周元方村舅舅家，由舅舅教他读书识字。舅舅教他念《四书》《五经》，教他写毛笔字，他一听就懂，一写字就像样儿，舅舅感到这外甥天分很高，就教得更加不遗余力。四五个冬天过去，大伯就成了当时我们南街读书最多学问最深的人了。当时已经是民国了，各村在建立学堂，大伯不去。有的小学生问大伯这个字念什么，那个字当什么讲，他都讲得比老师还清楚。

记得我十三四岁上高小的时候，一天中午我正在西房凉里吃一碗葫芦面条，边吃边看一本小人儿书。大伯披着褂子来了，见我看书就很高兴，说你好好念书吧，我还有一本老书，说着从腋下拿出一本线装的《书经》，不知何时被老鼠咬了个半圆的小豁口。我接过来翻开一看，是过去木版印刷的，大字套着小字，一会儿脑袋就蒙了。大伯说，这是舅舅给我讲的最难懂的一部书，我现在眼也花了，《五方元音》字典也看不了了，只有给了你才有用，要不就被你嫂子给孩子擦屁股了。于是，我就当宝贝一样把它放到我做作业的方桌抽屉里，后来我把它带到了石家庄。试想当年，大伯作为一个农民的儿子，家中没有读书的氛围，即使有舅舅教着，怎么能理解夏商周三代的事情呢？真是难为了他。他能保存这部书，就是珍惜文化，注重学问。他自己没读熟却不肯放弃，像把一个大谜留给了我。在大伯生前，这部书我也没有读懂。我曾经问他，为什么不给你家狗头哥。他说俺狗头子不是念大书的料，又说你亲哥学文只上了四年小学就去当兵，也没法去读这老书了。为此我感到任重道远，后来新出版的注释本多了，才读懂了，但我还一直珍藏着这部清朝年间的线装书，把它看成了我们的传家宝。老鼠咬了，却没伤着一个字，还算是完整的，或说有一种古老的残缺之美。

记忆很深的是大伯藏着一幅书法，他曾经两次取出来展开让我看，见中间是一个巨大的"鹅"字，那字好潇洒，上下两侧则是拳头大的小字。大伯用手指着给我念道："右军书法妙如何，龙跳天门虎卧坡。兴来得意无真草，唯爱山中道士鹅。"又说出了作者的姓名，可惜没有记住。后来才知道，这是南朝梁武帝萧衍赞美王羲之书法的诗。大伯去世后，曾经给狗头哥说过这幅字，他说搞"四清"时交出去烧了。我一听可惜得不得了。

大伯命途多舛，中年丧妻，乃遇了人生三大不幸之一。头一个媳妇本来壮壮的，七八年后得了治不了的病就死了，他一人带着儿子过。后来经人介绍又娶了一个，长得很好看，当时说是我们袁家院的俊俏媳妇。没想到她抽大烟，娶进门来才发现也晚了。大伯就把积蓄拿出来供她抽，花完了就折卖东西。有一天，大伯去当铺当了一件衣服回来，说再当就没有过冬穿的了。这个后娶的大嬷和大伯的感情很好，十分爱惜这个新家，发誓要痛改前非，和大伯白头偕老。于是就从这天起开始戒烟。那可是痛苦异常的事情。她烟瘾上来难受得呼爹叫娘，邻居们听着就像鬼哭狼嚎，天一黑连门都不敢出了。烟瘾下不去，她就在炕上打滚，一会儿滚到了地下，大伯就把她揪上炕去，她又用脑袋把墙碰得咚咚响。大伯一见吓坏了就蹿上去抱住她，护住她的头，怕她碰伤甚至碰死。但她已经碰了满脑袋疙瘩，也把大伯的手背碰出了血印儿。每次她烟瘾一来，大伯就提心吊胆，过后两口子又抱头痛哭。她终于走过了戒大烟这一关。据说那时我们村就有两个抽大烟的。一个是我的大嬷，一个是村里的保

家世百年

长。

戒大烟后的轻松时代来了,大伯过日子的心劲高涨起来。谁知道才三四年,好景很短,大嬷又开始生病。本村外村的医生都不会看,按现在说可能就是出现了戒大烟的后遗症。她又死了。临咽气前对大伯说,对不起呀,把你折腾穷了,也没给你留下一男半女,进你家的坟茔有愧哟……你再娶个良家女吧。大伯抱着她泣不成声,一直到她断了气。大伯把大嬷平放在土炕上,盖上她的脸,说这是俺夫妻缘分已满,就赶快让人去买送老衣和棺材。第二天,乡亲们套上一辆大车,把大嬷的棺材抬上去,让年幼的狗头哥打着缨缨白幡,由东门一群小辈们护送着埋入了坟茔。因为当时有我爷爷健在,那大嬷属于小口,不能放三天五天出大殡,只能头天死了第二天就埋。

大伯非常眷恋这个后到的女人,因为她在城里跟着富人见过世面,言谈举止都比村妇们高雅。大伯没了她便沉默了很久,好在身边有儿子就有指望。他没事了就看闲书。夏夜去东小街口纳凉,就给人们讲《济公传》《绿牡丹》,很受乡亲们欢迎。后来,不知为什么他不讲了,说是嗓子不好。人们便故意讲错,把济公三战华云龙说成华云龙三打济公。大伯一听就火了,大家就说那么你讲吧。他就又有条有理地讲起来。一个堂哥偷偷给我说,你大伯就吃激将法,你不激他他不讲。这是大伯爱卖关子,又不容许篡改他的故事吧。我见过大伯的这两本书,其中一本《绿牡丹》我还读过,说的是马戏艺人骆洪勋带着女儿绿牡丹走江湖的故事。后来还从大伯那里发现了一部《儿女英雄传》,似是唐朝一个女将上战场又谈恋爱又打敌人的过程。看完我去还书。大伯就说,这是解闷的闲书,你要好好念你的书,念我给你的《书经》,那才是正经学问。

大伯的心灵手巧,全村全乡有名。他用柳条编的笊篱、筐篮拿到集上去卖,会被一抢而光。因为不但做得结实,而且样子十分好看。曾经有外村人专门到我们西南马家滩杏林里找他,要拜他为师。当时是春夏之交,大伯在那里看杏树,搭着一个窝棚,没事就在附近转着削柳条,有时去了皮，白白的条子编出东西来更好看。还有人跑去订货，说十天要十个筐，大伯说，附近的柳条都让我削光了，又不能远走，你抱柳条来我编吧。而我家和二大伯的孩子们都用筐割草，就都找大伯编筐。记得父亲曾经让我去杏林里找大伯快点编个筐。我去了一说，大伯嗨了一声，就让我在这儿守着，他拿上把镰刀走了。大约过了一个时辰，我肚子饿了想吃个杏又没有发黄的，见大伯从西边抱着一捆柳条和一根柳杆回来了。他说这杆子要窝成筐系儿，必须点火沤软了才能让它打弯儿。我第二天下午再去，就见一个长方的新草筐放在窝棚口。大伯特别嘱咐要省着用，不要把筐当坐物。我答应着背上筐跑了。弟弟的草筐坏了也去找他，他也嗨一声，但都把筐编出来了。

知道大伯的字好，是那年我家修影壁墙，他主动来帮忙时。他首先把几块砖又磨又削，将影壁中间的小神龛做得跟小庙似的，还有他亲手写的"葭月"二字放在左右，那才是我第一次欣赏他的手迹。四邻八舍谁来了也说这影壁好，这宅神小庙好，这字更好，不识字的也随声附和地说好。父亲觉得很光彩，大伯却说要不是老了手发抖，写得比这棒多了。看得出来，他在暗暗得意着。

农村也的确是藏龙卧虎的。大伯这一辈子，像一只猛虎未有施展出啸震山林的本领。他曾被地下党拉上当过村武委会副主任，但干得时间不长，因为他不是党员，人家也没要求他入党。在那抗战中没有报酬，只是半夜里给他把半袋小米放到了门口。他猜着是地下党头儿张大明送的，人家却不承认。大伯错过了这个机会，他缺少一种胆识。后来他的儿子狗头哥入党时，他很同意。如果大伯能够正常上学读书入了党，会有另一种命运会等着他的。

2016年9月4日

从来不笑的二伯

二伯小时上过几天学。分家时他分了西院，与我家是斜对门。他家有个檀木算盘，算珠和木框极为光亮，活像深红色的宝石做成的，一拨拉算珠嘎嘎脆响。我上三年级时学珠算，就去借了这个算盘用，同学们都十分羡慕。可是我的算盘学得不好，加减乘法都过关，除法却一直稀里糊涂。后来二伯问那算盘哩，我要用用就拿走了，我也没有再去借。至今想起那个算盘来都感到是一种民间文物。曾经问过二伯的庆造兄弟，他说早散架了，我又很是惋惜。

二伯年轻时很活跃，曾经学过说道情，学过引狮子。我见过他最后一次正月里在大街上耍着一个五彩绣球，引着狮子奔跑起舞。他的跟斗打得很高，引起了人们的喝彩。玩狮子的小伙子们也就很卖力，一场下来个个浑身大汗。后来，我们袁家另一个孙子辈的年轻人学二伯的角色，他就打不了正戳子、倒戳子，只会打个纺车轮。我也曾经想学打跟斗，学头朝下靠墙，但有一次差点没闪了腰，娘就不让我学了。如果说想起二伯的音容笑貌，我首先想起来的就是他玩着绣球打跟斗的潇洒，其次才是他那张清瘦的从来不笑的脸。

爹娘都向我说过，二伯和二大媒有个小子叫狗毛，说是叫狗身上的东西成人。大伯的儿子叫狗头，他叫狗毛也顺理成章。这个大媒会生儿子也会治家，但她得了急病死了。二伯便对狗毛爱如掌上明珠，要星星不给月亮，走到哪儿带到哪儿，有一口饭也要尽着儿子吃。人们说，他对狗毛是捧在手上怕掉了，噙在嘴里怕化了，那是他的命根子。可狗毛也是个来要账的主儿，他十几上也得了个急病死了。二伯好好地哭了一场，哭他一个好好的家没了，又打光棍了，命好苦哇！不久经人做媒，他又娶了我们西头范家的闺女,这才是我见过的又一个二大嬷。这大嬷比二伯小,年轻力壮,干活不惜力气,但在事理上远没有头一个大嬷清楚,有时应酬不了门户。二婚的夫妻怕与前头的比较,觉得比前头的好自然高兴,比前头的差就不快乐。二伯为此经常无奈地唉声叹气。后来生了小子,二伯才又有了新的希望。不过,二大嬷实在不会过日子。麦子下来她就赶紧磨面,上顿馒头下顿包子。谷子碾好了,她就上顿干饭下顿稠饭。好像什么也要吃个够才好。她一连生了一男三女,这些孩子们个个能吃,开始时二伯觉得能吃就会长得壮,后来一见粮食下去这么快,就有些扛不住了。他反复开导大嬷,要她像老院我娘那样做饭盘算着粗细搭配、粮菜搭配。这不光大嬷做不来,孩子们也不乐意,嫌这饭食饿得太快。

记得村里组织了农业社,又成立了人民公社,我们这个家族就都成了社员。二伯家分的粮食年年不够吃。父亲就说从俺家挖几升去吧,二伯就拿上簸箕或布袋来弄米面。有一年夏天,我坐在街门洞的锤布石上吃面条,这时二伯拿着条布袋来了,我叫了声大伯他只哼了一声。一会儿,见他背着沉甸甸的半布袋粮食走出来。我就下意识地说,你又从俺家弄粮食了。二大伯扭头扔下一句:"什么你家,我兄弟家的,不懂事的孩子!"我去外村上高小后,二伯再弄没弄过粮食就见不到了。二伯也知情,私下里给人们说,老院里兄弟接济了俺们。

说来二伯是身边缺一个好女人,他自己也没耐心教育儿女,没有形成一个好家风。他那火爆的脾气越来越大,动不动就骂大嬷骂孩子,还大打出手,让邻居们都看不惯,但谁也管不了他家的事。大嬷不会做饭,二伯却会厨艺,一条南街红白喜事都请他去。二伯也从来不拿架子,总是痛快地答应。过事中每顿吃什么,怎么做,他都能计划得周周到到,还能为主家节约酒肉蛋菜,所以他脸上没有笑容人缘还好。人们对我说,你二伯只有出来做几天饭才吃几顿像样的,怎么不教教你二大嬷?我说,那不是教的,他俩也好像天生不对眼,二伯所有的火都在家里发,一发

火二大嬷就准备挨骂挨揍,还能学会掌勺做饭吗?实际上,二伯帮忙掌勺时从来不多吃一口,饭不够了就不吃,还自责着给人家道歉。有的人帮厨做饭偷偷往家带馍馍,二伯发现了就大骂他们是三只手。有时他的孩子们趋乎过去了,别人就拿起点吃的给他们,二伯见了也骂他们贱,后来就不敢再趋乎了。大嬷对二伯出去做饭很高兴,说省了家里好几天饭。她也有些不高兴,嫌他不肯往家带东西。二伯就是不肯,守住了他的人格底线。

直到今天,二伯作古四十余年了,还有人记起他说道情、引狮子和当厨子。个别的也说他,把一家子骂傻了、打匽了,所以孩子们念书一个赛一个不争气。对儿子挑了皮护短也不太应该。三个女孩念书不行,生出的孩子却有的当了研究生,没把这里的家风家教带去影响了婆家。二伯生前不如意是他性格的悲剧,也是他观念的误区造成家门不兴。他总说,在外做饭,在家吃饭。如果他亲自在家做饭,也计划得周周到到,不信二大嬷学不会,哪还有这样的家风家境呢?那好算盘还会被毁坏了吗?

2016 年 9 月 4 日

老 院 老 屋

我家的院子原先不是方方正正的。由于南墙是一道斜着的老寨墙,这宅院东南角便有一个尖儿。后来两个大伯一个犯了血光之灾,一个做了外丧鬼,两个大嫫也年纪轻轻地病死,闹得全家人心惶惶。爷爷就找人看了看,说你家是破头庄户,一个刀尖儿,必然多有死伤。人家建议把院落取正,这样就盖了这个门楼。一个院就变成了两个院,一家人住在里院,猪圈和柴草垛等就在外院。据说这样就再没有出现偶然性的死亡。

这院的老北屋,父亲说是他爷爷年轻时盖的。1963年发大水时,父亲看后山墙向后有点弓,就背几根木头去把它顶住。它一百多年风风雨雨地站在那里,无声地呵护着我们一代又一代人。70年代我们弟兄三个分家前,父亲就说把这老北屋拆了吧,可能余出些墙基砖来,用到新院里去。一边拆,他一边说,这房子已经120年了,说不定哪个墙缝里留着宝贝哩。可拆来拆去什么宝物也没有,房基也只到平地儿,根本没有深砌。这就奇怪了,这么大一座房子,这么长的年头儿,怎么就能平地起古堆?大伯就说,咱这儿地势高,什么水也淹不了,地基垫的又是黑土,铜帮铁底,胜过深砌砖基。这样父亲的打算就落了空,还是出钱去村西窑上多买了些砖,才盖成了我住的南院。老房子的砖瓦木料还原样组合起来,分给了我的哥哥。

这让我魂牵梦绕的老院老屋,现在已经落后了。村中错错落落地出现了单元房式的新建筑,还有二三层的小楼,显得我家老气横秋,没精打采。

然而这是一座悲喜堂。我的老老爷爷、老爷爷去世时是怎样的场面,

我不得而知。但爷爷的辞世是村中最隆重的。一个是因为他是袁家的大辈，我们孙子辈就有六七十人，送葬的队伍就一溜长蛇阵，辚辚徐徐地走出西门，再向南向东走向爷爷的归宿地。这里的风俗是死人要出西门，娶亲可进西门，却不准出西门。村里会糊童男童女的人们忙了一个通宵，说你们家的胡须太长了，意思是人太多了。父亲、母亲去世时，都是在这个院里办的丧事，平时的欢笑变成了哭声。特别是东院的如言嫂子和二姐，平时就能说会道，父亲去世时她们数落着一套一套的，很有些民俗学意义。多少生活的拮据和尴尬与无奈，自然也在这里多次发生。但大伯一再说，这院可是一个福地，从老爷爷开始，咱家人都在这儿出生，已经四五辈了。现在我回想，这个院就是我们家族人口繁衍的好地方，细算算先后有23人在这里出生，已经五代。现在哥哥嫂嫂住着，房子旧了些，人气还一直旺盛。这里还是喜事多的。一个一个地呱呱坠地，日本鬼子投降的庆祝，分田分地后的喜悦，姐姐们出嫁的吹打声，哥哥当兵立功的喜悦，嫂嫂娶进家门的喜庆，我每接到一个入学通知的快乐，大侄子晋升团职的祝贺等等，都是这里的主旋律。

  这是一座功勋堂。老屋不仅呵护着我们一家人，在抗战期间曾经有多少八路军、游击队在这里隐藏、开会。虽然他们都是穷棒子，却也喜欢住大砖房。何况好客的母亲一见自己的部队来了，就先烧水后做饭，尽量让他们吃饱吃好。白天他们开会时，母亲就带着孩子在街门外纺线放哨，以免自己人被一锅端了。好在我们村汉奸少，我家的位置又是东小街路南胡同的尽头，相对比较安全。在下大雨发大水的年头，大伯二伯和后邻漏房塌墙，都往我家跑哇，娘就多做大锅饭供大家吃。

  这是一座平安堂。人们都说平安是福，实际上平安就是最大的福。钱再多，官再大，成天担惊受怕，或撞车受伤，那就是祸。世上的人，暴发者最容易大起大落，我家一切都平不塌塌却也平平安安，心中的幸福感并不比别人少。正如我家的街门上方那块匾额，上面写着"安居"二字。那字的笔画，刚柔相济，结构也严谨，怎么看怎么舒服。父亲告诉我，这是我爷爷盖了这个街门后，找人写了做成大匾安上去的。原来是蓝底金字，后来渐渐地没了底色，也没了闪光的东西，只留下了清晰的"安居"二字。这在我们大南头还是头一份，一般人是不在大门上方安匾的。这匾额很给我家增加了几分文雅之气。我上小学三年级开始中午写大楷时，还曾想按照这个样子去写的。

我家的老院老屋，我们的根基，我们生命的出发点，愿你永存。

2016 年 9 月 5 日

我家的坟茔

我们袁家的祖坟在村东南方向,也是南边西里庄村的东南侧。虽然离村远,古时候却是我们村袁家开山祖要下的地产。那里有一个四五亩地大的沙丘,周围村都称它袁家疙瘩。我和伙伴们曾经特意去袁家疙瘩看了一趟,见那里立着一通大碑,碑上的字是什么却没有看。疙瘩上还有一些树木和大大小小的坟头。当时连生家、茂起家的坟茔还一直在那里。我的老老爷爷时嫌上坟路远,就把坟从那里迁到我们村西南马家滩的东缘。这里是大片比较平整的沙田,北面偏高,南面稍低,当时观风鉴抓坟地的先生以为这里地气好。大伯多次说,咱西南的老坟地本来要出大官的,后来老死年轻的,便把阳宅取正,又把坟茔拔到了东南。因为先生说你们这里的气脉没有了,官已经出过了。当时一家人谁都不信。先生就说没出过就是出假了。一说这个都想起来,爷爷喜欢听书看戏,还上台演过一回八千岁。他过了一次戏瘾,就把子孙后代的福气出没了。爷爷暗中后悔就坚决主张拔坟。

大伯的一个干兄弟是野鸡庄的风水先生,传说他的两眼能入地三尺,很有些功夫。大伯就去把他请了来。一天夜里,爷爷和两个大伯陪着先生酒足饭饱之后,就说快到半夜子时了,咱们去地里转转吧。他们就先去西南地里,看了老坟说气脉已绝,又去村东和东南两块地里,最后在东南的麦田里找到了好穴位。

大伯讲起这件事来总是眉飞色舞,说咱们的新坟地是领孙葬,从北往南向阳,越往西埋越发达,将来要出五霸诸侯的。然后又唉了一声说,干兄弟把一家子人招来都看了看,说你这辈都没福气,下一辈福气比你们大,到你们第三辈就过得强了。他讲述新坟地勘探的过程,干兄弟先在地里画了一个圈，让大伯、二伯往下挖。挖到三尺许，先生说好了，把坑底敛平我看看。然后他就跳到坑里去观察，又抬头告诉大伯说，这儿将来就是你爹的穴位，不能深埋只能三尺以内，否则就把风水破了。接着又让他们挖另一个坑。挖完先生指着坑底说，哥呀，你看那个黄土眼儿就是你的穴位。大伯借着风雨灯光看了看，确实有一点儿黄土露了出来，感到很奇怪。这片庄稼地都是白沙土，怎么会有一撮黄？接着先生又让把坑都填平，插上棍子做标志。并且嘱咐好穴位也不能埋正，我把这棍往东偏了一尺。拔个坟，死个人，你们可要小心点。后来大伯告诉我说，这坟地从东往西越埋越旺，你家后代会越来越多，我的下头会辈辈单传，也绝不了根。他最后很大方地说，俺们弟兄谁好我也高兴呀，表示自己很无私。我听了很感激大伯能为整个家族的兴旺着想。

我家固然比原来人多，日子比过去好，但还够不上发达。大伯家现在还真是已经单传三代，二伯家则单传了两代，看来这风水先生说得不准。人不可能只凭风水生存。但民间重视阴宅超过重视阳宅。那么，我奶奶近60岁去世，是不是与拔坟有关呢？不得而知。世界上很多事情还都是说不清道不明，所以大家还都按照祖辈的传统去做。

记得1958年开始"大跃进"，讲高举三面红旗。这年冬天石家庄地区推行平坟运动，说死人不能跟活人争地，就在两三天内把各村的坟全部弄平了。第二年秋后公社有了拖拉机，耕地时走到我爷爷的坟上，那老柏木棺材太硬太耐沤，竟然叭的一声把犁铧子掰了。为了换犁铧，那拖拉机在地里卧了三天。

既然东南耕地里的坟都平完了，1970年大伯去世时就又埋回西南杏林老坟中。他生前在这片沙地栽下了一排一排的杏树，在坟周围栽了些大蜜桃。还有杨树、榆树，只是没有松柏。这是大伯年年夏天搭窝棚看杏卖杏，收杏核砸杏核，又为我们编筐子的地方。大伯说过，咱老坟地背后建了公社农机站，南边又修了一条水沟，我看这风水又好起来了。他们在这里为我爷爷奶奶修了个假坟，他死后就埋在假坟下一排，二伯和我父母、

狗头哥和他的儿子守信也都埋在了这里。这样老坟地就又埋五代人了。

两个大伯出殡时我都在场，知道办丧事的基本过程。头一天要派几个乡亲去挖坑打墓。下葬的时候，狗头哥说是这向口要向阳，偏东一点儿，正南正北不行，偏西南了也不行，都还要死人的。父亲去世已经是80年代分田到户之后，这片土地早已成了梨园，也分给了北头张家。事先有人给张家通气说打墓的事。张家人很通情达理地说，该刨树就刨树，该占地就占地。我们弟兄一听很高兴，也很感激。那时火葬已经全面推行，怕火葬的那些老人们都已过世。

父亲的遗体是从县火葬场烧出骨灰后，由我和哥哥替换着抱回来的。有的村庄是抱回骨灰盒来摆灵堂。我们村是停灵三天就出大殡，送葬队伍出了西门就分为两拨，一拨向北去火葬场，一拨直接到坟茔上等候。那天把父亲的骨灰盒抱回来，已经有人替我们买来一个小巧的水泥小棺材。大约二尺多长，一尺半宽，打开盖子把骨灰盒放上，又让人看好向口，司仪便下令填土。我们感到辛勤一辈子的父亲就永远见不到了，睡在这里了，不由得都大哭起来，小辈的叔伯兄弟姐妹、堂兄弟们、孙子重孙们也都跪下为父亲送行。坟头填起来后，按习俗把白缨缨幡和繁花雪柳等物插在坟上。又要把一碗酱水泼下去，那碗要留着治儿童咬牙病。那些童男童女等祭品，则要随着黄表纸烧掉，让他们到那边去侍候父亲的。2006年母亲去世时，大体程序一样。只是在父亲的小棺材右侧加一个小棺材，也把骨灰盒装在里面，这就是夫妻合葬了。而90年代狗头哥哥去世后，发生了一个怎么下葬的问题，因为他曾有前妻未留下后代，早已经埋在这里。人们就考虑是一左一右夹葬，还是将来如言嫂子百年之后埋在他前妻外侧，即排葬，最后商量的结果是一左一右，一马双跨。

埋人建坟这种风俗，从书上知道来自周朝，到战国时就形成了普遍的习俗。可是现在人口越来越多，还是把骨灰盒集中起来，放在殡仪馆、骨灰堂为好。但作为我的童年回忆和实际经历，是少不得这段家族故事的。

2016年9月7日

 # 父母恩深

FUMUENSHEN

满手老茧的父亲

寒风习习。忽然想到,父亲去世整整30年了。我早就想为他老人家写一篇祭文,直到今天才真正落笔,心里很有些愧疚了。

这些年来,几乎每逢父亲忌日前后和清明节、七月十五,我经常梦见慈祥的父亲。他仍然像生前一样笑眯眯地劳作着,却从来不说话。有一次,梦见父亲在用铁锹敛地上的散土,我便走过去说,我来吧,却一下子醒了。又有一次,梦见父亲在家中打扫院落。他生前总嫌我们太懒不打扫,就自己动手。我们一见就赶忙去接了他扫帚或笤帚。前几天,我刚刚睡下就梦见了父亲,特别注意到了他那双长满老茧的大手。这是攥细了锄把铁锹把的大手。

父亲弟兄五个,他是最小的。但我们兄弟姐妹八个。父亲为这一大家子人吃苦受累最多,手上的茧子也最厚。记得父亲讲过,他年轻时就到本村的财主家扛长活,耕耩锄耪,赶车拉纤,什么都干。所以东家对他最为满意。少东家小他两岁,又同是袁家人,不叫他哥哥不开口。夏秋大忙时,父亲经常天黑了还赶工,东家就特意让他吃黄玉米饼子,这比红高粱饼子香甜多了。父亲不懂剥削被剥削,总是以此为满足,还给我们兄弟夸耀。一说到这儿,父亲总是嘱咐我们:你们在队上干活,外头工作,都不能偷懒,不要让人家指脊梁骨。他的故事和嘱咐,渐渐形成了我们弟兄为人做事的一条准则。有人说我,你这辈子就是"巴结命",意思是操心费力不得安闲。现在想想还真是,我和父亲都是这种命。

在人民公社的生产队里,父亲种过菜,喂过头夫(牲口),当过保管员。都是因为他在村里勤谨得有名,总被队长委以重任,一般社员们都很羡慕。让他管菜园子,还是因为入社前他就爱侍弄瓜菜,有些经验。让他

当饲养员,他和伙计们总是把牲口圈打扫得干干净净,一夜起来四五次为牛马们添草拌料。跟他一起的胜德大伯说,你爹睡觉轻,到时候就醒。每次牵出牲口交给别人使用时,总还要用手抚摸几下牲口,表示一种亲昵或好好去干活的嘱咐,又一遍遍地告诫使役人,对头夫多吓唬,不要打。有人便说他心疼驴牛就像呵护自己的孩子。

我上高小那一年,各小队都建起了食堂。户里的粮食收走了,许多饭锅也被征去大炼钢铁了。食堂的饭不好也吃不饱,家中要做点饭还需要烧柴草,可柴草不往各户分了。一个漆黑的夜晚,忽然听见街门响,母亲说这是你爹回来了。一会儿父亲进了屋,拍打着身上说,满地的棉花叶,我去用笓子搂了一大筐,孩子们饿了就熬点白粥吧。说完就关上门回队上牲口棚了。我晚上放学回来,父亲说他昨夜一出门就碰上了查夜的队长,好在他空着手呢。一连几天的后半夜,总有一声街门响,我家的柴草便在东墙根堆成了一垛。那个寒冷的冬天,母亲为弟弟妹妹们熬粥喝,有时我也能沾点光。我们心里感激爹的勤快,又担心爹被人家查住挨罚。娘便在冲门的关老爷像前磕头祷告。又一天晚上,父亲回来吃饭,说今儿黑家不能去搂了,拖拉机把地都耕了,叶子都埋了。他很有些失落,娘便说这也好,就不替你担惊受怕了。

一双布满老茧的大手,撑起了我家的天。大姐出嫁早,哥哥又参军,剩下我们六个只有二姐能够下地挣工分。父亲是两头忙,在队里忙,到家里也忙。有一年夏天小妹妹发烧,母亲正抱着她睡觉。父亲进家就脱下自己的褂子洗起来,洗完光着脊梁,肩头搭上一条擦汗的白毛巾回了牲口棚。第二天,母亲一看褂子跟没洗的一样,就重洗了一遍。父亲回来要穿了,一见湿着就发了一通火。我真难想象,父亲那双茧子老手是怎么搓洗衣服的。我的印象中,父亲回来总是帮母亲干这干那,包括择菜切菜,拉火做饭。他很怕把母亲累着了。按现在的话说,父亲就是一个模范丈夫。

记得那年正月初二下午,我们几个小伙伴在胡同三奶奶的闲院里打扑克。父亲去担水。他看了我一眼也没说什么。晚饭时，父亲就说，过了年你十四了，该学学担水了。这说的是虚岁，我生月又小，实际才十二周多一点儿。第二天，父亲就不知从哪儿找来一个小铁桶，配上一个大桶，让我把担子钩链往扁担上绕一圈，挑起来试了试还行。于是我就去大街井上挑回来了第一担水，压得肩膀很疼很疼。爹一见我那趔趄着走的样子笑了，帮我把大桶里的水倒到瓮里说：十岁的小子不白吃闲饭，你个儿还小，就半桶半桶的担吧。这是正月初三。我开始承担家庭的重负。到正月初五，冀中平原的习俗是放鞭炮崩穷。我很乐意点炮放炮。一挂山东鞭放完了，我便低头找绝捻炮。父亲进家来便说，破五了，要做点活儿了，平常懒，今儿家不能懒。走，拉车土垫圈用。我极不情愿，也不敢说不去，就扛上一把铁锹跟出门去。原来父亲早把小拉车停在门口，小毛驴也套好了。走在街上，有人问干吗去。父亲说恨穷哩，叫我二小子也赶赶穷，要不俺家今年又要超支了。超支，就是挣工分少，人多分粮多，还要给队上交钱的。回来，把土卸到猪圈边，父亲却转身赶车回了队上，替换伙计去吃饭。

又梦见了父亲，看到了他那双结满老茧的大手，梆硬的粗糙的大手，又看到了他那宽宽的肩膀和他晒得紫黑的脊梁。我在工作岗位上再辛苦、再勤奋，也远远达不到父亲那种含辛茹苦的境界。

父亲，您走了30年了。您若活着，咱家将是五世同堂。过去都说对有功的人要树碑立传。现在我在文字里，在心灵中，为您竖起勤劳终生的雕像和无字的碑碣，而且要留给你的孙男嫡女们，让他们传承您创下的勤劳门风！

安息吧，父亲。

见2014年6月16日《石家庄日报》第7版

吃剩饭的父亲

父亲活着的时候，总是说，人的命，天注定，衣禄食禄是有数的，寿数也是阎王爷定好了的。我对他这种说法很有点反感，曾经或软或硬地反驳他。他也不生气，总是说你个孩子家懂什么。后来我上了中学，有一次他又说起这话来，我就说人活着不能任命运摆布，要敢于奋斗。父亲听了盯我一眼说，你才念了几天洋书，就说起洋话来了！但他也没有反驳我。

现在回忆，父亲生前除了过年能吃上肉，平时他连个鸡蛋也舍不得吃。因为那时粮食缺，我家又人多嘴多。父亲总是干活在前，吃饭在后。有一次，周元方村的表哥赶集路过来看看，母亲就赶紧烙了几张饼，炒了两个菜。父亲在院里收拾着割麦子的家当。我喊他吃饭，他说来的也不是外人，你们先吃，还大声叫着那个表哥的名字说，咱家饭不好，你可要吃饱啊！表哥便招呼我和弟弟妹妹们一起上桌来吃。一会儿几张饼吃光了，菜也剩下不多了。父亲这才进屋来，问表哥吃饱了没有。表哥说吃饱了，吃饱了，可享受了。母亲对此早有准备，还在熬米汤的锅里馏上了几个高粱饼子。表哥吃着的时候，母亲也磨磨蹭蹭不吃，怕饼不够了。果然如此。父亲就吃饼子、剩菜，娘又扒拉了一些咸菜。表哥一看就有点不好意思了，我大一点儿了也觉得不该抢那两角饼解馋。可父亲吃得很有滋味，还提醒我给表哥倒碗水。表哥便说我走了，后晌还要下地，于是就往外走。父亲一边咬着饼子，一边把他送出了门外。这是存储在我脑海里的一段视频，父亲吃剩饭。

爷爷活着的时候，吃饭很挑剔。吃得高兴了就喊我过去尝几口，特别是母亲为他做了差样饭，他吃得胡子上都粘上了米粒或面条。有时吃不上口,他就半碗半碗地剩下了。一次爷爷嫌午饭做得不好,又剩了不少。母亲准备把他剩的倒到鸡盆里。正好父亲下地回来,一见就说给我吧,接过剩粥剩饼子便吃起来。二姐最很爱干净,见父亲这样毫不忌讳地吃,就说锅里还多哩,意思是让父亲把剩饭倒了舀新的。父亲却继续不言不声地吃,完了才说,这有嘛?爹老了也没得不干净的病。以后你爷爷剩的,都给我留着吧。这又是父亲吃剩饭。

  弟弟妹妹小时候,吃饭剩半个饼子、半碗饭那更是常事。父亲把他们的剩饭承包了。有一次,二妹喝米饭被砂子硌了一下,就索性吐回碗里不吃了。母亲就说你再喝就没砂子了,喝完吧。妹妹却坚决不喝,到院里踢毽子去了。大妹妹说,她不喝就喂鸡去吧,还生个蛋哩。这时父亲进了门,一听是这么回事,二话没说就端起妹妹的碗两三口喝下去,然后才到锅里新盛一碗坐下来吃。见桌上有好多饼子渣、饭粒,父亲就一一捡起来放到自己嘴里,说这都是一滴血一滴汗换来的,糟蹋粮食是犯罪,和在地里破坏天苗一样有罪。母亲也说,你二大伯家再过半月就要断顿了,咱们都要节省着。我看着父亲吃饭的样子,听着他们说的话,觉得自己是哥哥,吃饭要让着弟弟妹妹,他们吃剩的我也该吃。又有一天,母亲做了菜饭,二妹嫌碗里煮着白菜,味道发点苦,索性把碗一推不吃了。母亲就说吃吧,白菜能败火。父亲也说吃吧,你把碗里的北瓜捡了,那是甜的。妹妹就只捡了几块北瓜,把筷子一放。父母看着当然很不高兴。我怕父亲又把剩饭端过去,就赶忙把它抢过来,倒到自己的碗里,用筷子搅了搅喝了。这一下子可让父亲大为高兴,夸我懂事了。从此我当上了父亲吃剩饭的接班人。直到今天,我已经是城里人,但饭碗里从不剩一粒米。还教导儿子孙子吃饭盘光碗净。若说"光盘行动",我家是一直实行着。孙子才四五岁,不听我这一套,但儿子儿媳会主动替他吃完的。

  父亲一辈子干的是牛马活,吃的是猪狗食,而且相当情愿。对任何糟蹋粮食、蔬菜或穿戴的东西,他都不允许。父亲过日子那种细劲省劲和他的勤快都是出了名的。他穿的衣服经常有补丁,让换他还不肯,母

亲或姐姐们就经常给他缝补衣服鞋袜。有一双鞋已经破得不能再穿了，给他做了新鞋便换下来扔了。不料父亲干了一晌活回来，跺跺脚说，新鞋太夹脚，我还穿旧的。母亲说早给你扔到饭棚上了。他便搬了梯子上棚顶去拿了下来，自己换上了。还拍拍新鞋上的泥说，新鞋穿着太可惜了儿的，串亲戚再穿吧。于是把新鞋放到立柜下面珍存起来。母亲说，你爹就是这种穷脾气，能受得了罪，享不了福！父亲便说，人家有的光着脚去锄地也一样。

最不能容忍的是，放坏了的吃头父亲也要吃。那年夏天，有一碗剩粥放酸了，母亲要倒给猪去。父亲接过来闻了闻，就一口一口喝起来。母亲说，喝出病来不管你。父亲仍然喝着，不嫌凉也不嫌酸，喝完把碗一放说，该不着死哩！但是我发现那天父亲去茅子好几回，一定是这碗剩饭造成的。几年后的一天，父亲见屋地脏了，就拿笤帚去扫，竟然在犄角旮旯里扫出了一个圆圆的白药片。他拿起来吹了吹，毫不犹豫地扔到了嘴里。晚上吃饭的时候，他还批评我们花钱买药乱扔。母亲一问是这么回事就笑起来，说这是你三闺女掉了找不着的药，谁的药谁吃，吃错了会要命的！父亲愣了一下说，没事，我吃了半天了也没肚子疼。我们就七嘴八舌地批评他，药可不能随便吃，节约也不能节约到乱替别人吃药片的份上！父亲也知道这样有危险，从此再没吃别人的药，却仍然吃过期的剩东西，谁也管不住他。他是种田人，最懂得盘中餐是粒粒皆辛苦，只是他没念过唐人那首古诗。

村里人都说他是个细人，会过日子。他总是以此为自豪，为光荣。但他后来得了不治之症，大概与这种省吃俭用有些关系吧。按算卦的说，他只能活个小六十，就是五十八九，但他竟然活到了 73 岁，这又怎么解释呢？父亲把许多应当吃的穿的用的都省给了别人，省给了老人和儿女。可能阎王爷说，让这个苦人再多活几年吧。

父亲，现在我们每次过年或清明上坟，都为你准备了许多银钱，你在天堂里就多多享用吧，但放坏了的东西就千万不要吃了。

见 2015 年 6 月 20 日石家庄日报第 4 版，题改为《节俭的父亲》

笑容满面的父亲

父亲咽气前，有我和哥哥、大姐在他身边。安排停灵时，我们几个和本家的男人们把父亲抬到冲正门的灵床上。当我用深蓝色蒙帘要把他全身盖好时，发现父亲嘴角上翘，似乎仍然在微笑着，没有一点儿痛苦的样子。第三天出殡前，大姐二姐让我为父亲净面。我撩开蒙帘，又看到父亲那张有些发黄却笑意不减的脸，像平常睡着了一样。我按照家乡的习俗，用一块新布蘸上清水在他脸上擦了几下，就算为临走的父亲洗了脸，让他干干净净地到那边去享清福。直到今天，我总忘不掉三十年前父亲那安详、坦然的微笑。梦里，他也总是微笑或眉眼欢动地笑着。

父亲的眼睛不太大，不像母亲年轻时宽眉大眼的那么漂亮。但他眼睛细长，也是村中一个美男子。那时他和本村西头王家的母亲成婚，便属于珠联璧合了。父亲一生奔波劳碌，只要不是我们惹他生气或在外面遇到不如意，他总是笑着进家，笑着出门，笑得眼睛眯成一条线，而且像两个初二三的小月牙。他再苦再累，一进门就有家的温暖，有八个儿女在他身边，这种天伦之乐，使他最为开心。

只要父亲听说我们上学受了表扬，考了一百分，什么比赛得了奖状，当上班长了，入了团了，父亲便笑得合不上嘴，母亲也笑得嘴不合。他们总是有些感慨地说，孩子们有出息了，书没有白念。然后一家人到没有油漆的地桌上吃饭。众星捧月般地拱围着父母，碗筷叮当，叽叽喳喳，热闹得就像一台戏。

父亲的一个爱好，就是吃了晚饭要抽一支烟。村里人抽烟很普遍，20世纪50年代以来自己卷烟也很普遍。只要我在家，父亲总是说你去给我卷根烟。我便把大方桌上的铁烟盒子拉到跟前，从旧作业本上撕一溜长条，

再抓起一撮搓好的烟叶淋上,然后双手慢慢卷成一个喇叭筒,用舌头一舔粘好,把那尖头再掐去一点儿,这就是父亲最喜欢的烟了。我把烟递给父亲,再划个火为他点着。他便坐在老罗圈椅上,向后一靠,跷起二郎腿慢慢地抽起来,有时他还吐着烟圈。这是父亲一天忙碌之后的重要享受。有时他抽着烟不说话,好像在品烟草的香味,有时听我们说什么他也插上几句,或是赞成,或是提醒,或是反对。我们也和他争论过。比如要换生产队长了,比如邻居家的儿子娶的媳妇好不好了,等等。父亲饭后一支烟,闲适地抽完,绝不抽第二支。他便喝几口水或再在椅子上坐一会儿,或者再和母亲念叨几句家务事,就要回他的牲口棚了。那里有他伺候着的老牛小驴。他走到大门口,总是把门关好,让上门槛正中的木滑子落下来,那大门就不能从外面推开了。那滑子就是一块三四寸的长木板。如果父亲晚上回来,他会两脚蹬上门墩,扒住上门槛,从写着"安居"二字匾额的孔眼中把滑子一拽,大门就吱呀一声开了。有时我会跟着父亲走到街门洞,把门关上再上好门闩,就不用让滑子落下来。父亲还总是在门外嘱咐一句,把煤炉子封好,或者说明天早晨你上学自己做点饭,别让你娘早起了。我答应一声,便听他踢踏踢踏地走了。

父亲的嘴巴并不好使,比大伯二伯差多了,尤其是大伯能讲整部大书,二伯也会说道情、引狮子。但他们不在家讲,不在家说。父亲呢,嘴上没工夫,不在街上讲,却爱饭前饭后给我们讲。村里人都说这是讲笑话。父亲的笑话大部分不能让我们笑,也大多是正正经经的故事。比如他多次讲附近打绳庄一个清朝武将孙清元的故事。说孙清元从小爱练武,耍一百多斤的大刀风雨不透,泼水不进,而且那大刀飞起来,非得见了血才能落地。我们一听都很害怕。父亲讲完,就说你们要好好念书,下苦功夫。又说孙清元后来在南方做了提督,死了封了侯,那官可大了,咱们晋县数他官大了。又说咱们袁家,清朝时出过四个武举,比不上孙清元。那年哥哥去当兵,父亲没阻拦。大孙子参军去,他也很高兴。他内心指望儿孙们有人成为英雄。对我们几个小的,他只嘱咐好好念书。

一生务农的父亲，竟也是崇文尚武的。

父亲当然更爱讲我们袁家的四举人。我查民国《晋县志》上，的确有袁彬、袁梅、袁楫、袁棻四个功名人物。说起大举人二举人，父亲还说咱门口那块青石，就是几百年前他们早起练功的制石，少说也有二三百斤。后来我观察这块石头，上大下小，中间的圆孔该是举人们练武的抓手。至今我忘不了这块石头。父母年迈之后，也常在这儿坐。这是一块望儿石。因为他们希望孙男嫡女们常来看看，说说话。可是我在石家庄，哥在北京，回去还是少的。几个姐妹也全都嫁到了外村。

父亲最爱讲一个贼，我起码听了有二十遍。他讲着，我们还断不了插话，纠正他讲错的地方。父亲一点儿也不反感，会接着向下讲。大意是，古时候有个穷人，房破地少孩子多，年年不够吃，谁也瞧不起他们。最让人可恨的是，他到麦收偷麦入秋偷秋，先在本村偷，后来就去外村偷，还到外县去偷。这人腿快，傍晚出去天亮回来。有一回，他背着一布袋玉米棒子往回跑，来到一条河边，发现河心漂着一个白东西，就放下布袋跳下去，一捞竟然是一个女子。原来这女子的婆婆太厉害，丈夫没本事，缺吃少穿的，被逼无奈跳了河。他把这个女人背回家，劝他们要和和睦睦过日子，又把玉米倒下走了。人家问恩人姓名，他也不说。多少年后，他大儿子连学也没上，只在门外偷听，跟一发儿的孩子学学，竟然考上了秀才。过了几年小秀才又中了举。县官来了，财主们也坐不住了，都到这贼家去道喜。父亲每次讲到这里就感慨地说，善有善报，恶有恶报，老天爷看着哩。这个故事真是刻到我们心里了。

哥哥转了业，弟弟在"四清"时入了党，当小队、大队干部，我参加了工作，这都是父亲高兴的事。生产队解体之前那几年，几个妹妹也都成了壮劳力，分红多了，再有我和哥哥给钱，父亲更是天天乐颠颠的。再就是我们兄弟姐妹成婚，给他生了孙子孙女或外甥外甥女，父母都会高兴一阵子。父亲辛勤了一辈子，他终于苦尽甜来。当小妹妹出嫁后，他却暗中生了大病，一年多后便眷恋地去了，也是无牵无挂地去了。

父亲在那边，也一定是一个笑着的勤快人。

不识字的父亲

父亲不识字，但他能认自己的名字袁洛发。这是他中年之后唱大戏时给采的老号。因为孩子们都大了，再叫他小名不雅，村里就统一按照每人原名谐音或引申的意思起一个老号。这也不是他将来上家谱的官讳、正名。父亲那一辈都排"汝"字，他的官讳叫袁汝起。他没上几天学，又不兴赶考了，平常也不用。但采号人便按着"起"字的含义给他采了个"发"。"老"字有死亡的意思，民间喜欢敬老，也忌讳这个"老"，就把"老"字换成"洛"，却要念作"老"。父亲只认识自己的姓名和生产队记的工分。工分账用的是阿拉伯数字。他说，这是新中国刚成立时上民校、夜校记住的，别的都就着饼子米饭吃了。母亲姓王，他就只记住了一个"王"字。

人民公社时，生产队每年都要发一个《社员往来》的小册子，就像后来农村的明白纸，上面有各家的工分、分红或超支的数字。他总是领回来让我算算对不对，我的算盘打得不好，总是算不准，当时数字里的小数点也还没学过。父亲有时生了气就说，得了你念书吧，我找别人算算去，就拿上小册子走了。有一回他刚走，我就到院里去玩弹弓。他没找着人回来了，一见就说，让你念书你玩弹弓子，没见不识字多难吗？我便赶紧跑回屋，坐在大方桌前念语文课本。有时念出声来，父亲听着就笑了。还说，过去念书都是拉着长调儿唱，也都要背过。于是我就开始大声背诵。虽然我没有拉长调儿，也算符合父亲的要求了。他便说，你哥哥心灵，一念就会，到了部队上还会写标语。意思是要我向哥哥学习。

一天中午放学回来，母亲正在做饭，我就坐在大方桌前朗读课文。父亲一进院就听见了，高兴地对娘说，小时候我上学很笨，净挨老师的打，后来坚决不去了。现在二小子不用打也念着很上劲,就好好供他念吧。这时正好大伯来了,也说这孩子能念出点门道来。我听了心里说,我一定好好念!一定不让你失望!当时上三年级,学习成绩便直线上升。

第二年快考高小了,父亲惦记着,就去学校找赵老师问我的学习怎么样。赵老师说,我刚接杨老师的课,发现你的孩子回答问题很好,估计他有八九成把握。父亲就表态了,只要孩子能考上,你打他骂他都行。赵老师说这样的孩子不用打,你少让他干活就行了。父亲说肯定少让他割草、干活。那一年我还真的考上了。父亲觉得很光彩,为我买了个绿军挎包当书包。到我高小六年级毕业前,西门的哥哥袁中和来为我们高小代课,父亲就几次去中和家问我能不能考上中学。中和哥说没问题,几次小考都是前五名。父亲一听这话就乐了。考后,一个月光之夜,我在院里一张床上睡了。父亲回来坐在床边,乐滋滋地对我说,这回中和为你打包票了!上了中学可不是高小,那书要深得多了。他爱抚地为我盖了盖被单,就又回队上牲口棚了。

忘不了的一件事是,上四年级时,有一回没有考好。我回到家,父亲问我这回考得怎么样,我不会说假话,又不想说实话,就难为情地哭起来。父母都知道,我从小是个爱哭的孩子,胆又小,病又多,见了生人就躲,腼腆得很。母亲说,从小爱哭的孩子好伤大人。我就把这话记在心里,暗暗要做个不哭的好孩子。这回一哭,可把父母哭蒙了。父亲抚摸着我的头说,你要被别人欺负了我替你讲理去。我摇摇头。你要什么我给你买。我听了没摇头也没有点头。母亲也像哄小妹妹那样来哄我。我便抽抽噎噎地说,人家都买了钢笔,又好使又快当,我用蘸水笔写得慢,也丢人……父亲便马上对母亲说,从柜里拿钱,让他买个钢笔去。母亲便立即开柜翻出一张票儿来,大概是一元钱,放到我的手里说,擦擦眼,去代销点看看吧。我便破涕为笑,一阵风地跑出去,到十字街的代销点上买了一支黑钢笔。回来灌上墨水一写,光滑得很,比那破蘸笔好使多了。这回是鸟枪换炮了,就马上做起作业来。父亲转到我身边看了看,

说以后要什么就说话。我说别的都不要了，就继续写，而且写得很认真。第二天老师在课堂上翻了翻我的作业本，还表扬了我。我便感谢那支新钢笔，感谢不识字又喜欢我读书的父亲。

更让我忘不掉的是父亲为我买了一本书。那时，父亲听大伯说现在孩子们念的书太浅，还得念《四书》《五经》，那才是真正的书。有一次队上需要去城里拉化肥，社员们都在抢收抢种，队长便派当饲养员的父亲赶车去了。他装好车去大街上转时，看见街北有人从门里拿着书出来，一问这是书店，就停下车进去问，有《五经》《四书》吗？卖书的一听笑了笑说，没有，有语文、算术。父亲说那太浅了。另一个售货员就拿过一小本《＜诗经＞选译》，说这是古代的《诗经》。父亲便花了两毛钱买了它。那时队上一天给差旅费三毛，父亲觉得花了两毛就舍不得吃中午饭，饿着肚子赶车回来。到家一见我，就把书递过来说，你看看，这才是经书，是《诗经》。我那时刚上初中，连《诗经》的名字也没听说过。一看里面许多字不认识，就说，爹，你还得给我买个字典，要不我不会念。爹听了一皱眉头，我知道他心疼，家里钱少，平时一个钱要掰八瓣，又不到分红的时候。可是他还是对正在做饭的母亲说，那么再给他买了吧。母亲当然同意。晚饭后给我准备第二天上学的干粮时，她就问我一个字典几毛钱。我说不知道，肯定很贵的，别买了。父亲这时正在桌上吃饭。他回来晚了，伙计吃了饭才替他的。一听我的话就说买吧，要不这本《诗经》就瞎了。我心里很感激，但那时的我也不会说一声谢谢。第二天中午在学校吃完饭，我就去供销社买了一本《新华字典》，厚厚的，心想这回能念《诗经》了。可这本字典上字不全，一问别的同学，都说那得买大字典。大字典？那得多贵呀？我就再也不敢跟父母说买了。我珍爱这本薄薄的《诗经》，但读完却像蚂蚁啃骨头，一个字一个字地在字典里找，缺的字就去问老师，曾经把老师问住了。参加工作后才渐渐认全了。可是今天记忆力在减退，只记住了"关关雎鸠，君子好逑"几句。这需要重温，重温父亲那片望子成龙的心。

但我初中毕业前，父亲在一次晚饭后缓慢地说，你快毕业了，咱南头快数你和领顺文化高了，准备回来挣分吧。我一听感到意外，父亲对我供劲不大了？他又说，你二姐娶走了，你兄弟做活只算半劳力，几个妹子都得上学……他没有再说下去，我也没说怎么着。他便站起来，心情沉重地回了队上。第二天，班主任赵子勤老师统计准备参加高中考试的名单。我说不复习了，给毕业证就行。赵老师问怎么了，我便说了家里的困难。他也没有再说什么。当时是在学校住宿，等星期六回家取干粮的时候，母亲说，你们赵老师昨天来了，把你夸成了一朵花，还要让你考考，说不能耽误孩子的前程，我替你爹答应了，就复习吧。我听了心里便翻腾起来。但我还是在母亲的督促下找赵老师报了名。赵老师说，你别考高中，上师范吧，有生活补助，家里负担不重。再回家时我也特意告诉父母，报考师范吃住都不用花钱。父亲一听先笑了，说你小子要有志气，一考就考上！我说，爹，就等着看吧！弟弟妹妹们便都说，二哥肯定是好样的。父亲又笑了，母亲也笑了。

后来，我以优异的成绩考上了河北正定师范，那是1963年。父亲觉得很体面，逢人便说，俺二小子要到正定府念书了，有时错说成到保定府念书了。全村都传开了。我见这时的父亲走路都昂首挺胸了。

这就是只识十来个字的父亲，喜欢琅琅书声的父亲，用他的双肩挺起我来的父亲。

2014年1月19日发表于《经济日报》第8版

好 人 父 亲

父亲是村里公认的大好人。

我家的日子再苦,父亲借了钱也要及时还。他常说:"勤借勤还,再借不难。"借别人的镰刀锄头,也要用过就送回去。有时把家当使坏了,父亲给人家修好才送还,决不让人家用时发现坏了还得修。我开始学担水时,父亲让我用一个大桶一个小桶,挑起来还轻些。过了两年我发了个头,腿脚也粗实起来,就想用两个大桶,便去大堆哥家借了担杖水桶。水瓮挑满了,爹见了很满意,说不用了就把桶送回去,人家做豆腐用水多。我就挑起两个空桶要出门。爹又嘱咐,借水桶和借别的不一样,还人家时要把前边一个摘下来掂着,我就照着做了,大堆娘一见就笑了,说你小不小的还懂礼儿。

谁为我家帮了忙,哪怕替亲戚捎一个口信,父亲都感激不尽。他总记得别人的好,别人的恩,仿佛身边都是恩人,全世界都是好人。他给别人帮了忙,却从不挂在嘴上,也不要人家感谢。他认为邻家壁舍的,互相帮忙是应该的,自己帮别人是最应该的。每逢本家族或四邻八舍有盖房子、垒墙头或红白喜事,父亲总是早早地过去。记得有一家娶媳妇,父亲头天就过去了两趟,第二天清晨就又过去支应杂事,晌午饭时他却回来了。一会儿事主就找来让他回去喝喜酒,还招呼母亲和我们也都去。父亲说那么多人,我又不爱喝酒,一会儿还去牲口圈替伙计哩。娘也推辞说孩子风吹着了,饭也做中了。结果人家端来一碗肉菜,包来几个馍馍。我兄弟妹妹们就享受了。后来说起这事,父亲就说:那时候吃的缺,一有红白事就有吃蹭饭的,沾着连着的就一家子一家子地去猛吃。父亲遵循着乡俗,多撺忙多出力,还担心人家的粮食被吃空了。那是真正的仁义。

一到小麦吐穗的时候，村里就安排上民兵看青，就是守护庄稼瓜果。我们村里年年看青的队长是北头的张铁头。他一擦黑就到村外去转，往往一转就是一宿，等生产队敲钟上工他就回来睡觉。重点地方都有人搭窝棚看守，但他们没有枪。铁头有枪却没窝棚。有时半夜里打雷下雨，铁头就跑到父亲的牲口棚去避雨聊天。父亲就说，你背着枪很威风，枪不响，大贼小偷也都怕你。铁头就说，世界上要是都像你这样，大好人一个，我就没事干了。父亲说，这话倒说得对，咱从来看不惯那三只手。民间说三只手，就是偷东西的人。如果谁被乡亲们说是三只手，他的名声就臭了。

铁头是看青不吃青，父亲是管库不盗库。20世纪60年代"文革"之前，有一个"四清"运动。包括清政治、清财务等。受队长信任，父亲由饲养员变成了保管员，专门负责仓库里的事情。他身上总是挂着一串钥匙，一走路就哗啦哗啦响。我们也觉得父亲成了管事的，心里就产生了几分自豪，而且他能天天正常吃饭了，不像喂牲口那样换着吃。四清队来了，父亲却和队长、指导员一样变成了被清查的对象。父亲说，我只拿钥匙，听支派，清我个什么？驻我们五队的四清组长说，搞四清是中央的指示，凡掌权管事的都要有枣没枣梆三杆！你有没有问题，现在说还太早，老老实实反省交代吧。父亲一听可怕了，脸上的笑容也少了。母亲就说你又不是三只手，怕什么？父亲说，我怕他们栽赃，替他们背黑锅。这个他们，就是指那几个队长和出纳会计。父亲便半夜半夜地去开会，不光要自查，还要揭发别人。那段时光是父亲一生中最有压力的时候。四清组查得很认真，粮食入库多少袋、多少斤，出库几次是多少，真弄了个一清二楚。结果发现本年度库存的小麦少了500多斤，玉米也差了800多斤。父亲一听这数字就害怕了，说粮食入库的时候有潮气，库里又有老鼠，你们这样过秤不准。队长们也附和着父亲说这样的话。四清组长就火了，但他也弄不清到底有没有人偷过，私分过。

纸里包不住火。没几天，四清队接到一封揭发信，是孩子作业本纸

裹着土坷垃，半夜扔进院的。他们一看是揭发队长曾经在半夜里背着一袋粮食进了家，认为是从库里盗的。四清组就主攻这个队长，队长被逼得没办法了，也是被四清队咋呼住了，就交代当队长、政治队长（指导员）五年中，先后从谷场上、粮库里多次背粮食，而且扯出了好几个人，却没有我父亲。四清组问他怎么盗库的。他说，为仓库买锁时就私自留下一个钥匙。换了锁，又实行两人或仨人拿钥匙的制度，他就先在修锁的地方造一个藏着。他也哭诉，家里嘴多不够吃，没有别的办法。事情都一一查清了，有枣没枣的都梆过了，公开做检查也做了。四清队长来下结论，对队长们私分或利用权力盗窃的事情进行了批评，有的便被宣布下台当社员了。父亲却受到了表扬，说他是不贪财的大好人，可也批评父亲揭发问题不积极。这下父亲心里轻松了，逢人便说，我知道他们那点儿事，可我连一个粮食籽儿都没有往家里兜。大辈小辈们都相信父亲的人格。但是父亲说，洗清人了，我也不当保管了，省得再来运动又挨整，我还去伺候头夫，随大溜做什么活都行。说着就把钥匙扔下了。新队长们一商量，就又让他去喂牲口了。

父亲后来患的是肺癌。这可能与他几十年喂牲口有关。棚里的牛马粪味很难闻，空气质量太差。尤其是冬天，为了保暖吊着大门帘，火炉子冒的烟气也很戗人。父亲是大好人，他要是不再回牲口棚可能像我爷爷、大伯那样高寿的。

2014年见《范阳文丛》第13期第6页

父 之 爱

作家们总是偏重于歌颂伟大的母亲，彰显无私的母爱。高尔基的长篇小说《母亲》，毛泽东为母亲写下的悼词等都是名作。讴歌父爱的少一些，但朱自清写父亲的《背影》却是很好的一例。他留下了父亲离去的背影。我心中既留下了父亲的威严，更多的还是他对儿女那颗真挚的爱心。

记得我大约七八岁上发起烧来，浑身一点儿力气都没有。家里又穷，父母轻易不肯找医生买药，只说多喝水多睡会儿就好了。但总也不好，我总是迷迷糊糊地躺在炕上。这天傍晚，父亲从地里回来，母亲就催他快去找先生。父亲摸了一下我的额头，吃惊地说这么烫呀，就匆匆地出去了。一会儿他拿着两个小包回来，说是发汗散。他打开纸包，把药面倒到碗里，用水一冲，就端到我面前说，小子起来喝吧。我以前不记得自己吃药，这像是第一次。由于这回感到太受罪了，就狠狠喝下一大口，不料那药又酸又苦又涩，便咧了一下嘴。父亲就说，唱戏说书的都讲良药苦口，喝了再漱漱口就好了。于是我便使劲把剩下的药水全喝了。父亲又要从瓷壶里倒水，壶里却空了，他就从门后的水瓮里舀了点凉水端过来，我赶紧接过来一咕嘟全喝下，那酸苦劲才下去了。

我是从小喝凉水长大的，喝凉水也不闹肚子，那是南头街里的井水，清甜的赛过现在瓶装的矿泉水。我又躺下，蒙头睡去，似乎听见母亲在拉风箱做饭，又听见二姐招呼弟弟妹妹们吃饭。父亲爬上炕又摸了摸我的头，说等他发了大汗再吃吧。等我再醒来，便撩开被子。一看父亲还坐在炕沿上，似乎在低头打盹儿，母亲在做针线活儿。这时觉得脑袋清亮了，但身上和被子都湿了，知道自己出了浑身大汗。我一动，父亲马

上就歪过头来问，好点了吗？我说好点了。母亲也从炕那头爬过来摸了摸我的头说，你爹买的药真灵。又说先生没来看就让孩子吃这药，我还怕吃错了。从这次起，我心目中历来威严、暴躁的父亲变得那么和蔼可亲，是他舍得花了一毛五让我全身舒服了。可我只说，爹，娘，我饿了。娘便赶紧去掀锅为我舀饭。父亲接过碗来用小勺来喂我。那是多半碗稀米汤。他喂了我一口，我就接过碗来自己喝了。父亲笑着摸摸我的头说，再吃一包吧，要不好不利索。我摇摇头，就又躺下了。

"大跃进"时，公社号召成立大食堂，每个生产队一个。我们第五队就在袁大偏家的队部办起了食堂。屋里安了大锅灶，屋外搭起席棚就是几百人的餐厅。我家人多，在一张小地桌上吃饭太挤，父亲就拿个干粮端碗饭到外边去吃。后来人们嫌下雨下雪不方便，队上就拆了大棚，让各户打饭回家去吃。父亲的牲口棚也守着大食堂，多是他把饭打回来。我们放了学差不多就马上可以吃上。一个星期天，伙伴们一块割草时，都说麻糁饼子多么难吃，我说我家没有，他们说你家肯定走了后门。这一说我脸有点红了。晚上回家对母亲一说，母亲就告诉我，那难吃的你爹在道上就先吃了，咱家没有走后门。于是我就想起每在饭桌上父亲总是不吃干的只喝稀的，有时剩下了才吃半个或一个干的，这是他路上已经把难吃的消灭了，把好吃的玉米饼子留下了。一天傍晚，我就抢着去打饭。娘说饭篮子饭罐在你爹那里。我就往队上跑，不料迎面碰上了父亲。他用一只胳膊扛着篮子，手里拿着半个黑红的饼子正吃，另一只手提着大饭罐。我就先接过他的饭罐，又夺过他手里的饼子说，爹，让我尝尝。我一吃，那是什么味儿呀，比狗屎还难闻，不由一阵恶心就想吐。父亲便把饼子拿走说，你还小，吃不下这棉仁饼的物件。到家里，掀开篮子布一看，里面还有一个黑红的饼子。我觉得自己是当大的，该替父亲吃了，就拿了出来要咬。父亲却夺过去掰了一半。我要替他，他又替我享受这生活的苦涩。就这半个，我也不知道多吃了多少口菜，吃完还感到胃里不舒服。

在我的记忆中,这可不比著名作家李凖所说的那种救命的红高粱饼子,那是他写作力量的原子核,让他写出了著名的电影《李双双小传》和长篇小说《大河东流去》。而我记牢了这种饼子的难闻难吃和父亲吃这种饼子的那个香甜劲,会永世不忘。父亲真了不起,人间所有的苦他几乎都尝遍了,都受够了,而我才受了多少呢?那是他有伟大的父爱。他为了儿女们的成长和成才,天天吃这种饼子都心甘情愿,让他跳河跳火海他也会无怨无悔。他是鲁迅所说的孺子牛,"吃的是草,挤出的是奶"。父亲吃下的东西比野草更苦,还有毒素,那棉仁饼有大量农药残留。后来他的病也与此有关。我曾经多次为病中的父亲买药,总是先问医生这药苦不苦、难吃不难吃。医生总说不太苦,或者说这是新法包装的胶囊,一点儿都不苦,于是我就放心了。因为这种西药我不能替父亲品尝。当年刘邦的儿子汉文帝为母亲熬药尝药,是尝苦不苦,也是怕有人下毒,其孝行载入了《二十四孝》。可我没法做到。因为医生说这病用中药已经不起作用,只好用西药,我也就没有了尝药尽孝的机会。现在,更是"子欲孝而亲不待"了。

　　古人言:"仁者,爱人"。父亲临终时,我守在他的身边。他还无力地嗫嚅着问我的儿子、他的孙子怎么这几天不见来,我说他去他姥姥那儿了。父亲听了似乎很放心,也很遗憾。他爱他的儿女,也爱他的孙子孙女和外甥们。父亲,是严父也是慈父,他永远是我心目中崇高的仁者。

见 2014 年 6 月 14 日《燕赵都市报》第 23 版

孝 婿 父 亲

都说一个女婿半个儿，或说好闺女不如好女婿。我的父亲是一个好儿子，也是一个好女婿。

我姥爷是本村西头的，我家则在南头东小街，来往过十字街也不过三百米。他姓王，是他爷爷那辈从西边韩庄迁来的。他爹和他都是独苗，可姥姥又只生了我母亲，后来再也没有一男半女。我小时候，姥爷动不动就对姥姥发火。我在他们那头时碰到了几次，见慈祥的姥爷转脸就变成了凶神，对姥姥大声吼叫着。我本来胆儿小，一见这场面心里很害怕。我知道，姥爷戴见孩子，盼望有自己的儿子。有一次我问娘，为什么姥爷好对姥姥发火？娘忧郁地说，是嫌你姥姥没有生小子，断了王家的根。

姥爷很高兴地欢迎我过继给他，姥姥更是乐得合不上嘴。姥爷还在地里逮蝈蝈、蛐蛐，变着法地哄我玩。但我心里总觉得别扭。父亲却是真正关心和为姥爷姥姥养老送终的人。当年由于母亲是独生女，姥爷一定要在本村为闺女找婆家，就找到我们人多的一家了。村里人都说你算找对了，这一定是个百里挑一的好女婿。父亲也真的不负姥爷姥姥择婿的苦心。

平时有事没事的，父亲总要去西头姥爷家转转，看缺什么，担水不担水。人们说，亲儿子行孝也不过如此。姥爷姥姥也从粮食上、布匹穿戴上不断接济我们，减轻了父母的生活压力。1963年下暴雨发大水，父亲西头、南头、队上三头跑。一个半夜，大雨倾盆，姥爷的房子钻了山，水顺着南墙往下冲。我当时初中毕业，被大队派到滹沱河上护堤去了。姥爷就戴上草帽，拿着两块砖，蹬梯子上房去堵窟窿。下来时一不小心蹬空了，啪嚓摔了下来，腿疼得很厉害。他就喊姥姥，快来拉我。姥姥出来拉不动他，就去后邻喊纪保林来，才把姥爷背到屋里。这时父亲赶到了，他马上去房上堵窟窿，又去找赤脚医生。大雨滂沱，医生迟迟不到，父亲就又蹚着水打着伞去催。医生终于来了，一摸姥爷的腿说，膝盖摔崩了，先好好躺着，吃点药止疼吧。父亲便守在姥爷身边。姥爷对我母亲和孩子们更不放心，就催他回南头去。父亲说那头的房子顶了木头不会有事，就一直待到天亮时，又去公社医院请来医生。这医生诊断的也是膝盖崩裂，只有做手术打铁耙子。姥爷说六十多的人了，还值得打铁耙子？那得花多少钱呀，只要能拄棍走就行。后来医生只给他打了石膏夹板。几个月后拆了石膏，膝盖也没有长好。这中间的医疗费用都是父亲主动拿的。姥姥要塞给父亲10块钱，他坚决不要。从此姥爷就拄起拐棍，但不能下地劳动了。队上便让他去看枣树趟或给他坐着干的活儿。父亲便对母亲说，她姥爷身体不行了，该咱接济他们了。从此凡是碾米磨面、队上分粮分菜，各种背背扛扛的事，父亲就全包了下来。母亲也是两头忙。姥爷的邻居们都说，你给闺女寻本村的婆家可沾光得济了。

　　姥爷的北屋被大冲得钻了山也裂了缝。父亲就张罗着准备拆盖。一天他指挥着乡亲们把姥姥家的东西搬出来，让老两口先住小西屋，北屋当天就拆了个平。接着父亲就丈量尺寸，拣出坏木料，购买新檩条、椽子和苇箔。又请来木匠们凿檩铆，做新窗户。姥爷拄着棍转来转去，帮着父亲指点着。要打房基了，才发现房基下面是抗战时的地道，原来房子裂缝也是水灌地道塌陷造成的。父亲就找人往下挖。挖到一丈深的时候，他就跳下去试探是否已经到底，还叫人扔下木夯，他用夯试了试已经是实的，却仍然要乡亲们分拨儿打夯，打一遍填上土再打，一直打到平了地面。父亲说这回牢靠了。又说咱家翻盖房子也没有费过这大的事。他和牲口棚的伙计们说清了，白天你们喂，黑家我值班。姥爷的房子原来是土坯墙，这回盖成了砖房，也比原来高了宽了，四壁也抹了白灰。老两口住进去觉得天明得早黑得晚了。姥姥对父亲说，没有你，俺说不定要砸死在老屋里。

没想到不久姥姥得了一种叫寻衣摸床的病，头过年便去世了。那时我已经去外地读书。姥爷见我远走高飞了，就对父亲说，你大小子落到了北京，二的也指望不上了，我要了你三的吧。这样弟弟就替我跟了姥爷。一封电报拍去，说姥姥病危，我就赶紧请假回来。一进村就直奔姥爷家，见门口挂着白幡，便知道姥姥已经过世。父亲在院中忙里忙外。我进了屋，就趴在姥姥灵床上哭"见不了面的姥姥哇"。一会儿姥爷说，行了行了，吃点饭去吧。吃着饭，想起小时姥姥给我烙饼煎鸡蛋，泪水更止不住了。第二天哥哥也从北京赶了回来。晚上父亲把我们弟兄三个叫在一起说，你仨听着，现在你姥爷要了三的，可打幡摔瓦要分一分工。然后对哥哥说，你是头大的你打幡。又对我说，你是二的你摔瓦，这样让乡亲们看着好看。可这里的庄户还归三的。我们都当场表示同意。第二天正当午时，按着乡俗出大殡，我第一次身穿重孝，大声呼唤着姥姥，第一次拿着写有黑字咒语的青瓦，在胡同口那圆圆的柱顶石前跪下，狠狠地一摔，便瓦片飞溅。围观的人们说，摔得真烂，是大孝子。后来姥爷去世，父亲也让哥哥打幡我摔瓦，弟弟继承家业。外人都说这家子真好，弟兄们不争不抢。这样父亲心里觉得十分体面。

弟弟结婚，按父亲和姥爷的商量先在南头我家，过年时再搬到姥爷家去。这场婚礼，全是父亲一手操办的。记得每年正月初一上坟，身体尚好的父亲总是先去村南姥姥的坟上化纸放炮。姥爷去世后，虽然有过继的弟弟给姥爷上坟，但父亲仍然先去村南，再到西南我们袁家祖坟上。他生命的最后几年，上坟一般都靠我们和我们的子侄了。但父亲总嘱咐我们：上坟要先去村南。这已经成了我家的一个规矩。

父亲落了个好人名声，也落下了好女婿的口碑。后来，我的妻子也是独生女。我二十年前，我把岳父岳母从乡下接来省城养老。进入新世纪，儿子成了家，儿媳妇也是独生女。我便在他们新婚典礼上告诉儿子，将来孝顺你丈母娘比孝顺父母更重要。儿子说，没问题。生了孙子，一次饭桌上讨论起孙子将来会找什么样的对象，都说可能又是一个独生女。

我一想，这会儿的政策是少生优育，孙子当好女婿的概率甚高。看来，我们当好女婿的家风要代代相传了。

见 2014 年《散文百家》第 11 期

忙年的父亲

父亲忙忙碌碌一辈子。他最忙的时候，是麦收、秋收和过大年这三个节点。我儿时荒年盼年，父亲却要忙年。傍年我放了假，也便参与其中。

"二十三，糖瓜粘；二十四，扫房子；二十五，做豆腐；二十六，煮锅肉；二十七，宰只鸡……"父亲大致按这歌谣中唱的程序，赶集买年货，碾米磨面做豆腐，亲自动手变干粮，成了家里的主男。他总是说，西院我二哥当过厨子，凡吃的都会做，到家就不动手，可我得动手，谁让咱人多嘴多哩。父亲很会摊米子面煎饼。他借来一个能盛二三十斤面的缸盔，放上小米面，用烫水一泼，用厚布一蒙就开始发酵。他掌握着火候，不时地弯腰掀开看一看，闻一闻，或用筷子搅搅又盖上。一直到黄黄的面上起了很多泡泡，也涨到盔口了，他就把几个煎饼锅支上，我帮他点上火，摊煎饼就开始了。煎饼和馍馍、年糕，在我们晋县城南一带都是过年要变的主要干粮。这煎饼有的地方叫龙糕，也有的地方叫饼折。因为煎饼锅是圆的，煎熟了用铁铲将它一折，像半个月亮。父亲把腿一盘坐下，不断调整着锅下的柴草，摊出来的煎饼一个个黄焦焦的又香又好吃。他也嘱咐我们，第一个孩子家不能吃，只能吃后边的。我们便在旁边看着等着。头一个出锅了，父亲就让娘去上供。他还让我们拿些去给西头的姥爷和东院的大伯送，说他们人少不值得摊一回，也与二伯和邻居们交换着品尝。

父亲的拿手戏还有煮大肉。这活儿他从来不让母亲动手，自己先用斧头把整扇猪劈成条，再打成方块，便点着大劈柴咕哒咕哒拉风箱煮起来。有时我和弟弟替他拉，过一会儿他就说，起来吧，你胳膊上没劲，便亲自咕哒起来。锅开了，他把水面上的沫子撇掉，把葱姜蒜辣椒什么的放进去，说这样才能出好味。将要熟的时候，父亲才大把大把地往锅里放盐，说盐放早了也不好。至于什么道理我至今不懂。当满屋肉香的时候，我们会嚷着要吃肉，父亲就用筷子扎一扎，说还不行哩，再等会儿。如果是夜里煮，我们会在瞌睡中听父亲喊，熟了！他插起肉方子放到碗里，我们就惺忪地围上来吃——真香啊！有一年是下午煮的，我吃肥肉太多，跑出去玩耍被凉风一顶，就再也不想吃了。第二年弟弟也被风顶了。父亲便叹口气说，你们都没福气，一个个不吃肉了。娘说，那你可吃啊。父亲是要吃的，他啃头蹄、肋骨，一边啃一边说，咱家个个吃肉不行，享福不行，就是吃苦干活行。我们就笑起来。还有炸豆腐、炸丸子、煮粉条，准备起五更的供品，父亲样样都能做。而娘和二姐的主要任务是为我们做新衣新鞋。

最忘不了的是糊灯笼、挂灯笼和点灯笼。那时我家的灯笼是四方的，四面贴着买来的武强年画，每面一幅，能连成一个戏曲故事。比如《桃园三结义》《白蛇传》等。上面还有灯谜，老人们说这叫灯虎，猜灯谜就叫打灯虎。我只记住了一个"真丢人"（打一字），就是一个"直"字。父亲教我糊灯笼，烫蜡碗，搓灯捻儿，再往灯碗里倒点黑油，放在灯笼里面的木板上，划火一点就亮了。父亲上房去，把一根木棍用砖头压好，再把一条绳子垂下来，我就蹬上东西把灯笼挂上去，门口就有年灯了。家家还要准备一个街上挂的灯。这是灯笼会要求的。父亲连续多年当灯笼会的头儿，总是和几个人提前把一条条麻绳横扯在街道上空，每条绳上挂四条扎染的吊挂，这也叫彩吊、彩纸，然后每条绳上再挂两个灯。各家的灯，各家的蜡碗，各自挂上，灯笼会统一点燃，统一灭灯。

点灯的日子里，每到傍晚父亲就先去把自己门前的灯点上，然后呼叫灯笼会的人们来点灯。估计蜡碗里的油快烧完了，父亲他们就又去续油。大概到十点多就统一去灭灯了。我也曾去街上替父亲点灯。风很冷，手直抖，但划火柴点着一个明亮一片，跟着的小孩们就欢呼一回，我也乐在其中。每个大年三十晚上，父亲去灭灯回来，就开始整供，这是明

天凌晨起五更祭祀天地众神用的。他还爱买大盘香,三十晚上挂到堂屋上方。这香一圈一圈垂着就像一座吊起来的宝塔。它整夜整天的燃着,落下的香灰也是一圈圈的。爹说这叫香火不断。

  贴对联、撒芝麻卷,是父亲分派给我的活儿。那芝麻卷一踩嘎巴嘎巴响。父亲说,这样茅鬼神不敢来偷供香了。我问茅鬼神是谁,他说你爷爷讲是姜太公的媳妇,封神封到最后封了她个茅鬼神,没处去就在茅窨棚里。她是个穷神,平时她去哪儿都随便吃喝,唯独过年撒芝麻秸、放炮,家家户户都要撵她。

  父亲走了三十年,时代也大变了三十年。他带走了他习以为常的年俗,我只能从记忆中保留着父亲在年节中的身影。可是,过大年是民族符号性的重要传统文化,原来不识字的父亲也有他自己的文化。我们永远不能忘记那些古老的文化,我也永远忘不了承载着这种文化的父母。我多么希望父亲奇迹般地复活,说不定他会成为某一项"非遗"的传承人的。

见 2015 年 1 月 28 日石家庄日报

病中的父亲

　　父亲一年一年的不生病，不吃药，得个病就是大病。儿女们个个都成家立业了，除了为我迁盖新房，他再也没有大事，应该享享清福了，不料他却患上了肺癌。这对我们全家来说，犹如一个晴天霹雳。

　　那是1982年初，我已调到石家庄工作。新房由父亲和弟弟张罗着迁建，将由三小间变成新规定的四大间。这要拉土垫地基，一天父亲牵来牲口拴到树上，就去鼓捣绳套。大车支着车撑，也叫车提。父亲拽拽绳套看两根绳齐不齐，不料车身一动，车撑啪嚓倒了，车辕一下子砸到父亲右腿上，他便咕咚蹾到地上。多亏有人路过，及时把他拉了起来。当时他只觉得腿有些麻，就套上车走了，到傍晚时才觉得腿像木头一样沉重。第二天早上，那条腿就肿得不能动了。村医来看了说，这只是软组织损伤，没有砸断骨头就便宜你，吃消炎药歇歇吧。这样父亲就在炕上躺起来。他一生劳作惯了，突然被一条腿拖住身子，心里很难受，但他还催着弟弟继续拉土。为此，我曾经暗暗后悔不该又盖新房，让父亲受了伤。但箭在弦上了，只好盖吧。到打房基那天，父亲却不放心地拄着拐棍来了。他瞅着几十号人打夯、扯线、测水平、砌砖，人欢马叫的，觉得很有人缘，心里便欣慰了。还有个欣慰的是，我的儿子当时不到两岁，每天见爷爷要下炕时，就会跑过去给他拿鞋拿拐棍。见小孙孙来侍候，父亲心里很高兴，说有子无孙，不算有根，我的孙子们数他小，可长大了肯定有出息。

　　半个月后，父亲的腿消了肿，迈步还有些皱巴巴的，他就把拐棍甩掉，去盖房工地上忙起来。不过这时他总感到出气有些粗。我回来探家，听母亲一说，便劝他到乡医院去检查一下。他不去，我说骑着车子驮你去，

他就不情愿地上了车子。在X屏前，医生看到父亲的肺上有一块阴影。我就马上带他去了晋县医院，一检查仍然有那块阴影。第二天，我又像哄孩子似的劝说着父亲来到石家庄省四院。一检查，那个阴影更清晰了。可恶的阴影，挥之不去了！只是我笑着说是肺炎，回来也瞒着母亲。后来除了父亲，全家都知道了，心里都罩上了一块阴影。

　　记得那天走出省四院已是午后,我领父亲到街口一个小饺子馆坐下,要了两碗肉饺子。一会儿饺子端上来,父亲一看就火了,说你盖房子钱还不够,不年不节的吃什么饺子？又问一碗多少钱,我支吾着说四五毛吧。父亲听了便啪嚓放下筷子说,退了吧,给我要个卷子要碗菜。一个服务员走过来说,这饺子馆没有别的,要了就吃吧。父亲这才不情愿地重新拿起筷子。一吃很香,他就又说还是人家的饺子做得好。父亲吃完了就要回去,我让他住下玩几天他不干,只好奔车站买票再送他。到家已经天黑了。母亲问检查得怎么样,我说没大事,让他天天吃这几种药就行,接着把带回的抗癌药拿出来。二妹在村卫生室当过司药,一看就明白了,不用再看病历本。父亲仍然乐呵呵地劳作着,内心没有不治之症的威胁,没有被死神纠缠的恐惧。这要感谢他不识字,更不懂药瓶上的英文字母。有一次他找到药瓶看了看,只认识上面几个1、2、3,就问二妹是什么药,二妹就说是治肺炎的,你有炎症。他哦了一声,就哼着小曲去我的新院里收拾了,还到野地里刨了两棵小树回来栽上。现在那树早已参天而立,这是父亲留给我们子孙后代的福荫,但栽树人早已不在了。或许,这大树就是父亲,一直在为我们守护着家园呢。

　　我的院落和哥哥、弟弟还有姥爷的宅院里，都有父亲大量的汗水和心血。记得我那新房盖好不久，我再次请假回去抹墙，到家一看早已经全部抹好，白白的闪着亮光。父亲还登着梯子把每一根椽子加固了一遍，防止以后打房顶时有的吃不上劲。我说你的腿还没有经一个夏天，伤筋动骨一百天呀。他爽朗地说，好了，不疼也不痒了，只剩下肺炎了。我听了，心里既愧疚又感动。爹，你是铁打的汉子，打坯、淘井、推车、挑担，什么重活苦活都累不住你，可你今天已年逾古稀，身患重病，将与世不久了，还这么乐观！为了用药调整，我又带父亲到省四院去过几次，曾经要求动手术，医生说这岁数一动更坏事。中医也找了，他们都说治不了，多吃好的养着吧。

父亲病后，我每次探家都要多买些吃的。有一次我买了几种点心和两个小砖头那样的黄面包。父亲一见就说我是钱烧的，瞎买！我说已经买了，你吃个面包吧。他接过去问这多少钱，我说两毛。他又一皱眉头说太贵了。但母亲马上嘟囔他，你是那受苦的贱命。他便解开蜡纸吃起来。我说这最便宜，再回来还给你买，多补养补养。下次回去时，我就多买了几个砖头面包。父亲一见好几个，没再说贵贱，接过一个就吃，又拿上一个去弟弟院里给三孙子。走到大街上，他招招摇摇地边吃边说，这是我二小子从石门买回来的！见了小孩就给人家掰一块，人家就说你真享福。他还要把一个面包让我带给我的儿子，我说这是专给你买的。但他还是硬塞给我一个，我便拿到妻子娘家给了住在这里的儿子。不想儿子只咬了一口就疯跑去了，我就后悔没有给父亲留下。

在父亲最后的日子里，他渐渐感到体力不支了。但父亲见院里有了鸡屎，就拿铁锹一点点的敛了扔到猪圈里。没事的时候，他就到我们南头大江道口的老碾盘上坐着，与一群老人们聊天。他们讨论谁家的日子好，谁家的孩子有才略。这时父亲总是说，比上不足比下有余就不赖了，在咱南头，我的三个小子才略不大，大的在北京，二的在石家庄，三的是治保主任，大孙子去西安上军校，一出来就是军官……人们就附和着说，是啊是啊，你的闺女们也都有本事，接着七嘴八舌地夸他命好。他说，原来算卦的说我是五男二女的命，结果是五女三男的命，说着流露出了一些遗憾。人们就说，你这叫人心不足蛇吞象！他想想也是，又无不隐忧地问，谁知道我这病能不能好？大家就说肯定能好，这会儿的技术高超了。也有的说，人该享福的时候，老天爷就给你个病，让你闲下来。父亲一听，对，就是这个道理。父亲一生勤俭，一生要脸面，总觉得自

己在乡亲面前不卑微不低贱。或者，这也是支撑父亲又活了一年半还多的精神因素吧。

不过，在那年霜降之后天冷了，母亲就不再让父亲出门，怕他闹感冒。我们弟兄三个曾经赶着小驴车，拉父亲到县医院找一位名医朋友诊断。这位大夫说，肺上没有疼神经，你爹真算幸运，不觉得疼，但胸腔积液很多了。我问能不能抽掉。他说瘤子早全身扩散了，一抽水会轻快些，也容易使胸膜很快感染让他疼痛，不如这样慢慢浆养着。这样让父亲在家里，才养了二十来天，他就离开了我们。这太快了，后悔没有抽积水，也后悔没有为父亲照一张相。村里小来子会照，我去找他，他说病人照出来很难看，以后看着更难受。于是先不照了。谁知这一犹豫成了千古恨。最后一天，父亲总给我和哥哥交代祖上旧事，交代坟茔的事。晚饭时，大姐舀了碗稀粥用小勺喂父亲，勺满喂得猛一点儿，一下子噎住了，父亲就再也没有喘上气来。我们大声呼叫着，爹，你醒醒……可他再也没有睁开眼睛。大姐觉得自己犯了终生难饶的大错，便哭得最恸。父亲这近二年，是无痛苦地病着，快乐地劳作着，闲下来也不过两个月。

母亲心里很豁亮。她擦着泪说，七十三，八十四，阎王不叫自己去。孩子们，你爹活到七十三，把你爷爷奶奶、姥爷姥姥都打发了，把你们八个的事都办好了。他享不了福，该回去了，都别难过。又说，阎王叫谁三更走，别想拖着到天明，快给你爹烧倒头纸吧。我们哭着说，娘，你可要挺住呀！娘说我没事。果然，母亲又活到了九十多才无痛而去。在梦中，我见父亲和母亲又团圆了。

2014年1月3日草，2015年1月4—8日改

我的出生

我是在日本鬼子投降那年冬天出生的。娘说，怀了你笨惴惴的，身子沉，就怕日本鬼子来。一听枪响，就往野地里疯跑，钻坟茔，钻高粱地，后来也钻地道。她又说，我天天提心吊胆的，要不你就从小胆小么，那是被鬼子们吓的。这是我长到六七岁时，经常听母亲学说的事情，知道母亲为生我担了多大的风险。她还说，躲鬼子的时候，总是抱着你二姐，领着你大姐和哥哥，肚里怀着你，跟头骨碌地，跑得也快着哩！人急了就不要命了，你也没小产喽。生下了你，人们都说这是个命大的孩子。

到我十来岁上，一次晚饭后，一家子坐着说话，就又扯到了我的出生。娘对我说，在你上边还有个哥哥，那时候兵荒马乱的，得了个病就死了。说到这里她就停顿了一下，好像心里仍然难过。父亲就说，我没有四个小子的命，就保住了你们仨。那是指哥哥、我和弟弟。娘又说，生你的时候是在正半夜里，鸡不叫狗不咬的，那脐带在你脖子上缠了一圈，像是一个红项圈。守生婆说这可能是那边的童子下界，童子脖上都戴着圈哩。我也觉得怪，又高兴，颠颠簸簸多少回，到现在才出世，鬼子们也走了，世道也安生了，这可比生你二姐的时候好，应该是个有福的人吧。父亲和姐姐他们听了，也都说你该是有福的。

父亲找南寺村一个人给我起了八字，也叫四柱，那是四句话。但是爹记不清了，娘也记不清了。他们回忆了半天才说，反正头一句是"头向东来面向天"，后面三句是什么呢？娘就说人家写到一张纸上的，那张纸不定干什么用了，要不让你自己念念就记住了。从此我心里也有了一个谜，预言我一生的运怎么样呢？又过了几年，哥哥偷偷报名参了军，见娘哭过好几回。一天，娘告诉我，人家说你哥哥出去混官面好。我就问，

当兵算混官面吗？娘说也该算吧。后来又问娘，那八字上说我头向东好不好？娘说该是好吧。问头向东是向着什么，娘说向着大海。面向天呢？娘想了想说，有的面向天，有的脸朝下，那是嘴啃地，肯定是种庄稼的料。我又追问，面向天的人会不会混官面？娘便说，向着天上、向着高处，能看见星星月亮，见的世面就大了。但她不无担心地嗫嚅着说，就怕你像你哥，也一出去回不来了。我说，娘你放心，我跑多远也会回来的，我永远离不了娘。娘一听就笑得满脸开花了，我的话给了她很大的安慰。

我是个赖巴孩子，胆儿小。哥哥姐姐们从小个个很省力儿，他们总是哄我，但最有耐心哄我的还是母亲。我不会走时让娘抱着，一放下就哭，娘去厕所我都不干。刚会走时就成了娘的小尾巴。娘去喂猪、喂鸡、串门、下地，我都会颠颠地跟着。娘回忆起来就说，养个儿子总比养个小猫小狗强，接着惬意地笑起来。我就想象我刚会走时会是那种幼稚的样子。有一回二姐说我胆小，天一黑就不敢出屋，我很不高兴。等我大点了就想当英雄，敢出屋了，又总觉得后面跟着鬼儿。所以黑家在街上玩完了回家总是一路疯跑，还没进门就喊，娘，开门！有一次，门开着我还喊，也没有回身关门插上门倌。娘就亲自出去插了门，回来说，你是属鸡的，又是半夜的鸡，躲在鸡窝里，黄鼬吃不了你。我未敢言声，心里盘算怎么着让胆子大起来，却一直不大。每次到外村看戏看电影回来晚了，先是就成群结队的跑，进了自己的村人还多，再往东小街的胡同就我自己了，我便唱着歌跑。这胡同口北面并排着三个猪圈，传说里面有白色的玄狐，像小白兔一样蹦来蹦去。我越怕越要往那儿瞅，头发根子都奓起来了。娘说，你净自己吓唬自己。多年后，听老作家刘其印说，他的二儿子是"文革"中生的，天天战战兢兢，这孩子也就天生的胆小。他还说这是科学。我便想到，娘怀着我是日寇横行的时候，她不得不东躲西藏，果然就种下了我胆小的根。

娘说我小时候总好吃了东西窝着、发烫、闹肚子。尤其是夏天长了口疮很难好，给我熬草药又不喝，一喝就哭。有时嘴肿着，疼得厉害，就哭着叫娘，总说，娘——更！连"疼"字也说不真了。娘又回忆好几次是我哭，她也哭，让吃奶又不吃，喂嘛也不吃，吃一口还是哭。我经常哭得睡着了，娘还是哭，心想这孩子莫非又和他上面没成人的哥哥一样吗？娘便把我抱得紧紧的，怕被阎王小鬼抢走了。后来，当家子爷爷配了一种药面，往嘴里一喷，我就不哭了，这回才好了。说到这里，娘舒了一口气，眼里却噙着泪花。我也朦朦胧胧地有了点哭的记忆，就摇着娘的胳膊说，娘不要哭了。娘说，真是的，都说你是个难成人的孩子，也说爱哭的孩子伤大人，败家。我听了就很害怕，生怕父母被我哭没了，便向娘表示，以后我一定不哭，光笑不哭，让你和爹都活大年纪！娘听了，撩起衣襟擦擦眼睛就笑了。

想起母亲，想起我的出生和我胆小爱哭，就特别恨日本鬼子。他们没有人性，给母亲生我养我造成了那么多的磨难和痛苦。八年前，母亲93岁多的时候，笑着去世了。我赶回家中，跪在娘的灵前哭了一回。出殡时，按照我们弟兄的分工，我为娘摔了瓦。由于我当时身体不好，不能太悲痛，没有一路放声大哭，只是心里默默地说：娘啊，儿子不孝，谁叫我晚上回了城，没守着你，为你送了终呢？娘啊，人总有一死，你慢慢走，父亲在天堂里迎接着你！火化后，一个乡亲说这回你哭得不痛，我说身体不允许了。他说对，不能为死了的哭坏了活的。有的在老人生前不行孝，死了啼哭瞎胡闹。我想，古人固然说行孝要事死如事生，但我绝对是娘眼里的孝子，最后哭倒了我，娘还会心疼的。后来，我看电视电影里娘哭的镜头，就马上想起娘亲，泪水便潸然而下，这是恋母情结的连续释放。

这是忆母的泪，永远流不完。

见2014年《范阳文丛》第13期

赶 年 集

想起娘，就想起那年娘给我两块钱，让我去赶年集办年货的事。

那是20世纪三年困难时期，公社的大食堂解散，家家户户又各立锅灶。这样，家里的烟火气也就多了。快过年了，家家都要赶集上店，碾米磨面做豆腐。这年腊月二十六早饭后，我对娘说想去东里庄赶集。这个集是我们这一带年前最后一个大集。娘就说，你爹在做豆腐那里，给你两块钱，去吧，买点黄韭菜和五香面，买点炮。说着就给了我两块钱。那绿色的钱皱巴巴地卷着，抽抽缩缩不愿见人似的。我接过来，如获至宝一般赶忙装到衣兜里。娘又说领上你兄弟，可别把他丢了。我就答应着拉上弟弟跑出门去。小东街口早有一群伙伴等着。我们十几个半大小子像一群小麻雀那样，扑棱棱飞向十字街，飞出村子，眨眼到了东里庄西口上。先看什么，买什么。大家都说，先买炮！于是我们就进入熙熙攘攘的集市了。越往里走人越多，我和大点的堂哥注意招呼着大家。看见卖韭菜的，也看见卖五香面的。心想回来时再买也不迟，现在买了太累手。

我们来到了南街的炮市，就听咚——嘎！一个大二起在上空炸响。这也叫两响、二踢脚。父母不让我们这些半大小子放这种大炮，远远地看大人放，打得又高又响，心里惊怕倒也觉得很刺激。接着前面又响起噼里啪啦的小鞭，声音此起彼伏，像是在比赛着看谁更响。我们这群孩子最喜欢放这种小炮了，便使劲往前挤。街道两旁都是五颜六色的鞭炮和烟花，我们的眼睛、耳朵都不够使了。这时，我面前突然斜伸出一根长竿，挑着一挂黄色的山东鞭。只见一个大汉站在炮车上，光着脊梁高声叫道："当家不在老少，有志不在年高！真不真假不假，你就听听瞧瞧！"说着就用自来火一点，炮串就嘎啦嘎啦地响起来。我和弟弟赶紧捂耳朵捂脑袋转过身去，就这样我的背上还被炮皮砸了几下，不由得有些心惊肉跳。小堂哥听完了就说，咱买吧，这山东鞭真响！我们便向这个炮摊围了过去。人家说这二十头的一毛五一挂。五十头的四毛一挂。我就拿了四挂二十头的交给弟弟，再把那两块钱递给卖炮的。当卖炮的找回钱来，又看见前头一种比山东鞭个小一点儿的红皮炮也点着了，声音脆响，伙伴们便又趋乎过去。我心想，已经买了四挂，大年三十放两挂，初一起五更放两挂，上坟去又得两挂，还有破五崩穷、十五闹元宵，于是就又买了几挂。见别人买了几筒花，是胶泥筒的焰火，也两毛钱买了一个。还见卖起花的，是一根苇秆拴个小炮，里面装的是竖药，点着了会一溜火光蹿上天空。这玩意儿安全，就买了一把，让弟弟去放。七买八买，兜里的钱花光了，就是买起花时，还因为少一分钱被人家抽下了一根。

这时，南边突然鞭炮轰隆大作，火烟冲天。人们惊呼，着炮市了！火神爷恼了，跑吧！我们便抱着炮捂着脑袋随着人流往北跑，弟弟跌倒了差点没被踩住，他还死死地抱着炮。到丁字街口往西一拐，爆炸声远了，我们才惊魂未定地慢下来。那哥哥说咱回去吧。我也说回家放炮去。

娘见我和弟弟都回来了，就笑着问，买的韭菜哩，五香面哩？我一听，脑袋嗡的一声，就傻了，呆在台阶上了。弟弟说，买炮的钱也不够了。娘就皱了一下眉头，背过脸去。我说，娘，这怨我没有好好算着账花，光买了炮了。娘缓缓地转过身来，脸上已经淌着两行泪，说不当家不知柴米贵，你们爱放炮就光买炮，咱们大年初一的素馅黄韭饺子怎么吃，今黑家你爹煮肉也就没了佐料哇……

我十分愧疚，十分沮丧，不知道该怎么安慰娘，也不知道怎么挽救这个损失。这时娘又疼爱地说，别在那傻立着了，屋来吃饭吧。我们俩才像猫儿似的，轻手轻脚进了屋，把鞭炮放在冲门桌上。娘坐到炕沿上说，这两块钱，是咱家三只鸡下蛋攒来的……我的宝贝鸡呀，过年你们也多

听响声就饱了吧……她撩起衣襟擦擦眼，又说，人多劳力少，你二姐娶走了，你爹一个人挣工分，差点没有超支，一年到头才只分了五块三……这钱不经你爹同意谁也不能动的。那意思是说，柜里还有钱，却不能再给我去买韭菜了。我也知道，我家的钱是一毛当一块地细着花，攒够一块就不轻易动了。一家子都爱吃黄韭味的饺子，这回吃不上了。又想到，一会儿爹回来知道了还不发火吗？我们从小怕爹不怕娘，估计对我这次的大错不会轻饶。于是心里就怕得很。娘掀锅盛饭，我不想吃，也觉得没脸吃。弟弟催，娘也催，我才蔫蔫地坐到饭桌前了。

　　不谙世事的弟弟在炮市上受了惊吓，吃着饭对娘说，这回俺们可怕哩。怕什么？炮市着火了，那炮们咚嘎咚嘎乱飞，差点没崩死踩死俺们。娘一听又心疼起来，说原先怕你们走散了，把票丢了，结果你们遇上了大凶险，没崩着，就是万幸。这时爹回来了，说豆腐下午就做好了。他一看桌上那堆花花绿绿的炮，就说你们买得不少，过年够用了。又问，你娘让你们买的黄韭菜、五香面哩？我一听便局促地站起来，刚咬的一嘴饼子也不敢嚼了。弟弟怕爹也怕惯了，放下筷子陪着我站着。娘却颇仗义地说，这不怨孩子们，集上炸了炮市，他们差点没把小命丢在那里，回来了就好。又对爹说，他姥爷那头肯定有黄韭，让他们去拿一小绺来有个味儿就行。娘的主动袒护，使爹没有发作，他只是默默地吃饭。我们都悄没声儿地吃着，还直看爹的脸色。爹终于说，买就买了吧，初五崩穷就多放一挂吧。他站起来，要替伙计吃饭，就回队上了。我们这才像解除了警报一样轻松了，脸上有了笑模样，家中又恢复了往日的温馨。

　　到大年三十早上，辞旧迎新的鞭炮在村子的上空响起来，我想放那天买回来的炮，心里直痒痒，又怕娘伤心。弟弟摸了摸炮，也被我使眼色吓唬走了。中午，鞭炮声又哗哗地响起，我们俩也没敢放一个。我们那一带的风俗是，三十的包子，初一的饺子。傍晚娘蒸熟了包子，让我们一碗一碗地端去上供。爹也回来得早了。外面的鞭炮声已经响成了一团。这时娘收拾着锅灶，直起腰来笑着说，那炮哩？去放吧，放吧。爹也说，人家放咱也放，迎接关老爷来过年哩！我们像获得了特赦令一般，飞快地去拿了一挂山东鞭，一挂小红鞭。一点，那炮就一闪一闪地放着光，炸响着，震得耳朵直嗡嗡，心里却乐开了花。

那两块钱，母亲的眼泪，还有父母的宽宏，我永远记在心里了。

为娘买点心

老娘在世的时候,我早在省城安了家,在村里的家太破太冷,我就总是腊月二十七八回去看看娘和兄弟们,去去就回。那一年突然想到,她老人家将近八十了。我就对家人宣布,要回晋州老家和娘一起过年。妻儿们都说应该的,去吧。我不想带他们都回去,因为这头有岳父岳母在,还得有人照顾他们。头一年回去要带上儿子,让他接接地气,认识长辈、熟悉同龄的孩子们,让他永远不忘老家这条根。说定了,腊月二十八早上我就去商店买东西。买什么呢?这时我看到了点心,就打定主意多买点心。

20世纪三年困难时期,家中要有点心,娘就不会经常半夜闹病了。

那时讲"瓜菜代",人人饥饿难挨。娘总怕我们这群孩子吃不饱,每回从大食堂打回饭来,娘总是先尽着我们兄妹们吃。看着我们像饿狼似的吃,她收拾这鼓捣那的,脸上却满带笑容。她常说,能吃就能长。娘在盼着我们一个个吃饱长高,成人成事。她经常是剩下了才吃。但是,在一个冬夜里,我正在被窝里看一本书,忽然听到一阵呻吟声。一听是娘,就问娘怎么了。娘不答话,还是轻轻地哼哼。这可把我吓坏了,便披上衣服说,娘,我给你找个先生吧。娘断断续续地说,我心慌得不行,给我口水喝……那时我家刚有了一个竹皮暖壶,每天晚上淘一壶水,谁渴了就喝。我们一躺就着从来不喝,只有娘下炕解手时才喝一点儿。我赶紧跳下炕,倒了半碗水端到娘的枕边。娘歪起头来喝了一口,好些水撒到了枕头上。我就拿小勺来喂她,喝了一些就让她躺下。待了一会儿,娘说好点了你睡吧,早起还上学哩。我就又钻了被窝。天蒙蒙亮时我醒来,见娘已经把我上学的饭做好了,中午的干粮也包好了。想起半夜的事,问娘怎么样。她就说没事了，快吃了上学去吧。

　　过了几天，半夜里又听见娘在哼哼着。我便激灵一下子，意识到娘又犯病了，便赶紧起来为娘倒水让她喝，她还是不由自主地呻吟，我心里就怕极了，要去找先生。她声音低低地说，去也行，找十字街的成子吧，她是咱袁家的先生。我赶紧穿戴着，心里却犹豫了。我们村是古人所说的十字凤凰街，十字街口路北有个土地庙。虽然土地改革时已经拆了，可是谁家死了人烧黄迷钱还都到那儿去，成天有一堆一堆的纸灰或纸人纸马，我们白天见了都躲着走。村医成子就住在土地庙旧址北边，只隔着一道墙。这地方挺凶的，我从南街去请成子就得从这儿过。这怎么办呢？父亲在队上喂牲口不在家，要不就先去找父亲？牲口棚在南头大江道里，都说有人黑家在那里遇到过无头鬼，也是怪吓人的。这时娘轻声说，叫你兄弟跟你去……对呀，娘猜透了我的心。我就捅醒了沉睡的弟弟。弟弟胆大，穿起衣服就和我一起出了门。天黑咕隆咚的，我们俩跑过土地庙，来到成子家门口，想喊袁先生开门，又一想成子人大辈小，他还该叫我爷爷呢，就敲着门喊，成子先生！成子先生开门！我娘病了，你去给看看吧……

　　喊了几遍，成子出来了，便跟着我们到家来。他放下红十字包，给娘一摸脉就说，心跳得这么快，真危险。我说快给我娘治治吧。他就给娘打了一针。又问以前闹过吗，娘就说闹过几回了，这回喝点水也不行，半宿黑夜地请你来，真不好意思。成子笑着说，老奶奶呀，这当先生的看着挺好，可是命苦，大年三十也经常起来好几回。他又问娘感觉好点儿没有，娘说好点了。成子便说这就对了，我走了。又一扭头告诉我，给你娘准备点点心什么的，她一心慌让她吃一点儿喝口水，就解了那劲了。我问娘的病是饿的吗，成子就说，你们都是饿死鬼托生的，肯定个个抢饭吃，你娘就挨饿了。我送他到大门口，一再对他救了娘表示感谢。他却说，你家欠着好几块药费，到过年让你爹给我结了。我马上表示，一定会给你结账的。可我心里在想，这回又欠了一笔，年底能还上吗？

心里便沉甸甸的，回屋来也没敢对娘说。

过了不久，还是一个深夜里，母亲的病又犯了。没有点心，我就让娘咬一口剩饼子，再喝口水。一会儿她就好了些。又过了不久，又是一个深夜里，娘的病又犯了。我就还让她吃点东西。因为自从成子说了这病吃点东西之后，每天晚饭时我都看篮子里剩了没剩，要剩不下我就很担心娘晚上闹病。这几次还都有剩的，真没剩的就得找成子去。这一回，娘吃了喝了还不见好，哆嗦得被子直抖。娘说你们摁着我。我和弟弟便摁着她的腿，稳不住她。我心里就怕得要死，对弟弟说，你守着咱娘，我去找成子！

因为有了爹买的新手电，胆儿也大了。可是那次成子到外村出诊没回来，喊了半天才听他老伴儿说不在家。这怎么办？我们南头一个大伯是城南驰名的中医，被打成右派回来，不能看病了。他住得近，可找他行吗？村西口还有一个纪医生，也是在外公社行医的，今天晚上在家吗？想了想便往西头跑，以为纪医生一定会打针，而且我和他儿子还是好朋友。到纪家门口敲了门，一问也说没回来。我就转头往南头跑，一到大伯门口就喊，大伯、大伯快开门！这大伯虽然是右派分子，但早已经养成了半夜出急诊的习惯，很快就出来跟我到了家。这时母亲还在呻吟，哆嗦不止。妹妹们也都醒了。大伯马上就在娘的胳膊、胸口上扎针。一会儿娘说好点了。大伯就说，你喝点红糖水，吃个点心什么的睡吧。送走大伯，回头看家里只有半块饼子，没有点心，也没有红糖白糖，我就给娘掰了一小块饼子，倒了点水说，娘，以后我挣了钱，天天给你买点心，买冰糖，绝不让你再犯病！这是我发自内心的。我们这群孩子，这个家，不能没有娘！娘从牙缝里挤出吃的留给我们，这恩情我们一辈子也报答不完的！

于是，今天我便又买了又香又甜的马蹄酥、冰糖，提了两大兜子。估计回去能让娘吃上一阵子了，娘见了也一定很高兴。果然到家之后，一说我回来过年不走了，娘非常欣慰，但她却说，过年了，你们一家子为我分开多不好。见我买了这些好吃的,娘就皱了眉。我便赶紧说,娘,过"瓜菜代"的时候,你多少回半夜心慌哆嗦,那是营养不良。现在你快八十了,就给你多买了些。你嫌哥嫂做的饭太咸,愿意自己起锅灶倒也随便,一早一晚饿了就能吃点。娘说,五谷杂粮、家常便饭就很好,乱花钱不好。我说花钱不多。但平时不年不节的回去,我也比过去买的食品多了。只要娘健康,能长寿,再花多少钱也值得。

没想这样回家过年,一连十几年,直到老娘93岁离世。在家里,我和娘一起煮肉,一起剁馅包饺子,一起迎接初一早晨来拜年的人们。因为我年年陪娘过年,大辈小辈们就夸我是孝子。我说,娘老了,虽然和哥哥嫂嫂住在一起不孤独,也不如有我在更好。在家过年,也享受了儿时享受过的母爱,听母亲讲我们小时候可笑的故事。也享受了村里的那种浓浓的亲情友情和年味儿。我和儿子都接上了地气。母亲去世后,到春节时我便觉得没着没落的。虽然在故乡那古老的村庄里有自己的房,自己的院,还不等于有我心灵上的家。没了娘就没了家。

有娘才是家。

见 2014 年 1 月 27 日石家庄日报第 7 版

娘也会讲故事

从我记事的时候，娘就成天念童谣，哄我们孩子家高兴。她念得最多的是，"小小子儿，坐门墩儿，啼啼哭哭要媳妇"；"送锯拉锯，请闺女叫女婿，小外甥你去不去"，还有"小老鼠，上灯台，偷油吃，下不来"。我们大一点儿了，娘唱过《十二月歌》《孟姜女哭长城》《唐僧取经到西天》等。但她说我不如人家说得好，唱得好。可在我们心目中，娘的歌谣最好听，就是个不穿戏装不打脸子的歌唱家了。自然我们也就学会了一些，在妹妹们淘气时哄她们，这歌谣会让她们很高兴。

娘也会讲些故事，不像爹讲得那么长，更不如我大伯能讲整本大套，也很能吸引我们进入一个奇妙的世界。特别是她讲《小三分家》，我们不知听了多少遍，却每一遍她都讲得有声有色，我们听得津津有味。记得她讲，古时候，有个人叫小三儿，爹娘死了要分家。大哥要了骡马，二哥要了驴牛，还都要水浇园子好地亩，剩下小三儿没得要，只好要了小毛狗，一块沙地。哥哥们耕地不费劲，小三儿耕地借牲口借不出来，他就对小毛狗说，给我耕地去。毛狗就跟着他下了地，套上犁杖拉起来。小三儿用鞭子摇着，高兴地唱着，打一鞭，遥天钻，打一棒，遥天晃，看我的毛狗棒不棒！大哥见了很羡慕，觉得自己大骡大马不如小猫小狗，就非得借了去。可是那毛狗不拉套，他就一鞭一鞭、一棒一棒地把毛狗打死了。小三儿哭着把毛狗埋了，不久长出了一棵树，那棵树见风就长，一会儿就结满了又香又甜的梨。小三儿就又吃上了，还卖了一些。他二哥去摘摘不下，就用脚一踹，那树一摇，落下来的都是鸡屎狗屎。二哥弄了一身臭烘烘，就把树砍了。小三哭着把树枝编了个小篓放在墙头上，对着天上喊，南来的燕，北来的燕，吃个米，下个蛋儿！那小燕们就飞来吃米下蛋……这个故事我们记住了,有时候我们还像齐声合唱那样跟她一起说,大哥砸了篓子,二哥拣了鸟蛋……娘见我们都会了,就轻松而满足地说,你们弟兄分家可不能大的坑小的。我说我会让弟弟要了骡马,我要小毛狗。

我最喜欢听娘讲那过去的事情,讲村里的稀罕人稀罕事。有一年,我见娘洗脚,就问娘,你的脚怎么这样子?娘说,我八岁就裹脚,脚被布紧紧地缠着,疼得不知道啼哭了多少回,也不知偷偷地解开了多少回,还被姥姥姥爷吓唬过,打过。他们要我裹成三寸金莲,越尖越小越好,说那才是一个美人。可我总是受不了,一天天在炕上躺着不敢下地,觉得好些了一下地又摔跟头。有时你姥姥也跟着我掉泪,心疼我太受罪。娘又问我,裹脚是哪个朝廷下的命令。我说不知道。她就说,这个人真该千刀万剐。我说是的,还是大脚好。娘便说孙中山好,孙中山让妇女放脚,你姐姐妹妹们就能咚咚地跑,也不受那份活罪了。她还讲,我家迁坟的故事,讲邻居大伯家发生的事情。这些真人真事在她的脑子里储存着,大概我回来和她一起过年,她才把这信息抖搂出来的。

有一天,吃了晚饭,娘说起了日本鬼子打中国。就说老年的时候,秦始皇怕死,就派人到处找长生不老药。有一个人说东海里有,秦始皇就让他去。他要带五百童男、五百童女和多少兵将。秦始皇同意了,就派人去抢老百姓的孩子们,一个个叫苦连天的。又造了大船小船,让他们下海去找药了。世界上没有不死药,秦始皇天天盼着送回药来,一直到他死也没回来。这一千个童男童女就在一个岛上住下,成家生了孩子,就叫日本国。咱们中国人就是他们的老祖宗。又说,这些孙子们太可恨,卢沟桥事变,到处杀人放火建炮楼,一气闹了八年,可把咱祖宗们害苦了。咱村有五个人,被他们逮住吊到树上,地下点火给活活烧死了。讲到这儿,我们听了很害怕,就问烧死疼不疼,娘说那还不疼,烧得小坏、小补丁爹呀娘呀地叫啊,惨得叫人心颤。大火把绳子烧断了,他们掉到火里,也叫不出声了,还一起一坐的,是他们的筋骨被烧得一抽一缩,那气味

也难闻得很。全村人都在周围低头看着，谁也不敢吭声，鬼子们拿刺刀站着岗哩。

　　娘说着，还像在当时大火烧死人的那种场面里一样，神情很庄重。我们也就沉默下来，然后和娘一起骂日本鬼子不是人。一会儿娘看着我说，你就是鬼子投降那年生的，怀着你钻了多少回地道，趴了多少回坟坡呀！我听了，就很感激娘为生我担惊受怕吃了太多的苦。后来知道，日本侵略者从九一八事变到投降，一共在中国十四年，杀害了三千多万人，到处都是大小惨案，哪个地方都没有幸免。娘也是积极参加了抗战活动的。娘告诉我，你哥喜欢枪，偷偷摸人家游击队的枪，不让他摸还哭。后来让他摸了摸就笑了，说以后我也拿枪打鬼子。这不，他真当兵扛枪去了？就让他去当个英雄吧，为那些烧死的杀死的报仇。我也说，将来去当兵，先打小日本儿。

　　如果现在娘还活着，她一定还会讲《小三分家》，讲小日本的来历。若知道日本人又在钓鱼岛上闹事，安倍晋三首相参拜大战犯，肯定也会非常气愤的。

　　娘是裹过小脚的农家女，但她也是一位最为普通的爱国者。

娘 的 遗 产

娘去世时，没有留下什么财产，只有炕头上她陪嫁来的两个木质的皮箱，还有一些被褥，再就是盛米面的坛坛罐罐。别人的娘去世，会留下当年出嫁时的绸缎绣花裙、金银首饰，有的还有洋钱。我娘却都没有。但我们谁也不觉得遗憾，没有娘死后分财产的心。

但是按照习俗，我们弟兄要各分一两个被褥，说那是后辈，姐姐妹妹们已经是外姓人则不能要。弟兄们还要从遮盖母亲遗体的蓝色蒙帘上扯下一条，给儿孙做衣服，说能保证孩子长大成人。我虽然研究民俗，却从来不相信这些。但这次却按乡规要了一条娘亲自纺织做成的被子，接了嫂子递上来的蒙帘布条，心想我的儿孙也应该在城市绵延不绝的。其实一切习俗，都是以求吉利求和谐为核心。我也便是民俗学上所说的一个俗民了。

过年回家时，从弟弟院里拿出我家的钥匙开了门，想找几本有用的书，却一下子看到了那架老织布机。不由心中一亮，这不是娘留下的重要遗产吗？过去，娘是纺线织布的能手，经常半夜醒来还听她嗡嗡嗡的纺线。有时是大姐二姐也都拧着纺车，有时是她们搓棉条或拐线子，小声说笑着，很晚很晚才睡去。还记得她们在院里钉上几个半尺高的木橛，把线子一圈一圈往上缠，绕着木橛转来转去，很像唱戏的走场子，只是没有锣鼓点。我有时也随着她们跑，觉得很好玩。有时碍了事，娘就把我撵跑，说经线子哩，你别在这捣乱。她们把线子经好了，就要在锅里放些面糊浆线子，说这样织布时不起毛。不久我家北屋里就安上了这架织布机。它是梨木的，黑红而坚硬。娘说这机子很沉，坐上去扔梭觉得稳当。娘那扔梭织布的姿势和呱嗒呱嗒的响声，至今留在我的脑海里，像一部录像那样清晰。

我们兄弟姐妹八个和父亲的穿用，以及我上正定读书时的全套被褥，都是娘亲手做成的。记得我拿回了入学通知书，娘就高兴地决定马上制一套新被褥。于是她昼夜忙起来，还把出嫁了的二姐叫来帮忙。被面是四五种彩线织成的条纹格格布，要来回换线换梭，织出来很像艺术品，我无法形容。入校后，都说我的铺盖很好看。有一次晾被褥，一个女生路过时问这是谁做的，我说是娘做的，她说你娘真是巧手呀。可是我说娘手巧，娘还不认。

记得小时夏夜里，我们经常上房去睡觉。娘让我们仰脸看着天上的星星，她用手指着讲哪儿是北斗星，哪儿是南斗星，哪儿是天河，哪儿是牛郎，哪儿是织女。又说牛郎织女一年到头站在河边，就等七月七夜深人静了才能过河见一次面，一见面就抱头大哭，所以这天就爱下雨。织女是巧女，纺线织布谁也不如她，满天的云彩就是她织成的。七月七闺女们向织女乞巧，织女就把她的本事教给人们，就都能织出更好看的布匹来。我听到这里就说，娘，你就是个巧女，织得花布那么好看。娘笑了一声说，不对，我小时候是独生女，什么活都让你姥姥做了，娶聘以后才从头学起的。要说咱家最巧实的，应该是你大姐。她是头大的，八岁上机子学安布，十三岁就能织花布，还跟你东院的嫂子学会了裁剪，你和你兄弟的褂子裤子，不都是你大姐的手艺吗？我又问，二姐哩？娘说你二姐织布裁缝不如大姐，可穿针引线、缝缝连连手快得很，尤其是做鞋袜，手上有劲，眼力也好，一样的布她做出鞋来就好看。这时妹子们说，咱娘是巧娘，大姐是大巧女，二姐是二巧女。我说，你们都当小巧女吧。她们没有表示坚决要当巧女，却在下地劳动之余跟娘学起针线了。后来还发现大姐二姐回来，她们还一起切磋纺线织布做衣服的方法。我是不关心这些的，但我很感谢她们，让我穿出什么去都不露怯。后来洋布多了，机器砸的多了，成件的服装也多了，所以几个妹妹没有再在女红上显示本领。在房上纳凉，经常说着说着就睡着了。有一回忽然掉起雨点来，娘就推醒我们赶紧抱上被单下房，我还差点摔着。从此不敢再上房，就在院里放床或铺上草毡子躺下望星空，只是蚊子多些。

　　娘的遗产，有形的不多，却也有如上面说纺线织布、做饭的草根技术。最珍贵的，是娘留下的无形精神遗产。这主要是，与人为善，诚恳待人，吃亏为福；孝敬老人，慈爱儿女，勤俭为美。娘没说过吃亏是福，但她从来都不怕吃亏，吃了亏也不生气。如果她借别人一碗米，一升面，总都是又尖又满地还人家。还记得她挖一瓢玉米面去还，用手摁摁又添上些，说不尖不满，不算一碗。后来我也发现，别人来借米面时也都会给得尖尖满满，可有的人还回来却平碗平瓢，娘也从来不说什么，还说咱们邻家壁舍的，不用还了，显得非常大方。记得我们后邻的大媛，西院二大娘和那个三奶奶都说，你娘可是个大家主儿！我小时不理解什么是大家主儿，后来娘才说，不小小气气，不沾人家的光，处事大道，这就是大家主儿的架势。我明白了，娘是无声的甘心吃亏，所以能够和睦四邻。这自然影响到我们做儿女的，也影响到邻里们。我们胡同的六七家和整个东小街，就是现在说的和谐文明社区。她不会给谁吵架，从小没养成那种泼妇性格。她压事不挑事。我心想，娘就是一位草根式的和谐女神。

　　娘的遗产的确很少，也的确很多。我们从娘那里学到了如何为人处世，却很难达到她那个程度。娘走了，我们还在暗暗地学着娘做下去。

给娘送月饼

每逢过大年和过中秋,我必须回家看娘,其他时间都随便。娘总觉得,过年时一家人要全全可可的,缺一个也不圆合。中秋节,我们晋州市老家都叫八月十五,多说几个字,至今传承不变,不像城里人说中秋、重阳那么文雅。我每逢八月十五回去看娘,都要买上月饼。先给娘,也给哥嫂、弟妹或侄子们。

城里的月饼,比乡下的月饼花色品种多,包装也很讲究。有一次到了家,我把月饼放到娘的桌上,她就问这一盒多少钱。我就说没几个钱,她又追问我才说二百八十八。娘一听吓了一跳,说这么贵的月饼我不吃,吃不起。我说买了你就吃,又甜又香。然后打开盒子,又打开小盒儿,露出焦黄的月饼,笑着递到娘手里,让她托着小盒吃。她拿起月饼咬了一小口才说,这月饼就是好吃,又软又酥。我知道,娘晚年的牙口不好,饭菜都愿吃软的。而乡下的月饼又总是放油少烤得硬,娘吃着就费劲。

看着娘吃的时候,我就想起儿时盼中秋,盼月亮,盼月饼,那种难耐的心情。当时是生产队里统一打月饼分月饼,每人一个。节前分了月饼,娘就先藏起来,供奉了月亮才让我们吃的。在那种缺粮愁食的年代,有个月饼吃就太稀罕,也似乎太奢侈了。

娘一边慢慢品嚼着,又问这一盒里装了多少,我说六个。娘一听就半张着嘴愣了,说这合四五十块钱一个,就像吃金子啊!她便把剩下的半个小心翼翼地放下了。然后问每一盒多少钱,我便压着数告诉她。她说,我留下三十块的这一盒,别的你拿走吧。我说,家里还有好些呢,弟兄们也都有。娘似乎高兴又似乎牙疼似的,过了半天才说,那就等十月一给你爹上坟送了寒衣,家来再吃吧,上过坟的小孩吃了都壮实。我说可不要放坏了，顶多你放到九月九吧。她说天凉了放不坏。可是我知道，这些年我买回去的点心、月饼，她总放在橱子里舍不得吃。偶然想起来一看都长毛了，便用手剥去表皮或者在锅里蒸一蒸才吃。粗茶淡饭一辈子的娘，条件好了也不会享受。现在月饼多了，娘应该多吃些，补一补营养。可是她又嫌太贵了，内心里一定认为我是个败家子。

又一年，我头八月十五回去，娘却跟着大姐住着不在家，哥嫂也出去了，就把月饼放在一个侄子那里。她回来已经是八月底，问我回来没有，哥哥说回来过，我也没见着，给你留了月饼在后院里。娘就去问，结果他们孩子多，早吃光了。他们叫着奶奶给她别的，她却不要，心里暗暗生了气。不久我又回去，娘就说，再过八月十五我哪儿也不去，就在家里等着你回来，要不月饼都让他们吃了。我一听笑了，说，明年我还给你多买。娘说那就买散的，千万不要带盒的了。我说好。

又逢中秋，回去一下车，就远远看见娘坐在门前的木墩上，正和几个老太太聊天。原先门边有块大青石，那年盖房打墙基了，爹就在这放了一个木墩，这就是望儿墩了。我提着月饼走过去，叫了一声娘。娘眼睛不太好，眯了一下眼才看清是我。我们进了家，她一看只有一个盒，其他都是花纸裹着一卷一卷的，就满意地说，这回月饼多了，你也省钱了。我说这散装的也不赖，我尝过一个也是又酥又软，又甜又香。她便先打开一卷尝了一个，果然很可她的心。吃着，她说给你哥哥、兄弟还有侄子们拿些去吧。我说还都在车上，就回头提了月饼给哥哥他们分头送去。这回娘极为高兴，吃了一整个月饼，又吃了一根香蕉，说这都是甜的，人家医生说老人不能多吃甜的。我说对的，你饭前饭后垫补着吃，不要当饭吃，也不能放得长了毛。娘一听扑哧笑了，你怎么知道了？我说听哥哥说的。你放心，这回又好吃，又不贵，我一天吃一个吧。

临走，娘和弟兄们又往车里装了好多花生、干瓜、北瓜什么的，真情难却呀。回来的路上我便想到，送来拉去的，不都是亲情吗？那圆圆的月饼，圆圆的月亮不都是团圆的象征吗？后来每到中秋回去，都见娘

坐在门口的木墩上，不时地眺望。我送去的是当儿子的一片心，要让娘吃她过去舍不得吃的好月饼。

然而老天不留人，母亲去世了。第二年中秋，我再回去送月饼，见那木墩孤寂地戳在那里，呆头呆脑的。没了娘在，心头便空落落的。没娘了，娘走了。又觉得娘依然在这儿守望着，盼着我早些来，哪怕空着手也高兴，于是便暗暗呼唤着，娘，你还来吃月饼吧！从这次起，我只能看望看望弟兄们，有时到外村去看看姐妹们。虽然都是亲兄热姐，一母同胞，个个喜笑颜开的，却总感到不圆合了。

月儿圆圆，月饼圆圆，这团圆节日也不能不让人生出几分怅惘。

老娘不进城

我十来岁的时候,娘曾经说,你姥姥是小脚,一辈子连县城都没去过。又说,俺去过晋县城里,到过石门,比俺娘走得远多了。我听了心想,以后长大了一定到处去看看,不能把自己憋在小村里,于是好好上学读书。

娘的确到过晋县县城,到过石门,她总把石家庄叫石门,还到过京广铁路一侧的清风店。因为哥哥偷偷报名当了兵,父母对他日思夜想。哥哥来了信,就让我给他们念。哥哥信上总有一句话"见信如面"。娘听了就说,信就是信,字就是字,那也不是真的回来了,说着就很有些眼热。终于有一天,爹说明天一早俺们就去清风店军营看你哥哥,你和你二姐在家里支应着做饭、插门,喂猪喂鸡,不要吵吵闹闹的让人家笑话。我和二姐都表示,一定把弟弟妹妹们带好,把家里的活做好。第二天我醒来,就发现爹娘真的走了。几天后回来,娘很高兴,向我们分发着哥哥买的糖果说,你哥就是混官面的命,在部队上吃大米白面挺享福,俺们去他那儿,天天像过年,这回放心了。又冲着我和弟弟说,以后你们大了愿意当兵去也不阻拦。从此我和弟弟就有了参军的意念,只是后来都没有当成。一是体检时我二度沙眼不合格,二是弟弟在家几次征兵乱争他就没争。三是娘从内心里还是怕我们当兵,虽然和平时期打不着什么仗,可那也是个危险活儿。娘这次走得最远了,大概三百多里,比姥姥强多了。后来哥哥转业到北京当了工人。娘就想去北京看看,我也想去北京看看天安门。哥哥和嫂嫂也都欢迎我们去北京逛逛。可是娘终生没有去。当然我去北京无数次了,觉得它离我们家才五六百里,太近了,也太方便了。80年代初,我调到了省城石家庄,大侄子军校毕业分

配到了北京,后来二侄女也去了北京。这时晚年的娘,却是换了魂似的,说上哪儿上天也不去了。

记得那一年娘生了病,虽然不太重,我就想把娘接来过冬,全面检查身体,也把病治治。妻子说要给她做几件新衣裳。当时我分了四间房,比原来多一间,儿子虽然占一间,却常年住校读书。接娘来是全家一致的意见和要求。头天下午,我先往家打了个电话,退休回来的哥哥说,娘现在跟着二妹。我就让司机直接开车到二妹的村子去,劝娘到省城来。娘摇头,二妹妹也不赞成,想起哥哥在电话上也是不赞成。但我们的小司机嘴很巧,竟然把娘说动了。娘说去就去,少待两天,看看儿媳妇、孙子孙女也对的。说着就收拾她的小包袱,里面只是几件十年一贯制或二十年一贯制的旧衣裳。我心里说,到我那里这些就淘汰了,一定要娘全身焕然一新,只是城里头没有娘穿的裹脚鞋。说说笑笑着,娘就上了车。没想到,走了不过五六里,娘就说车里憋得慌。我便赶紧打开车窗,让一阵凉风吹进来。一会儿娘又说,我不去了。这时,我发现,娘的脸色发黄,额头上还有汗珠,就问娘不舒服吗。娘说,一坐车就心慌,还不如哒哒哒的拖拉机好。司机放慢了车速,说这是老人经不起高速度运动,让她产生了恐惧感。我就说再慢点。就这样慢慢走着,想到当年娘曾经半夜闹过心慌,到这岁数上,要半路犯了病可怎么办哪?弄不好还真没法向全家交代,我就成了千古罪人。快到县城了,娘还是说心慌,咱回去吧。我便马上让司机往回开。司机说还有一百里,都是沧石路,一小时就到了。我说不行,娘也说回去,回家去……于是车就掉头往回开。我两手扶着娘,劝她不要着急,一会儿就会到家的。我们把娘送回老家,没有再去二妹那里。哥哥嫂嫂见了就说,回来好,回来好,又带着几分埋怨说我,不让你拉咱娘进城你非要拉,还是回来在家里平妥。我说是,你和嫂子就多辛苦些吧。又给哥哥些钱,这是供养老娘冬天烧煤的。市里的家中,还在迎接老娘去享福,把屋子收拾了又收拾,结果他们白忙活了一通。

现在都说老人养老最好在他熟悉的地方，不要轻易挪，更不易住进几十层高楼里。因为老人对新环境适应能力差了，一变环境就容易生病。我终于明白了，娘从自身的感受出发，不再想去北京、石家庄，甚至连县城都不肯去，是有一种古老的生态理念。难怨古人老了就退归林泉，在茅屋寒舍中安度余生，这些人往往是长寿的。娘讲不出道理，却要这样做了。她当年对大城市、对现代化生活的向往意愿自动泯灭了。娘的如此选择，真是一条长寿之道。

我们村里人都说，南头袁家"丰收"老太太。我娘就是其中一个，她活的岁数不是最大的，大家却都说她是最享福的。因为我们兄弟姐妹多，人多去得多，带好吃的多，娘总有个快乐的好心情。大概娘90岁时，我回去过年住下来，娘就说，我这命真好，不像算卦的说五男二女，可你们八个都壮壮实实的，谁也没有走到我前头，还都有后，我就怕老了老了来个白发人送黑发人，那才苦哩。我说，我们几个都是你生得好，个个是胎里壮，能让你五世同堂，上哪儿去都是一群，打狼去似的。娘一听笑了，笑得很真挚，我说到她心里了。我又笑着说，娘，你是个老寿星，也是全家的福星，福星高照，我们就能更好地挣钱孝顺你了。平时，我们给她买的好东西，她也给重孙玄孙们分散了不少。但还是她吃得多，感受到了我们的孝心，获得了一种满足感，在老太太中间就有了一种优越感。

村里的风，村里的水，村里的静谧和娘的良好心态，让娘比较健康地活过九十高龄，又拐了三个半弯。

娘是舍不得走的，她又是向往着天堂福地的。记得她70多岁时就准备好了自己的送老衣，雅称寿衣。有一回她从老皮箱里拿出一件穿上，伸开胳膊让我看好不好。我看她穿着深蓝的肥大的衣裳，脸上笑得像一朵花，就感到娘是一个不怕死的唯物主义者，是把死当成了新的享受。我却说，娘快脱了吧，你还小哩。彭祖活了八百八，见过黄河九澄清，你就好好地享受以后的好日子吧。娘更笑成了一尊弥勒佛，说活不了那

么大，要活那么大，后人们早就腻烦死我了。我说不会，孝道是咱们的家风。

娘一辈子不进城，说她进城也只是从县城、石家庄路过一下而已，但她很满足于这老院大炕，乡村风俗。她没有怨恨我们不接她去住大楼，而是在自家老房中安然而去，没有乡愁和病痛，如一片叶子悄悄地落回自己的根上。这，也是今日移民们应当羡慕的一种活法和归宿。

2014年1月24日，25—27日改

跟娘一起过年去

在老家过年，自从我调到省城后就少了，但总怀念在家乡过年的那种浓浓的气氛。在市里过年虽然没什么意思，可是家属身体不佳，经不住晕车和煤烟熏。那时父母还都不太老，妹妹们还未都出阁，他老两口儿也不需要谁床前伺候。后来父亲去世了，妻子一再生病住院，再后来岳父岳母也迁来了。娘就大方地说，年下家里太冷，孩子还小，你们过年就别回来了。有一年腊月，我忽然想到老娘快80岁了，过去说"人活七十古来稀"，80岁就是耄耋之年了。

回去吧。人老了说不定哪一会儿有事。

回去吧。全家都这样说，特别是岳父岳母都很开通。

腊月二十八，我便带着儿子回晋州老家了。还带着肉、油、点心、蔬菜、水果和几瓶酒，把后备箱装满了。到了家，我便说，娘，这回不走了，给你一块过年。娘一听喜欢得眼睛潮湿了。把车上的东西卸下来，堆得这也是那也满，娘就乐颠颠的不断规整它们。一会儿老屋里比较有秩序了，也仍然显得琳琅满目，很丰盛的样子。哥哥嫂嫂也欣欣然地说，这回咱家热闹了，明天你大侄子、侄女就都从北京赶回来，会更热闹的。

晚饭时，娘在火炉上坐锅熬了米粥，熬得时间长，娘又放了山药，自然就很好吃。儿子便说，奶奶，这比城里熬的饭香甜多了，便喝了一碗又一碗。见孙子夸她的饭好，娘就格外开心。晚上是煮大肉。当地有歌谣说，二十五，做豆腐，二十六，煮锅肉。但二十八了煮肉也不算晚，我们不回去娘也要煮肉的。于是，我把带回来的肉，弟弟和大姐给娘的肉都拿出来，放在老案板上切肉方。肉里还有些骨头，我就找来斧头剁开了。用温水把肉块泡干净了，才装进锅添了水，坐到火炉上煮起来。

大约过了多半个小时，娘说，过去煮肉都是你爹的事，现在你会煮吗？我说记着个大概，反正要放花椒、大料、葱、姜、蒜、辣椒，还要多放盐。娘就把这些东西一一拿来，我就要放进去，娘拦住说放不得，要撇出沫来，煮熟的肉味才好。于是我就拿饭勺一点儿一点儿地撇了那不黑不白的沫，接着要端起盐罐子。这时娘说，你爹煮肉的时候，放盐晚。为什么呢，她也说不上来。我就想到炒菜时先放油，炒到一定程度再放盐。便说，爹这样做可能很科学吧。说着便一一放了佐料。一会儿锅里又飘起一些沫儿，就又慢慢撇了。什么时候算熟呢，娘说，你用筷子插得动就算熟了。娘说放盐吧，这一锅要放一大把。我就从盐罐里抓一把撒到锅里。锅里开得咕嘟咕嘟响，肉的香味飘出来了。但我用筷子一插还不熟。熬得水有点少了，娘让我续点水。我添了水，还给炉子添了一次煤。看着那肉方子在水中摇头摆尾的，怪有意思。又过了一会儿再用筷子插，发现有几小块熟了，就给娘插一小块瘦的放到碗里，让娘在被窝里趴着吃，还给她放了点醋，娘吃得很有滋味。吃完把筷子一放，才说去年我自己煮，总怕不熟还煮老了锅，那肉皮都快成稀泥了，你可别煮过了头。我说你放心吧，我这回回来学会了煮肉，回去再煮肉就当师傅了。说着便让娘睡下，到哥嫂屋里去，见儿子也在那里看电视，就与哥嫂边聊天边看。不想一晃就是一个多钟头。回屋一看那肉锅，糟了，真煮老了，便赶忙把锅端下来，那炉火也该添了。娘醒来，我就无奈地说，娘，这锅肉你吃着省劲，不用嚼了。娘没埋怨，却躺着笑了。我知道，只要我来陪伴她过年，把肉煮成汤糊糊她也高兴。

我还帮着娘切菜、拌馅、和面、擀片，一个一个地包饺子。这是大年三十的事情了。这天中午，娘把提前变好的干粮包括煎饼、黏饼子都在到锅里腾上，让我们吃稀罕，下面是小米粥。吃饭前，她先舀出一小碗粥来说，这叫隔年饭，放到初一黑家饭时再倒到锅里，就是上年的余粮。下午娘就说，咱准备黑家饭吧，是吃饺子还是吃包子？我知道这是文雅说法上的年夜饭。自从父亲去世后，年夜饭简单了，置办酒水也是哥哥嫂嫂的事了，几个弟兄过来就聚在哥嫂屋里喝几杯。今年也不想在娘屋里摆酒桌，我就说咱包饺子吧，来得还快。于是我就全程历练了一遍。拌馅子时娘说，三十、初一的饺子包子都是两种馅，一素一肉，素的是新鲜的黄韭加白菜，比绿韭菜和蒜苗的味都更好。肉的是白菜猪肉，有时用牛肉却一定不用羊肉。这是我家过年的传统食谱。我们在市里过年包饺子也是这两样馅。黄韭总有弟弟在最后一个年集上替我买好，我带回市里一家子都把这黄韭当成黄翡翠。这回在家和娘一起包饺子，无论是素的还是荤的，吃起来就格外亲切格外香。饺子剩了很多。娘说这也是明年的粮，要都吃了明年就会挨饿的。是的，过年都会盼着来年丰衣足食的。

　　我有了照相机，也学会了照相，回去就带上了。当天下午阳光好，我就让儿子搬出椅子来，让娘坐在阳光下给她照相，照了一张又一张。娘说照几下就行了，要不就都把我的血吸光了。我一听笑了说，照相不吸血，说吸血没有道理，爱照相的人还个个长寿呢。娘说为什么长寿，我说爱照相的就爱笑，看着照片也会笑，所以就都活大年纪。娘还真信了，便不再拒绝，又让哥嫂和孙子孙女们来一起照。她坐在正中，大家众星捧月一般围着她，笑得很灿烂。好像是1996年正月初六，我们兄弟姐妹八个，还有下面两三辈的50多口人，都被娘召了过来，哥哥在院里盘上广口大锅熬了大锅菜。吃过饭就搬椅子凳子照全家福。我的照相技术固然还不太高，但在阳光下也不应有问题。可这次难得的显示机会却搞砸了。拿回卷来一冲，一片空白，我一看傻了。照相馆的说，你这是保定的乐凯卷，上当了。这怎么办，下回再照吧。又过年时，人们都指望从我这儿拿照片，我却窘迫得要命，便说再集合一回吧。但集合不到那么全合了。有了数码相机，也只能照不全合的全家福了。这便成了我照团圆相的一大遗憾。

　　十几年里，每次过年都去和娘一起过几天快乐日子，我体味着有娘的幸福。但我也腻歪家中生炉子尘土太多。儿时不懂什么细菌，现在观念变了,心里总是怯怯的,怕吃得不干净,怕煤烟太熏人。再一个就是怕冷。儿时,总觉得家中温和而温馨,现在却总觉得这屋冷那屋冷,钻进被窝还觉着冷。终于有一年,我和哥哥聊了个海阔天空后,一看已经一点多了,就回娘屋里给娘倒半碗水,封上炉子睡下。没想到,突然心脏跳动渐渐加快,以为是煤烟熏的,但嗅一嗅没味儿。我就有点怕了,以为缺了氧气,便使劲深呼吸。过了一会儿,果然心跳又渐渐慢下来。连着几年,几乎都闹一两次。我怕娘担心,就从来没有告诉过她。我忽然想到,20世纪"瓜菜带"时期娘多次半夜心慌哆嗦,就是在这条炕上发生的。今天娘比我还耐冷,这病却到了我身上。又一年,我睡下后就心律失常,十几分钟下不去,就悄悄穿上衣服去找哥哥。哥哥领我去找一个新上手的小医生。这小伙为我摸了脉说,家中天太冷,你受不了,血液周流出现了问题。他就给我两片消心痛吃下。这小医生说得对,我天天晚上两腿凉得像冰棍,有时还抽筋。我回了屋,娘还在呼吸均匀地睡着。但她也听见动静了,问有什么事,我只说去茅房了。直到娘含笑而去也没有让她知道。

  要回市里了,每一次我都带着对母亲的眷恋。娘也总是走出门来,目送我上了车,走过十字街拐了弯才回去。我开着车窗,使劲往回扭头摆手,心中不由阵阵怅然。回来,一定给家人讲娘的故事,这又是一番乐趣。可是,从2006年母亲去世后,真体会到没了娘就没了家。固然亲兄热弟的都有情感,但这种情感超不过有着脐带关系的母子深情。在市里想娘,回去更想娘,回来了还是想娘,这便是我的乡愁。很惋惜的是,行孝还太少。人哪,不要及时行乐,而要及时尽孝。

2014年1月22日草,25日改

娘的眼泪为儿流

我娘年轻的时候眉清目秀，一双凤眼会说话。她和我父亲成婚后，我们袁家大院里都说这是咱南街最好看的小媳妇了。在我的记忆中，娘的眼睛总是笑的，充满着慈祥和善良。直到她将近90岁的时候，一笑那鱼尾纹很细很长，似乎更好看，更吉祥。但是娘晚年经常闹眼病，她也没太当回事。到她80岁以后，我得知娘血压偏高，便经常给她买降压药、保健药，她却从来没有让我给她买过眼药。因为哥哥退休回来了，家中还有弟弟和侄子们，我在石家庄，远水解不了近渴，娘怕我忙就没告诉我。后来我知道了，便感到很内疚。我很清楚，娘的眼病以至于最后出现白内障，是当年我参加"文革"，让娘思念流泪过多造成的。

"文革"第一年，我所在的正定师范学校成立了红卫兵组织。不久大串联开始了，我们九个同学便组成了一个踏遍青山长征队，一直走到了武汉、南昌、长沙，又带着朝圣般的心理参观了毛主席的家乡韶山。这时已到春节了，却有人主张继续西行，重走长征路奔延安。我心想，要过年了，娘一定牵挂，还是赶紧回去吧。但买不上火车票。梦里回了家，醒来更遗憾，恨不得插翅飞走。我们无奈地在长沙熬过了大年三十、初一初二，到初三早晨才硬冲进火车站，从车窗爬上了1次特快。回到晋县老家，已经是正月初五的傍晚了。娘一见我就掉了泪，说，傻小子，忘了娘了，忘了家了？好多红卫兵串联从咱村过，有道上病死的，打架打死的……这是儿行千里母担忧。我赶紧解释，又说了一路上的见闻。娘听着便含着泪笑了。父亲进家来也说，腊月二十三你娘就念叨你，大年三十了你还不回来，你娘就啼哭起来，天天在关爷老母这儿祷告。我一听心里更为歉疚。父亲又说，别人破五了往外走，你瞎串联破了五才回家，也不早点写封信来。是啊，想从长沙写封家书，又觉得信太慢，

没钱了还借了两块,反正很快就回去了。没想到让娘一再哭,一家子为我着了急。

返校后,形势又发生了变化,学校出现了几个造反组织,然后又形成了两大派。一派叫革命造反兵团,袖章上写着"革命造反者",我就是这一派的。还有一派叫延安兵团,人数少些。在学校里没意思,我就随着几个本派的同学到正定的乡村宣传毛主席最高指示。一次回校时发现,有人在用木炭制造火药,自铸土地雷,原先小范围的武斗要升级了。这时一个同学跑回老家躲起来。我不想当逃兵、逍遥派,却又怕万一哪一天像保定打起来。一天早上,我看看自己条纹很好看的被褥,心想这是娘为我来上学日夜纺线织布做成的,不能在武斗中被打砸抢了。于是便把它们和几本书一裹,捆成一个包裹寄回去了,心里轻松了。因为当时天热,有另一个同学的铺盖,睡觉很好将就的。

一天,延安兵团一下子全撤走了。我们兵团头头儿就让我们男生堵临街大楼的门窗,怕那一派回来破窗而入。这时一个同学喊我,说有人找你。我一看,竟是父亲站在学校门口,便赶紧跑过去。爹看见我第一句话就说,你呀,可把你娘急坏了。又说,你寄回了被褥,全村都说这是你被打死了,好心的同学替你把东西寄回去了。我一听,脑袋里嗡的一声,坏了,造成大误会了。爹还嘱咐我,你不要乱打人,也要防备着点,可别再让你娘着急了。我说你放心,我在兵团里办小报,不出去打架。父亲扭头就要走,我说吃了饭再走吧,他说你嫂子和侄子还在车站上等着下一趟车哩。我这才明白,父亲是送嫂子去北京我哥那里,恐怕他最重要的是过正定看看我是死是活。事后,父亲说他当时是做着最坏的打算,准备给学校领导要人的。我说,校长、书记都是走资派靠边站了,我要死了没人管的。

严重的事情还在后头。这年的深秋,上峰陈伯达表态了,以铁道兵学院为首的501兵团是反军派,应当解散。拥军派便贴出大标语,写着"坚决落实中央指示,彻底砸烂501革命造反兵团"!那个"1"还被换成一个"妖"。我们觉得自己是毛主席的红卫兵,不是妖怪,但也没有办法。

我们八九个便逃到了附近的木村,又趁夜色和一个是老乡的副头儿到新安站上火车去了北京。那个副头儿说,咱们去上访。但只在北京我哥哥那里待了两天,又到北京军区咨询了一趟。人家说,正定的造反派必须到保定农大集中,马上返校上课。我们就去了保定,第二天统一上火车回了正定。可是一下车,就被持枪民兵包围了,那个副头儿被押到一个公司,将他打了个半死。他表妹也在这里读书,她就连夜赶回去报了信儿,谁谁被打死了!村里就轰动起来,消息第二天就传到我们村,特别是传到了我娘的耳朵里。娘当场就大哭起来,以为我也被打死了。其实这个同学当时被几棒子打昏了,一泼凉水就又苏醒过来。我却没想到他的"噩耗"波及我们村,给父母特别是母亲造成了巨大的悲痛。邻居们越劝,娘哭得越厉害,闹成了满堂哭。但这次父亲没有敢去正定,他怕去了真见不到我了。胜利者们的报复行动在继续,军管会对我们一一审查。因为我从"文革"开始就是保皇派,只当着文艺宣传队长,仅仅被踹了一脚。

人到难处自恋归。这时我太想家了,就向连指导员请假回家取棉衣。指导员说,还有几颗手榴弹没查出来,不能走。请了几次才批准了三天假。又是一个炊烟氤氲的傍晚,我匆匆地赶回家。暮色朦胧中,我一进院就像孩提时一样急着喊:"娘,娘——"一连喊了几声没人应,屋里也黑着灯。进屋一看,娘坐在炕头上,好像在低着头打盹儿。我再郑重其事地叫了一声娘,娘才抬起头来说,是你吗,我是做梦吗?我就上前拉住娘的手说:"是我,回来了!"娘摸了摸我的头,我的脸,便大声地拉着长调儿:"我的儿啦!你可真叫娘想死了……都说你和南寺的一个都死了,扔到滹沱河里,连尸首也找不到了……"于是她又抽噎起来,毛主席呀,你干什么非搞这死人的运动啊……

这时弟弟妹妹们去收棉柴回来了。一见我都说,哥,你可把咱娘急死了,干什么也不写封信?也不回来上地里挣分去?我无言以对,千错万错都怨我!怨我闹"革命"傻坚决。这时,大妹拉着了电灯,屋子一下子亮了。娘下了炕说,揭锅吧,先留碗饭给关老爷当"供献"。我知道,娘全靠关老爷支撑着呢,是为了我,为了这个家。吃着饭,我便学说这

多半年的经历,一家人听我们这些红卫兵的故事,个个一惊一乍的。娘说,你算命大的,不要再回去了,在家种地吧。我说,还没有毕业分配。娘又说,你上面那个没见面的哥哥小小地死了,你从小爱啼哭难养活,长到这么大再没了,我也就不活着了。我们听了都不由心头一阵酸楚,也提醒娘别这么说,好事在后头哩。那顿饭吃得很悲壮,很忧伤,也很欢欣。父亲从队上牲口棚回来,一见我眼睛也潮湿了,说可把你盼回来了,别走了,你兄弟当队长了,让他给你派活记工吧。我说学校军管了,不会再武斗。将来有了工作,我还要挣钱养活你们的。

返校之后不久,大概是11月下旬,石家庄地区文教干部焦玉峰来了,为我们这批拖了一年半的毕业生搞迟到的分配。他问我,你愿意去哪儿。我马上说,回晋县。想到保定、石家庄吗?不,晋县人回晋县,能守着爹娘。于是我就被派回晋县教书了。我去县革委报了到就回家去,娘一见又喜泪涟涟的。待我支了第一个月工资带回去,爹笑了。娘又哭着说,好小子,有孝心,总算熬出来了。

娘亲的泪水为儿流。因为儿是娘身上掉的肉。

娘的泪泉已经干枯,只剩下笑容了。

娘的眼睛,被诊断为白内障,不好治,除非完全失明之后再做手术。还嘱咐她不要着急不要哭,不要老擦眼。好在娘活到了93岁多,暮年安康无忧,没受瘫着粘着的苦痛。一次我回去看娘,哥哥对我说了诊断的结果。我心里就咯噔一下,觉得过去娘为我流泪太多了,让她担惊受怕太重了,才造成她晚年的白内障。这是我又欠了母亲一笔账,却也三生难还。她头去世几年的眼睛走向恶化,但也没有完全失明。她不让再去看,就带着近一个世纪的辛劳与悲欢,带着对我们兄弟姐妹八个的牵挂,笑着走了。在停灵吊唁娘的几天里,我一再暗暗祷告,娘,天堂里也有好眼医,你就让爹陪着,在那里治好吧,我们给你做了摇钱树、聚宝盆,又开了大银行,年年上坟也会多给你们送银钱,做手术足够用的。等以后我去了,就再好好地伺候你们吧!

2014年1月18日草,19—23日改

童心野趣

TONGXINYEQU

东 小 街

我们南头有两个东小街,一个西小街,还有一个大江道,就像凤凰长身上的几支亮丽翅羽。我家住在离街里庙十字路口最近的东小街。这是一条没有通着田野的闷葫芦头,但几乎都是我们袁家东门的大辈人家。我小时候的最大辈是吉水爷和金华奶奶家的那个老奶奶,与南边那个东小街、西小街相比,我们这儿就被称为大辈街、奶奶街。过年的时候,他们来找节,就是拜年,便说到了奶奶庙里了,好好磕头吧。那时我才十来岁,叫我爷爷、老爷爷的已经不少。至今,袁家活着的竟有8代,最大的是大堆家的那个大嬷超过了一百岁,是我们村也是晋州市的一个奇迹。

我们的东小街不发财只发人,茂起弟兄五个,大堆弟兄五个,小拴弟兄五个,小志弟兄四个,小根弟兄四个,我们弟兄三个还算少的。这里便是我们一群男孩们的天堂。在我上小学时几乎除了刮风下雨落雪,每天吃了晚饭,都会不约而同地聚在一起瞎热闹。玩得最多的就是捉迷藏。

记得一个夏夜的月亮地儿里,我和弟弟吃了饭就跑到胡同口,见小街里已经有五六个伙伴在讨论玩什么,最后大家一致决定还捉迷藏。捉迷藏若在白天需要有一个人蒙上眼睛当捉手,其他人都是藏的,还规定一棵树是"乐儿"。谁跑回来没被抓住就一拍树身喊一声"乐儿",算是逃脱成功了。夜晚有没有月亮时,则只让捉手先脸朝墙站一会儿,他喊藏好了没有,有一个回答藏好了,他就开始在街上寻找。墙旮旯、秫秸全里、门洞里,都成为我们的可藏之处。如果他先发现了谁就追谁,追上了拍一下就算赢了,被拍的则去当捉手,赢了的就去当藏家。那一夜我当了两回捉手,却捉了四回,累得气喘吁吁。

还有一次，只是繁星满天，人们藏得很严密。捉手是小大辈连生，他比我小两岁却是我的叔叔，家在十字路口关帝庙前，距东小街不过二十丈，但他爱参加我们东小街的玩耍。这次连生一处一处地找，十来个人竟然一个也找不到，是不是有的跑回家了？结果都没有。他大喊："找不到你们，都出来吧！"这就输了。一问才知道，人们翻过小街东头的一道小墙，到那边躲着去了，所以他找不到。那么他接着脸朝墙站着，问藏好了没有，听见远处有人回答好了。他就找呀找呀还是找不到。后来他就大喊，都出来吧，你们又赢了，我又输了！人们才纷纷走出来。原来我们藏在了几家的门旮旯，又进去把门一关，连生就发现不了了。

　　第三次，是有的上了树，有的跳进小志家门边的三个不积肥不养猪的干圈里。这回急得连生哭起来，他大喊你们都出来吧，我又输死了！然后人们才又下了树，爬出圈，见连生哭就安慰他。又七嘴八舌的讨论，规定一个范围，不许超出范围，包括不许上树。这样我们的捉迷藏活动就比较规范了，但这也太好找到了，尤其是小个子追大个儿又总是追不上，就一会儿追这个，一会儿追那个，闹得满街筒子叽叽喳喳，鸡飞狗跳的。影响大人们出来进去，他们就训斥我们几句。大家暂时老实点，一会儿又叽叽吵吵鸟儿开会一样了。

　　捉迷藏和围成圈玩丢手巾，参与人最多，闹笑话最多，大家兴趣也最高，显得东小街人气最旺。我们也在白天玩踢房、扔窑、撞拐、打奋。踢房就是用个小棍子在地上画个长方形框，里面再画一道竖线，两三道横线，这就像一间一间的房子。踢房人要单腿着地，脚下还要踢着一个玻璃球，那是五六十年代孩子们普遍都有的玩具之一，那晶莹的玻璃体内还有红绿黄各种颜色的花纹或花朵，五分钱就能买一个。我们就叫它溜溜儿，踢房也叫踢溜溜儿。当一个人单腿踢着溜溜儿一间一间地踢过去再踢出来，他就有资格再踢第二遍，第三遍。如果中间踢得压了线或踢到了房外就算输，便换另一个人来踢。这活动分输赢，但不赌东西，输了的也不用出东西。往往是三四个或五六个孩子轮流上场。能连续踢三遍者不多。有时一个人踢，多人在一旁说逗乐的话，故意让踢者分散精力，甚至故意让他哈哈大笑或生大气，他就干脆不踢了。记得比我小一岁的茂起和同起踢得好，有定力，别人再说什么也不动心，房外来了一只狗或一个陌生人也不抬头，很是专心致志。大多数是半途而废的，包括我自己。

后来也玩投溜溜儿，那是在房墙下三四尺的地方画一道横线，规定溜溜儿扔到墙上再落下来没有出线就算输，出了线就算赢。这就要看投出的角度和力气的大小了。有一次，一个伙伴用力很大，把溜溜砸进了本来不宽的墙缝里，这当然费力不讨好也算输。赢了的继续投，输了的就站在一边看。玩一会儿该散伙回家吃饭了，就算算谁赢了几次，输了几次。

我们也扔窑，开始时是用老铜钱，在一条横线外向一个事先挖好的小坑里投，投进就是赢，不进就是输。规定一人投三次，三次都不中当然就是输，都投中或投中一两次还将就，但要把投掷权优先让给全中的。后来变了味，让一个人先在坑里放一个铜钱，谁投进去砸住了，那个铜钱就归谁，谁投不中他的铜钱就归先放钱的。为此，也闹出一些不愉快。小伙伴们有的家里老钱多输得起，有的东找西借或向小朋友用什么东西换一个才能玩，一旦被别人拿走就急了，说这回不算不算，赢了的就说落地沾泥皮，算算算，结果争吵起来。我的一个铜钱输给了一个小哥哥，他把我的钱拾起来时，我就背过脸去想哭，他发现了只是得意地笑了笑就继续玩，散场时他又友好地把铜钱塞到了我兜里，我一下子又高兴起来。再后来就是往窑里投玻璃球，这好像比铜钱更时髦，也有赢了的喜悦和输了的不快。

再就是撞拐。这不但要单腿站立，还要把另一条腿弯起来，用一只手牢牢抓住脚，另一只手托住膝盖，这就形成了可以撞人的拐。撞时双方互相用膝盖顶撞对方，把对方撞倒或撞得撒了手双脚着地就算赢，赢了输了也都不出东西，却是赢者显示自己体力好，撞得技术高。有时是

三个人或四五个人胡撞乱撞，直到最后剩下两个才进行决战，大家就在一旁叫好鼓劲或说些怪话，故意让他们扑哧一笑败下阵来。当观众逗乐子也会得罪谁。一次撞完后，一个小哥哥就拼命追打让他扑哧一笑散架的小伙伴，拧住那孩子的耳朵让他说了草鸡话，这还不算，非得让他叫一声爹。大家就催着，叫哇叫哇，那孩子只好叫了。我撞拐力气小，常当观众说俏皮话。一见有人为此吃了亏，就不敢再给谁泄气了。

在我去外村上高小之后，照样在黑家饭后出来和伙伴们兴致勃勃地玩。但冬天要我住校，参加活动就只能是星期六黑家了。我们的心理上也渐渐发生着变化。茂起先一年考上了高小，第二年我也考上了。我们俩就像离群的雁，与伙伴们见了面说的话题不一样了。有一次大堆哥说："你们这些秀才不好好念书，也想疯跑着玩哪？"我一听就觉得他们把我们看高了，也把自己看低了。我们都是袁家人，又都是东门的子孙，上不上学都是光屁股长大的好弟兄、好伙伴。后来茂起上了初中，我也上了初中，几个小哥哥先后下地去挣工分。有的早早地说上了媳妇，父母也不让他们在外面疯跑了。大堆哥弟兄们、小拴弟兄们南迁了。那欢乐的夜晚，有趣的节假日，我们相聚的机会就越来越少。后来聚到一起聊家里家外、生产队上的事便多了。

魂牵梦绕的东小街，生我养我的地方，让我度过美好童年的乡间福地。我至今做梦都经常在这里和小伙伴们一起快乐着。可是，我们谁也阻止不了自己天然的成长，画线盖房也把东小街弄得面目皆非了。

2016年9月8日

赶 庙 会

我们周围村落有几个庙会,最大最近的就是东里庄庙会。现在回忆,记得贴出的海报是晋县城南物资交流大会。那时候没有文化意识,更没有非物质文化遗产保护,叫庙会就算封建迷信要破除的,所以就改个堂而皇之的名字。而当地老百姓赶庙会和赶集一样是在固定的日子里约定俗成的。到时候不用招呼就会纷纷到来,想买想卖,想吃想喝,想看戏,想听说书,想听拉大洋片,想趁机会走亲访友都是庙会期间其乐融融的事情。

东里庄的庙会是十月初一到初五,大家说是敬三官中的水官的。我到庙会上并没有看到庙宇在哪儿,只见满街筒子人,挤挤撞撞,摩肩接踵。有些路段简直走不动,推小车或骑车子的还必须有礼貌,慢慢地挪动着,不断喊着借光,借光,否则碰了人家,或车子上的泥沾了人家一裤腿,都要发生些不愉快的。这年庙会上,我们一群孩子在人流中鱼贯而行,也学着大人嘴里喊着借光借光,前面的人果然能闪开一条缝来。一会儿来到一个摊位前,被那悠扬的说唱声吸引住了,就挤进去一看,是中年汉们卖洋针的。大伙儿都认识他,是北边小石家庄人。他一张长脸,一张巧嘴,头上戴着时兴的蓝帽子,摇头晃脑地唱着他不知重复了多少遍的卖针歌。那时也没有收音机播音乐招人,更没有现在的电喇叭扩音,但他从来没有哑了嗓子或咳嗽过。

我们在他的摊前或蹲或站,看他用闪光的锡纸包着明晃晃的钢针,也听他一段一段地唱着:"头号钢针明又亮,好似罗成一杆枪。罗成提枪去上阵,买了钢针做衣裳。二号钢针真不离儿,明晃晃的赛镜子儿,锥帮子儿,纳底子儿,大空小空缭扣门儿。三号钢针尖又尖,买回家去做衣衫。能作棉，能作单，光裁了不缝没法穿……"这时一个大娘来买针，要五个大针，三个小针，这人就马上替她数针，打包，同时唱道："买的买，捎的捎，包了一包又一包。来得早了能买到，来得晚了摸不着。"又来了几个年轻的闺女，看样子是要买针的，我们在摊子前碍事，便闪到一旁继续看。这人给她们一一地数针，打包，嘴也一直没闲着："……包起来，裹起来，鸟为寻食人为财。鸟为找食飞天下，人为发财做买卖……"有一个问，你的钢针是不是有假的，卖针人一听就不高兴，随机应变地唱道："真钢针儿，假钢针儿，乍看模样差不离儿。买了真的不要紧儿，买了假的准着急儿。是真是假甭听我，全凭你的好眼力儿……"

　　我们又往前走，学着那人的样子唱着，见到一溜子粮食、糕点摊，最头上是一个卖十三香的。这是一个常来这里连唱带卖的糟老头。他穿着一身大概十年一贯制的黑棉衣，头上蒙着白羊肚手巾，那鼻子头红红的，就像马戏团玩把戏的小丑。老头用一只手推着小石磨，磨眼上堆着些大料角、茴香籽和树皮一样的东西，磨缝里的黄面在纷纷下落，在周围淋成了圈，意思是让人看到这是现做现卖的真货。我们不关心这些，但也喜欢听他的叫卖歌唱。听他这样唱道："第一香叫花椒香，花椒好来花椒香。花椒产在石门寨山上。五月花开香万里，十月椒熟香四方，十三香中味先香，炖肉炒菜最相当。第二香叫大料香，大料好来大料香，大料产在广东佛山上……第三香叫砂仁香……第四香叫老干姜……第五香叫肉蔻香……第六香叫山柰香……第七香叫白芷香……"人们听得津津有味，他唱得调门也越来越高，中间有人来买一两半两，他就一面用小勺抄香面，仍然不停地唱着，没人买就继续唱着摇小石磨。有一个老太太买了一包，却一直不走，新的买者来了她就往一旁闪闪。有人问她为什么不去别处逛逛，她就说，我在这儿又听唱又闻香味，听够了闻够了就回去，省一顿晌午饭哩。卖香料的老头一听极受鼓舞，对这个知音大加赞赏，还拿起勺来又赠她一小包五香面。老太太高兴地说，谢谢你了，可占你的便宜了，听了唱，闻了香，一毛钱给了两包，连过年煮肉包饺子的都有了。我们孩子家不想买,就离开摊子往前挤。

又见到几个卖老鼠药的,这也有自己的歌谣。有一个边包边唱:"养个猪,养个羊,总比养个老鼠强。喂个鸡,喂个兔,谁也不愿喂老鼠。老鼠爹,老鼠娘,老鼠妗子和姥娘。老鼠姐姐姑姑姨,老鼠多得光着急……老鼠老鼠成了精,还唱五鼠闹东京……"他唱得调门很好听,我们便又停下来。听他又唱"买包老鼠药,花不了两毛钱,老鼠都毒死,全家都喜欢……"另一个摊位上竖着一块木板,写着"天津老鼠药",小字是"一包假药换十包",但他那儿远远不如这个能说会唱的招人多。只是他面前还摆着一堆老鼠尾巴,显示着他的药很有效,却让我们感到恶心。再往前走见到卖膏药的、卖布匹的、卖鞋帽的、卖玩具的,五行八作,几乎应有尽有。

前面有一个大帆布搭起来的长棚,这深绿色帆布在当时比较少见,我们便挤撞过去。到跟前一看,才知道是一座临时的阎王殿。大字写着"十大阎君",画着一溜子样子很凶的阎王。每个阎王跟前都有牛头马面在治人。小鬼们个个面目狰狞,被治得人痛苦难堪,没有一个好看的形象。我一见心里就很害怕。这时听一个中年人拿着一根教鞭一样的白木棒,开始进行讲解。他指一张图就讲一回阎王的厉害,盗窃、坑人、杀人、劫道、不忠不孝的人来到阴间之后就要受图上那样的惩罚。还特别高声地说,人生在世多行善,多行孝,阎王还会让你上天堂!不行善、不行正、不行孝,坑蒙拐骗,杀人放火、打公骂婆的,入了砸命伙、强男霸女的,就会这样在地狱里受折磨。

我们听着,都有些恐惧和紧张。大人们固然讲过,人死了要去见阎王,但从来没有这样具象地看到过人死后要受各种惩罚的。

这一大晌本来很快乐,看了阎王殿又有些说不出的惊讶和压力。回去对娘一讲,娘便说这是真的,好人有好报,恶人有恶报,活着瞎自在,死了才知道。又举例说,咱村过去有个恶人没办过好事,年纪轻轻就从房上摔下来,马上断了气。这是阎王派小鬼把他的魂儿抓走了,肯定不

下油锅就上刀子山的。从此我知道，庙会上不光什么买卖都有，这也是一个教化人的场所。

2016 年 9 月 10 日

看 大 戏

我从小就爱看戏,这是童年生活中最大的乐趣之一。我们村西北三里是马家庄,这村里有一个丝弦戏班。正北三里南寺有个梆子二黄戏班,一会儿唱河北梆子,一会儿唱京剧,混合着上演。

每逢正月,是唱戏看戏的好时候,我们就轮着去看。去得最多的地方就是马家庄。这里的丝弦戏很好听,我们听几句容易模仿会。道白更通俗,一听就能记住。马家庄的戏子们爱唱,白天演两场,黑家再演一场夜戏,这叫三开箱。白天看他们最多的拿手戏是《大进宫》《二进宫》《铁观图》《王宝钏》等。我们东小街的和大南街的孩子们几乎是逢演必到。上午,从我们村里就能听见他们戏台上打冲的锣鼓声。一听打头冲,我们就互相召唤快吃饭,打二冲就往那里连走带跑,到打三冲时我们就到了戏台前。

有一次等一个小哥哥,他家吃饭晚了,我们是踏着泥泞的雪路跑去的,有人还摔了跟头,弄了一身泥,又不肯回去换衣服,就一起去了。他在人群里很惹眼,许多人也都怕从他身上蹭了泥就赶紧躲。可唱戏的在台上看得清,有一个浑身泥的小家伙在认真看,他们就唱得很卖力,引起的叫好声接连不断。后来,一个和我们村有亲戚的演员说起来,就将自己那次唱得叫了好就是看那孩子的一身泥受了感动。看来不光彩的事也会感动别人,调动别人的积极性。如果那次我们多几个摔跟头的,他们可能唱得把戏棚都掀起来的吧。

他们年年唱的夜戏一定有《天飞铡》,那是明朝道人济小棠斗妖的故事。其中有鲇鱼姥姥、鲤鱼精。这是一出武戏。以打斗为主。扮演济小棠的是小生兼武生的宋秋刚,他是我们北头张家的女婿汉,那跟斗打

得好，嗓子也好。我们村都说去马家庄是看秋刚的戏。没想到进入60年代他当了村支书，却赶上了"大跃进"和三年困难时期，大家都没心花唱了，他也忙于政务，戏班子却黄了。人们说他要不当支书，那戏说不定一直唱呢。这不可能，因为后来搞"四清""文化大革命"，老戏都属于被打倒的"四旧"。打倒"四人帮"后，秋刚他们又张罗着唱了几年，可人们的审美观念变了，新教的徒弟们也没唱多久就忙着经商打工去了。

南寺的戏，好唱《文王请太师》《铡美案》等，人们对演包公的花脸最佩服。铡陈世美时，还有四个兵把演陈世美的演员脱个光脊梁，抬起来放到桌上，老包高喊一声："开——铡——"，就见那铡刀落下，一颗"人头"滚下来，演员的双腿还哆嗦着，甚是逼真，有的女人孩子都不敢看了。再一个是唱河北梆子的坤角叫小火车头，那双小脚常被台下的人们看见才给她起了这个名号。她也很认这个号，就把它当成了自己的艺名。小火车头唱青衣，在台下多远的地方都能听得清清楚楚，人们佩服得不得了。据说包公、小火车头一卸妆，乡亲们就往自己家拉，让他们吃好的，而陈世美没人管饭还遭白眼，其实这也是一个很棒的须生。

我们这帮孩子还是对丝弦更喜欢，梆子也行，就是不喜欢二黄，嫌二黄的词听不清，扮花脸的唱法又是捏着鼻子一样，听不清喔喔呀呀了些什么。这是至今京剧在冀中农村不如梆子、丝弦、评剧吃香的原因。一直到后来有了样板戏，又拍了电影，京剧才渐渐被人们接受了，但喜欢它的比例还比较小。

这两个戏班每逢冬日便开始排戏，对新学徒还要教戏。据说这教戏的师傅往往不耐烦，动不动就打，打了记不住、做不对，有的就干脆辞去，有的估计会有几分成色就继续打，什么时候学会了为止。还听说班主都是从民间寻找穷人家的孩子，与他们父母都立了字据，入戏班管吃管住管穿，但病死白死，打死白打。新中国成立前很多穷人儿女多，就把其中一个比较伶俐的交给戏班，这样就少了一张吃饭的嘴。班主往往恨铁不成钢，教三遍不会就用棍子敲，还不准你哭，哭了打得更重。古装戏的唱词并不完全通俗，有些文言词连师傅也不一定懂，但要小孩死记硬背，那该多么困难。但多少辈的规矩就是这样的，班主们按照传统规矩去教戏打戏，出来的效果就是高。一般十岁的孩子三个月可以学会两三出戏，合适的机会就登台上演，特别是让他们演大戏前的小单出，也像现在所说的折子戏，二三十分钟就可以唱完。

教戏的师傅也很操心，很辛苦，毕竟买来的孩子也是血肉之躯，一条性命，轻易不会真正打死的。师傅打徒弟嫌累，就让人用秫秸箔子把孩子一卷，头朝下一墩，你自己背去吧，什么时候说会了再把你放出来，一背又不对就再卷起来让他去背词。这比拿棍子板子打还厉害。但棍棒之下也出高徒，许多名角都经过严酷的没有人情味的训练，才成为一代名伶的。当然这方法很笨，现在人们文化水平高了，记忆力、理解能力也都高了，一般剧团就不用真打了，但照样会挨骂挨训的。

人性的一面是自尊，另一面则是屈辱，受到过屈辱的自尊才可能珍惜这种自尊。马家庄有个女戏子桂仙，在剧团里主演青衣，但她会许多整本戏。在南寺一批演员老化之后，这个女子便应邀去当导演教戏，这时人们才发现她不光旦角唱得好，文武带打全活儿都很在行。她从不对徒弟们动手打也不开口骂，只是狠狠瞪几眼，或把脸一沉，大家就害了怕。他们说，咱们都十好几了，也是半个汉们了，看人家女人的脸色就够难受的了，再让人家打还有脸活着吗？所以学戏都很认真，显得这女人教得又好又快。

原来，三百六十行，行行出状元，那状元也是很不容易当上的。有一个伙伴曾经想去马家庄学戏，一听那么严厉，就放弃了这个想法，但他还是爱唱，下地、担水他都会哼哼着走，心里有了疙瘩就唱得更多了。有一次，马家庄的戏到俺村来唱，他听出一个角色唱错了一个字，这说明他真懂了。

我们还听说马家庄或是南寺的戏上也出过丑，就是包公上台没戴胡

须,戏班里称髯口,这怎么办?台下人们在嘻嘻笑呢。这演员随机应变,马上唱道:"陈州放粮刚回来,上台忘了带胡彩。王朝、马汉——快把我的胡彩拿过来!"王朝、马汉也很机灵,就回幕后拿来胡须给包公戴上,那戏就正常去演了。后来问马家庄戏上的,他们说我们村不会出这笑话,肯定是南寺的马虎蛋们丢三落四。南寺的戏班就说是城北那个村的。到底是哪村的一直没有弄明白,但我们都会这几句唱词了,上学或割草的路上有时就重复一遍,觉得既稀罕又快乐。

我们村没有戏班却戏迷多。有一年听说县里来了好戏在西里庄唱,人们就早早吃完饭往那里赶。一个大嫂也是戏迷,抱上孩子抄近道去了,没想到半路穿过一片北瓜地,被瓜蔓绊了跟头,她爬起来抱起孩子就走,到看完戏时才发现自己抱着个大瓜,这才想到孩子为啥这么凉啊。她就顺着原路往回找,看地的发现了以为她是偷瓜的,一解释才让她去地里蹚了一遍,终于找到了还睡着的孩子。看瓜人这才恍然大悟,我说呢,刚才听见附近有小孩哭,以为是闹鬼哩。可大嫂从来不认这把壶,谁说她抱了大瓜当孩子就恼了,人们就渐渐不再揭这个短了,但背后还讲她的故事。

看大戏,曾经哺育了我们这一带多少辈人,好多道理都是从戏上或说书上学到的。比如,害人如害己,一寸光阴一寸金,寸金难买寸光阴,等等。所以人间不能没有戏,不能没有故事。

马　家　滩

　　马家滩，是一大片沙荒地。从我记事起，村中有一条通往西南方向的大道。这条大道通到马家滩和它周围的几个村子。它北部是马家庄，西部是纪庄，西南上是郭家庄、东大留庄，正东是西里庄，东南是大里丰庄。这片沙荒地约有两三万亩，大小沙丘在那里形成了流动着的沙岗群。冬天起大风时，有些沙岗沙窝的位置还会发生变化。

　　后来看书多了，才知道这里自古就荒无人烟，后来曾经成为滹沱河故道之一。到清朝康熙年间，西来的滹沱河出太行后没有一直向东，而是到了藁城就朝东南流去，一直到古老的宁晋泊再汇入滏阳河。后来，仍多次泛滥，多次向北滚，多次流经我们村西南马家滩，留下了一片细细的流沙地，那里的沙岗子上下稀稀落落地长着些蒿草、沙蓬和天然的柳树、小叶杨、老榆树。四周各村纷纷到滩里栽树，生命力很强的柳树和柳杆子，还有荆子。我家的那片杏林和小全家的杏树地就在这滩地的东侧。人们栽的树林，既不是一个年代也不是一个方向，所以，进入它的深处就成了辨不清东西南北的迷魂阵。老人们都讲，在宋朝时那里就是一片放养战马的地方，所以才叫马家滩，也才有了马家庄。还传说穆桂英曾经在这里和北国交战，摆下了迷魂阵而大胜辽兵。大伯在看杏的时候还曾经对我说，他小时爷爷在这里打过一口井，挖了很深还是流沙，这井就没打成，但从沙土里挖出了一根长骨，判断是古人的大腿骨，估算那人会有八尺高，比现在说五尺高的汉子高大得多。还挖出了一个锈迹斑斑的铁箭头。这又证明此处的确曾经是古战场。

　　这一天，我和伙伴们抱着神秘的好奇心，第一次向西南方向走进了马家滩的腹地，见这里多是柳林、柳杆子趟，还有稀稀拉拉的高粱、黄

豆地。我们果然在里面迷了路,看着太阳在头顶上判断某个方向是南是北,但感觉上又完全不是。在里面瞎窜着,草没割多少,见到的野花野草却不少,都不是我们应当割下交生产队喂牲口的,也不知道猪吃不吃,更不知道它们有毒没毒。我们走啊走啊,竟然走到了东大留庄的村边,距我们村已有六七里路。好在有当地大人指导,我们才顺着一条明显的小道在午后返回了村边。大家的筐子里还没满,就在玉米地、棉花地边上猛割一气,然后才顶着烈日回来。到了家,都已经吃过饭。一说去了马家滩,娘就吓唬我说,那是个鬼地方,谁去了谁迷糊,里面还有劫道的,拐孩子的,千万不要再去。

饭后,我们再出发时商量往哪儿去,小哥哥们都说咱们还去马家滩,那里的草有几种是可以割的,树多树高也凉快。但规定谁也不能单独行动,必须两人以上结伴。我们就第二次雄赳赳地说着唱着进入了马家滩。那里面的确凉快,还发现鸟儿很多。特别是有平常难以见到的靛颏,它红红的前胸,黑黑的身子和翅膀,既小巧又俊气,是人见人爱。村里有人曾经在棉花地头支上长长的网子,再从那一头向这里轰赶。他们几个人排成排,各拿一根长棍子拍打着,有时还吆喝着,让靛颏不得不投入罗网。

这会儿我们没有网,看见一只便呼隆隆追上去,一会儿它钻了豆棵子,一会儿飞上了树。我们就又捡坷垃去投它,但沙地里坷垃太少也太小,总是投不中,还一个个累得气喘吁吁。后来,又发现了一只,我们就商量不能赶它了,要把它引过来。怎么引呢?小哥哥到底主意多,说把筐底朝天放下,里面放点吃的,就能把鸟引过来。筐们都有肩上挎的木系,不好支,也没法像筛子那样能一拉支棍就把鸟儿扣住。但大家都乐此不疲,便有支筐的,有的采高粱籽的,有的把高粱秸折断了也不管。筐子半支着,里面撒上了半熟的高粱,我们便悄悄地离开,到大概两丈远的几棵树下猫着,等待靛颏来上当。

一会儿,果然有一只看见这里有现成的高粱,便倏然飞来。我们便睁大了眼睛,也纷纷脱下褂子准备冲上去蒙住它。等它啄了几粒觉得很安全时,我们便不喊不叫地一起冲上去,多少件褂子蒙在了筐上,也堵住了出口。一个小哥哥便伸手往里摸。他摸呀摸呀,竟什么也没摸着,便泄了气往起一站,别人也开始松劲,不料这机灵的鸟儿竟从小哥哥腿裆里飞走了,气得他大骂靛颏不知好歹,享不了好吃好喝、风不吹雨不淋的福。

  我们再抬头向上瞅,见这只受惊的鸟儿在天上转着圈地飞,叫唤的声音很急切,但它也不肯飞远,于是就判断这一带有它的老窝。窝在哪里,大家就分头去找,找了半天也没发现什么,又猜测它的窝会像喜鹊在树上。我们便把周围几十棵柳树看了个遍,也没发现大小鸟窝。最后小哥哥说,算了吧,只当咱们玩了一回,要真捉住了还没有个鸟笼哩。大家一想也是的,就纷纷开始割草。几个小哥哥还规定,一会儿都回到这儿集合,万一走迷糊了就大声喊,我们可以去接,不要哑巴一样地瞎走。大家就两三个一伙地去找好草了。发现这一片林子里有星星草、串蔓子热草,有菅草、芦草、节节草,那草都是嫩绿嫩绿的。我们这次人人大丰收,大筐小筐都装得满满的。

  太阳还有一竿子高时,听一个小哥哥喊,集合了,集合了!然后又一一呼叫我们的名字。我们便重复着,集合了,集合了,也有的回答我在这里。杂乱的声音像大山里的回声一唱一和或几唱几和,将夕阳下的马家滩搅和得开了锅似的。大家凑齐了,数数十二个人一个也不少。但一个小哥哥还是说,这地方黑家不能待,刚才我就看见了起白线的长虫,过去还有能吃人的大蟒,咱们还是赶快往回去过秤吧。他又嘱咐大家,谁也不能对大人说去了马家滩,谁不保密以后就不添谁了。大家一致表示,不说。

  我们吃力地背起草筐,弯着腰跟着小哥哥们往回走,不知谁又唱起歌来。那是抗美援朝初期流行的歌:"雄赳赳,气昂昂,跨过鸭绿江……"这歌我们都不知唱了多少遍,就一起唱起来了。那声音震荡着马家滩的

童心野趣

109

傍晚，震荡着知名和不知名的花草树木。那时我们还不知道有《打靶归来》，"日落西山红霞飞，战士打靶把营归，把营归"，要会唱就更好了。一缕夕阳一直在目送着我们，一会儿还亮起了火一样的晚霞。我们歇畔时，回望马家滩的丛林全都沐浴在红光中。当我们进了村，它就悄悄地消退了。但到队上交草时，还能看清秤星。盛德大伯一边过秤，一边问这么好的草从哪儿割的。一个小弟嘴快说了个马，小哥哥们就抢着纠正，是马家庄村东，咱村北。但盛德大伯还是很怀疑地告诉了我爹，他和我爹都是饲养员。当晚父亲吃饭时便严肃地说，你弟兄俩不能再去马家滩，再去了回来就别吃饭！

可是我们后来又偷偷地去了几次，也发生过和马蜂大战的惨剧。那是一个上午，我们来到马家滩的边缘地带。一棵老榆树站在路边，突然有人望见它密密的榆叶中间藏着一个大马蜂窝。小哥哥说，我早就知道。另一个说，现在马蜂仁正好吃，要不咱们把它弄下来。一说这大家就有了发费破坏的瘾，便纷纷放下筐子。一个小家伙说我上去，便刺溜刺溜向上爬，爬到一半多的时候，蹬住了一个大树股，但离上面的马蜂窝还远。他想使劲摇一摇，小哥哥就在下面喊，不要晃动树帽，要不马蜂会一起去蜇你！他一想也是，便又出溜下来。大家就说咱们用砖头、坷垃榴它吧。接着大家就纷纷找坷垃、砖头，这里哪有砖头？只有不太硬的小坷垃。榴来榴去，只见蜂窝四周的马蜂来回在尘土飞扬中转圈，却谁也打不中。一个更愣的便把自己的镰刀榴上去，啪一声打中了蜂窝上面的树枝，但蜂窝没掉，马蜂们都大吃一惊，在树周围慌乱地飞着。那小家伙拾起镰刀，又狠狠地榴了上去，这次正好把蜂窝打下来了，黄蜂们也随着追下来了。我们一见这样就惊叫着落荒而逃，有的筐子也没敢拿。这小家伙也早有准备，把肩上斗篷式的大黑布上下一蒙，往下一蹲，马蜂也没蜇住他几下，但他也不敢动。我们就折了些树枝挥舞着呼喊着，冲上去与马蜂作战，打死打伤它们很多。小哥哥又点着烂柴火冒起烟来。我们终于把它们赶散了。这时才见那个有直径一尺左右的大蜂窝像个望日莲歪在地上。

而那个勇敢的伙伴却发现，镰刀竟然挂在了那个斜树枝上，这可怎么办？那个上了一回树的小家伙便自告奋勇再上一次，一踹那树股，镰刀就掉下来了。大家又商量怎么吃蜂仁。一个哥哥说，在火上燎一燎才好吃。有人搬上蜂窝盘到残火上去燎。

打下蜂窝的那位就是我们的英雄。可是再看他，已经不是他了，那张不太圆的脸肿得像有眉有眼的胖馒头，两只不小的眼睛也都成了一条缝儿。大家一瞅，哈哈都笑了，就喊他袁胖官。我们说的胖官就是指阴间里的判官，人们叫转了音。他说，我当胖官就派小鬼来拿你们！这一说我心里还真有几分害怕。他是在蒙头的过程中被几个马蜂钻了空子，当时只觉得尖辣辣地疼了几下也没在意，现在蜂毒散开了，谁也没有办法了。

烧过的蜂巢经我们使劲一磕打，白白的蜂仁就落了一地，大家就让判官先吃。这时又有一个哎呀一声，原来一只马蜂不甘心，悄悄飞来蜇了他一笛子。不一会儿他的脖子也红肿起来。一个小哥哥就按住他用手挤蜂毒，又用嘴嘬了几下，所以肿劲不大。但从这次之后，我们南头的家长们都知道我们捅了马蜂窝，蜇了个鼻青脸肿，都串通好决不让我们去马家滩了。

正好那时也传说，西边大山里放炮炸石头，把狼都赶到平原上来了，还传说一个人傍晚遇到了狼，他以为是谁家的狗呢，要不是他背着锄头就被吃掉了。所以我们也就再不敢往那里去了。

古老的马家滩，神秘的马家滩，一个让人有几分恐怖又向往的地方，一个孩子们冒险和增长胆识的大课堂。也如我们这群半大小子们的快活林、景阳冈。千不该万不该，后来搞大寨田时，千军万马齐上阵，平掉了这里的坡坡岗岗，在这里建成了所谓的万亩方。但它天然的样子至今储存在我们的记忆中，这是谁也平不掉的。

割草的日子

我童年时光中最为美好的一页，就是那些割草的日子。我在割草拾柴中快活着，身心成长着。春天的星期日，夏秋之交的暑假，大部分时间都泡在了找草、割草、背草的过程中。上了初中之后，我才跟着大人们一起下地。在他们眼里那割草不过是散兵游勇才干的活儿。

我们南头东小街的孩子们去村子四周割草，去村南村西较多，也去村北村东。村北几乎全是庄稼地，有几趟枣树的边缘长草，也早被北头的孩子们割光了。北口有个很大的水壕，壕沿上长着几丛芦苇，一下雨壕坑里的水就越来越满，蓝天白云映在上面甚是好看。特别是旁边放着几根铁轨，说是打日本鬼子的时候，地下党组织、基干民兵和青壮年们扒铁路抬回来的，让鬼子的火车在马于站前停了好长时间不敢动。有的说让火车打了滚，死了好多日本兵。村里人对这几根铁轨很是自豪。我们来到这里不敢下水，小哥哥们说这水壕太深，也没有台阶，不小心下去就上不来了。一个午后我们来到这里，看见铁轨横躺着就很好奇，便坐上去用镰刀敲它，"当当当……"声音很清脆，像是敲钟的，心里很惬意。有一个伙伴手舞足蹈地说，我是坐在鬼子的身上敲他的脑袋哩，我们就都说砸鬼子的狗头哩。但离水壕最近的几家人不干了，出来就把我们轰走了。

我们在村北的玉米林、谷田和棉田中穿行着，搜索着里面的青草，也割了一些，但远远满足不了我们这些筐子的胃口。于是我们转到村东的大河上。原来这里草很多也很高。别的地方多是热草、串蔓子草，马家滩地里多是营草、芦草，这两旁的大沟里却有许多叫不上名的水草，其中一种叫水麦子，曾经见有人割回来过。还有一丛一丛的薄荷，大家就采薄荷叶子，贴到额头上、太阳穴上，说是能防止中暑。

最好玩的是我们比赛着从河岸上往下跳，看谁跳得远。那次我跳得比较远，一下子落到了水草上，下面竟是津着水的泥洼，溅了一身一脸，却凉爽得很舒服。一个小哥便说，你蹦得远，这片草就是你的，俺们到南边北边沟里去。那次我带着弟弟，便和弟弟脱了鞋，踩着泥水动手割起来。这水草不但长得高，而且分量重，还带着些泥水，一过秤肯定大大沾光。同起从远处吆喝，咱们今天都要放个卫星，我要割60斤，你们能割多少？这个说割40斤，那个说50斤。我知道同起那双手比他亲哥大堆还快，多次他都是第一名。这时我说我也保证60斤。他却说你是弟兄俩一个筐，60斤太少。我就说，80斤。

那天我们都很卖力，连身板比较软茬的茂起也光着两只脚割得很上劲。装筐时，我们手快，筐也大，个个装得满满的。茂起的筐小，割得不多也装不下，我便去帮他把草往筐头两侧分着平摆，就一层层地堆高了。背筐时他跪下扛住筐系站不起来，我在后面帮他往上一提，他才站了起来，说好沉啊。我去背我的筐时也感到空前的沉重，要不是弟弟在背后抠着筐底，我也站不起来的。

我们不自觉地排成了长队，从新修的公路桥上下来往西进村去。一路上这个说歇歇吧，那个说歇歇吧。大堆哥就说茂起，你是个软茬货，倒是个念书的好材料！是的，茂起比大堆哥小三岁，比我小一岁，上高小却比我早一年，他就是能考高分，割草他就不如我们几个了。茂起本来头一个放下筐来喘气，听了大堆哥的话就要争口气，两手扽地又把那筐草背了起来。

我背着空前的重负暗想，出来时要给弟弟个小筐分给他点，就不至于这么压人了。但我还是像富有老哥弯弓走路那样，用整个脊梁驮着草筐艰难地走过了东街。又向南拐到我们小东街口，便让弟弟先回家去，心想一会儿就到队上了，坚持住不再歇番了。可是，脚下竟然有个不长眼的小砖头，绊得我咕咚一下子跪倒在地，草筐也从身上滚到一旁。当时觉得左膝盖疼得钻心，但我咬咬牙站起来，摸一摸膝盖也没崩了就觉得侥幸。快到了，还能背不走吗，别在这儿丢人了，我便跪下来把草筐重新背起，一步一步走向路西的大江道，江道口有个坐闲人的大碾盘，好几个伙伴在这儿放下筐喘息，我却继续屏住气往前走。碰上几个大人就问，这是谁呀？别把你压得不长了！我说该长还得长，仍然继续前行。我第一个来到五队的牲口棚前，筐一放下简直轻松得像要飞起来一样。一过秤，盛德大伯说：哈，95斤！刨了筐重90斤！就在小黑板上写了我的名字和斤数。伙伴们也哩哩啦啦来过秤。最后一看黑板上，我真是第一名，快手同起屈尊了第二。然而我的膝盖暗暗地疼了好几天。好在第二天一早去上学没有负重，作为农家孩子疼一点儿也没什么。

  我们下星期又去了村东，发现河边的水草几乎全被消灭了。我们就沿着田间小路继续往东搜索，惊起了好多鹌鹑、麻雀和叫不上名的鸟儿，却一个也抓不住。再往前走是一片水灵灵的棉花地。发现那垄里的热草、串蔓草不少，这是该锄了没锄正好让它们做我们的俘虏。

  割着割着，忽然听见一声大喊："哪村的，敢在这里砍棉花？"我们抬起头来一看，是东里庄西街曲连头发的那个人，我来回上学早就认识了他。因为他和陈家住得近。入社之前，陈家村西的地和我家东南那块地紧挨着，我和陈家的大人孩子几乎都能叫上名来，这曲连头叫什么却不知道。他那天很严厉，在我身后一丈远的地方拿起一根棉苗："这是不是你砍的？"我一看是我割那丛草时被误砍的，自然没话说。

  他上来就夺我的筐和镰，我就躲闪，但闪来闪去还是被他抓住了筐系子，一下子被他拽了过去："走，到大队去！看俺们怎么罚你？"我一听就急了，也怕了，眼泪就不由自主地出来了。几个伙伴便围上来。有一个说，你看见他砍棉花了？又一个说，你是污蔑好人。还有一个说，你是大村欺负小村人。那人一听更是火爆三丈，抢起我的筐放到肩上，又抓住我的一条胳膊，还是要拉我去东里庄大队部。我这时不知怎么想起了做过地邻的陈小山，便说："去了小山哥哥也会把我保出来！你也只是个看青的，能把我怎么样？"一说小山的名字，他抓我的手就颤了一下，然后松开了。

　　小哥哥大堆便把我拉到一旁，礼貌地对曲连头作了个揖："叔叔，都是俺们不对了，你放他一马吧。我新娶的小婶子就是你村西头李家的大美人，俺们都是紧当家子……"这人听了便顺水推舟地说，还是你懂事，得了，走吧，别在俺村地里瞎折腾了。他扭头就往回走，又撂下了一句话："要再叫我抓住你们，绝不轻饶！"我伸手把筐背上，敛了敛地上的草就和大家一起回到本村的地里，从此再也没有去那里割过草。大堆哥也告诫大家，割草不能砍苗子。从此我们都更为小心了。我上学路过这里向北一望，便想起我的那场尴尬。碰到那个曲连头，我就低下头快走。有一次又碰面想主动给他说话，他却一歪头不看我了，只好各自走去。

　　在村东南我家的老地，已经是西头四队的地了。这年那里种了一片黄豆，那里面的热草很多。这天下午我们便奔那里去找草。有人发现了一个马皮包，大家觉得很好玩。一会儿又有一个发现了更大的马皮包，大家找马皮包的兴趣就高涨起来。一个小哥哥还介绍，这马皮包里面都是黄黑色药面，能止血治伤，比村医的白药面还顶事。正说着，就有一个人不小心割破了手，眼瞅着就津出了血珠，血珠又往下滴答，他怕得要死。这时有马皮包的都围上来，说咱们有灵丹妙药，保你很快就好。他们轻轻撕开马皮包的薄皮，将黄粉末往他伤处倒了些，又用手帮他捏了捏，果然血就不再流了。然后他们小心翼翼地把马皮包放到筐底，说拿回家去放着会有用的。从此我知道野地里还有这种天生的东西。长大了才知道这是一种菌类，可惜后来农药、化肥越用越多，马皮包就不见了。

　　那天傍晚在井台大柳树下把草筐装满后，我找不到现自己的镰刀了，这吓了我一大跳。父亲勤俭得要命，割草少了要挨训，丢了镰丢了筐就要挨打的，还会马上让我回去寻找。伙伴们一听我喊找不到镰了，就帮我把一筐草全卸下来，看筐底有没有，草里也没有，大家就顺着豆垄往南边去找。太阳即将落山，垄里的光线比较暗淡，大家就慢慢地一步一踢打着走,我更是提心吊胆地找着找着。到南头就是另一个村的地了,今天又没去那里,自然不必再往南走。

大家便转回身来往回找。突然听一个说,找到了,找到了!我一看是他自己的镰刀。大家就说,不要乱咋呼了。又有一个说,真找不到了不要紧,我家的大镰小镰有的是,回去你拿一张先糊弄你爹不发火再说。我们一会儿就返回了地头大柳树下。几个人就说走吧,要不到队上又看不见秤星了。

我也说今天背兴,在俺家老地块丢了俺的镰,走就走。说着弯下腰,伸出右胳膊挎住筐系,又习惯地用镰把去撬左边,以达到两肩重量平衡。这时我才发现,镰刀一直在我的手里攥着呢!我喜出望外,就大声宣布:找到了!他们听了问怎么找到的。我说,从头至尾都在我手上哩。他们一想,也是的,找镰的时候好像你手上拿着个东西。于是大家就七嘴八舌向我开炮,说我是假招子骗大家白费劲。我也没说的,的确骗了大家,但是我的神经也骗了我,我有点魂儿不全了。一个哥哥就喊,别说他了,咱是一群大马虎二马虎!

这次回去一说丢镰的事,父亲就发了大火:"你丢镰,丢脸吧!你才十几子就这么洋天糊地的,念书还有什么指望?在家打谷茬也不够格!"然后他长长地叹了口气。我觉得没丢了家当挨训真委屈,又一想父亲的训斥太重要了,小小年纪就马虎到这个程度,将来还说不定要出什么大乱子呢。于是从此我做什么事都多了几分小心,而且也从不敢在人前夸口。

野地里的烧烤

要说吃烧烤，最早最方便的还是古老的农村。种田人就是烧烤的发明者。

记得这年入秋之后，地里除了摘棉花，别的庄稼还不到收割的时候。我们虽然开了学也歇星期天，这仍然是我们割草挣工分的好时光。队长号召孩子们多割青草。因为民间都说马不吃野草不肥，又说马不吃夜草不肥。夜间能吃青草加料豆，就是黑豆，什么牛马驴骡都会肥壮起来的。

我们是原始的土烧烤，带有野味的民间料理。那天我们来到村西，在一片山药地前抢着拾掇大人们从地里拔下来扔掉的绿草，虽然有些蔫了但都是牲口愿意吃的。这样我们就一人弄了半筐。再看那山药地已经四崩八裂，知道地下的山药块长大了。我们就想起在家吃山药那个甜啊，有一个便提议烧一回山药。在那种饥饿年代，这个提议自然很可大家的心。大家就在小哥哥的引领下来到一片乱坟岗子前，这里三面是玉米林，不容易被发现，当时也没有发现守护这片山药的人。我们就按照小哥哥的吩咐，刨山药的刨山药，拾柴的拾柴，挖坑的挖坑，还派一个到大人干活的地方去借火。有一个伙伴说，我带着俺爹抽烟的自来火哩，他下地丢在家里了。于是我们就快速忙活起来。

我是负责挖坑的，用镰刀划地，很快就挖出一个不大不小的坑来，又用湿土把它围住，上面还架上几根粗一点儿的木棍，把山药放到木棍上，相当于饭锅上的箅子。那些柴草和树上掉落的干巴枝都容易点燃，一会儿就点着了，一股轻烟便随着火光飘起来。小哥哥经验多，说散烟散烟，别叫大人们看到了。我们就脱下褂子在烟柱四周乱扇，让那烟散得比较均匀，尽量让玉米地外面看不见。一会儿，有人把山药翻了翻面，翻着

童心野趣

翻着那木棍就被烧断了,山药块便呼啦啦掉到了火里,一个小哥哥就说埋上埋上。我揉着被熏得掉泪的眼睛往火上捧土,不料那烟气更重。埋土多了也就好了。小哥哥说,要捂一捂才能吃,大家先去找草吧。

待太阳离玉米梢还有一丈多的时候,我们先先后后背着筐回到了坟地里。一看人齐了,小哥哥就说咱们一人一块不论大小,小的吃大块,大的吃小块。待把山药刨出来,黑黢黢的却都软了。一人一块剥着皮吃,一人弄了一嘴黑。大家都发现这山药还不太甜,熟了也不像窖里存放过的那么软。但兴致依然是很高的,野炊的快乐照样是蛮足的。小哥哥说,都擦擦嘴,别露馅儿!我们就撩起衣襟把嘴和脸抹了一把。这次烧山药得了手,知道这是西头三队的地,第二回就不在三队地里找便宜了。

又一个星期天,我们在七队的地里烧了一次,临走被发现了,但该吃的也吃了。看青的是小辈儿,一见这是五队的小爷爷小叔叔们,只说你们这帮爷爷到处破坏生产,哪有个爷爷样儿?我找你们队长去。说了他也没找队长,找了队长也不会管这闲事。但小哥哥还说,要是碰上大队看青的铁头,就会真的遭了殃,不抓住咱们游街示众才怪哩。

又一天,我们上午就看好了一片黄豆地,下午就又去了那里,早把点火的东西都带上了。这块地里的黄豆角已经鼓崩崩的,个个绿中有黄,一看就馋人,我们便迫不及待地行动起来,很快把火点着了。这回忘了扇烟气,都抢着拿起一棵豆秸就叼着吃,香香的黄豆让我们真感到又是一种新鲜的享受。当我们一人吃了两三棵之后,西头四队的看青员出现了。他是纪家的高个子,还不知从哪里背来一杆大枪。我们一见就吓坏了,纷纷要逃窜,但高个子还是很看面子,认出我是西头的外甥,说你们今天都给我割半筐草,不给割就队里去,怎么样?我们没理儿,自然都答应去割半筐草来。

大约过了一个时辰,我和两个人一起把草背了去,问看青的往哪儿倒。可是发现他也是一嘴黑,我们就说你这是贼喊捉贼。一个小哥哥说,这叫监守自盗,走,大队里去!那时大队长是我们袁家西门的小五,心里便有几分仗恃。这下子竟然把纪大个儿给蒙住了,说我这是为了节省粮食,要不你们都糟蹋了。我们的人越来越多,气势就越来越壮。但他最后说,你们偷着烧了吃够了,我只吃了点落脚,有错也是你们先错。这么着吧,一人只给我一把草,你们就滚蛋。我们心想这也合算,就一人抓一把草扔给他,竟然也给他堆了一堆。原来他家喂着两只羊。这叫各得其所。

这次还不算,我们又偷着烧了一次豆子,那回是刚烧好就被看青的发现了,人家还朝天上放了枪,咚的一声,吓得我们像鸟儿惊慌四散,到天黑也没聚到一起。这是我参加的最后一次野外烧烤,没有吃成又受了惊。儿时的破坏性、嬉闹性太强了,做了一些不该做的事情,但村民们还是原谅的。

我从内心感激那山药和黄豆,感激善良的乡亲们。

2016 年 9 月 11 日

吃 西 瓜

在那种饥饿的时代,我们这伙孩子也正是上树爬墙、爬瓜溜枣的年龄。多少次去甜瓜地里偷瓜,被人家赶得飞跑。多少次摇树吃枣,遭到看枣人的呵斥。

一次在村西的枣林里,我见一种大砘子枣长得又大又红,就捡起一个大坷垃猛地榴上去,竟然很准确地打在一个小树枝上,那枝上的枣儿就像下雨一样哗啦啦落下来,伙伴们便哇一声冲上去抢着拾了吃,我竟然没吃上一个。再想来一下,却怎么也打不中树枝了。这时地那头的看枣老头发现了就骂起来:"是南头那帮嘎孩子们吧?一群小贼羔子,看我抓住你们怎么收拾?"我们便一气疯跑了老远,人家也没有追来。但割完草回家时却绕了路,怕这个太认真的老头等着和我们算账。后来我才知道,这是西头我姥爷那队上的,我该叫他姥爷的。过了几天去姥爷家碰上他了,我内心怯生生的,当然他还不知道我心里有什么鬼,总想和我说句闹话,我便礼貌地支应着赶快溜去。

这天大伙儿都说,咱们今年吃过甜瓜、酥瓜、黄瓜、洋柿子,还没吃过大西瓜哩。可不是吗,大西瓜怎么吃上呢?

一个小哥哥就有了主意,把我们领到村南大道上。这是抗日战争时期挖下的交通沟,有多半人深,沟里可以走车,也可以弯着腰行人。当敌人来了,乡亲们可以顺沟逃走,能够减少伤亡,也很便于八路军、游击队伏击敌人。

小哥哥说,咱一人挖一个断道坑,左边坑右边坑就像两只脚走道,要错落开。大家一听就明白了。前一天刚下了一场雨,往南通向西里庄的车沟很深,有好多地方还有水。我们便用镰刀凿车沟的泥,又把泥扔到有水的地方。一边挖着一边盘算,这回要吃西里庄的大西瓜了!我们村和西里庄只有一里之遥,两村的关系也不错,但两村的孩子们总合不来。这次就是要吃他们的大西瓜,一定要吃个够,于是脚踏着泥,身上溅了泥,谁都不在乎。有谁还学着说书的口吻唱:"此树是爷栽,此路是爷开,要想从此过,留下买路财!"对呀,西里庄人去城里卖瓜都从咱村过,能让他们白过吗?他们也该长点眼色了吧。

然后,我们隐蔽到路两边的玉米林、青纱帐里去了。一会儿西里庄往县城运瓜的几辆老牛车也缓缓地过来了。我们静静地等待,全心地期待,估计人家会因为我们发嘎而发火,就小声地先骂他们。有一个对着我的耳朵说,不掉西瓜就是狗,掉了西瓜不让吃就是狗熊。我一听,就悄悄对他说,让咱吃西瓜就是好人,不让咱吃西瓜就是坏蛋。

我们第一次在挨骂之前先骂人,现在想起来真好笑。

果然,一会儿就听到沟里一阵哎呀声和几句骂人话。小哥哥先扑哧一下笑了,小声说咱们的计策成功了,便吹了一声口哨。我们从东西两侧庄稼地里陆陆续续走出来,装作没事人一样在路边砍着草,眼睛却瞄着路沟里的瓜车。

由于我们挖的断道坑是一左一右插花着的,大车就必须左右摇晃,车尖上用瓜蔓拢着的几个瓜便在这摇晃中身不由己地滚了下来,有的已经摔成了八瓣,有的只崩了一条缝。聪明的小哥哥走上去,甜甜地叫道:"叔叔大伯们,这是怎么回事啊?"一个中年汉们恼火地说,不知是你们村还是俺们村的兔羔子们,到这泥水里来挖了断道坑,你看看摔的这瓜,起码先损失三块钱呀。小哥哥就说,这是孩子们抓蛤蟆、抓屎壳郎或小蝌蚪弄的。他们真缺挨揍。说着,他就很懂事地去车沟里帮助他们拿西瓜,嘴里说,摔崩了还能卖。

大汉们没好气地一打手势,你拿走吧,你们都拾掇了吃去吧。小哥哥说不能不能,你们赔了要罚工分的。那汉们说,罚什么?我就是队长,二队的。说着就让人们吃喝着牲口往前走。他一纵身坐到车帮上去,脸

冲着我们又喊,告诉你们村的孩子,这条道占你们村的地,也不能不让好人过,再有人搞破坏,我就要报告公社公安员,让他来破案,抓几个走!小哥哥就答应着说:"叔叔放心,俺们一定宣传出去,也谢谢你让我们吃上了大西瓜!"

  这样,我们八个人抱着两个摔崩的、两个还能拼凑拿走的西瓜,逃跑似的进了路西的高粱地,那里的坟茔地,是我们常去的娱乐场。我们用镰刀把西瓜切开,已经摔得四崩八瓣的就不用切了。大家痛快淋漓地吃着,喜笑颜开地讨论着,都说小哥哥是小人儿书上的诸葛亮。小哥哥却说,按俺家和西里庄的亲戚排辈,这个队长肯定比我辈儿大不了,还可能是我侄子哩。西里庄村小,全部姓王,和我们村一代又一代地有姻亲,小哥哥竟然讲排辈,到底他比我们大两岁懂得多。

  瓜吃完了,西瓜皮扔了一地,招来了很多蚂蚁,我们就准备离开去割草。这时有人提议,明天咱再去村北道上挖坑吧。小哥哥马上镇着脸说,不行,这便宜只能沾一次,我还觍着脸子叫了一回叔叔大伯,再干一次就被认出来了,你们都死了心吧。他是觉得这条道从我们村里穿过,到村北再挖坑一定更让西里庄的车队感到意外。

  从此,我们这帮孩子再没有用这种缺德的手段弄瓜吃,但在我们村的瓜田边上,曾经用长把的镰钩走大西瓜,真有点人不知鬼不晓。我们还像一群麻雀一样,呼啦飞到一片瓜地里,叫着爷爷、大伯,嬉皮笑脸地要瓜吃,搞得看瓜人动了心,便给我们挑拣形象不佳的歪把子瓜吃。

  有一次,在一个瓜园里碰了钉子,我们就兵分两路,一路返回瓜棚去要水喝,一路去另一头贴着地皮摘瓜。这头看瓜人说,瓜棚里哪有水喝,走走走。我们就软磨硬抗地拖延时间。估计那头得手了,才满脸遗憾地离开,到另一个地方去享受瓜甜了。

  可是我们从来不动谁家自留地里的东西。我们只是损公肥不了私,填了填饿肚子。现在想起来也很不应该。

看推麝香车

在儿时的农村,任何花草树木,任何飞禽走兽包括大小昆虫,都是我们关注的对象,也是我们的玩物。比如有一种小瓢虫,它红壳上有黄点点很好看,我们就叫它花花媳妇,经常在树身上、草尖上抓它们,在手里看一会儿玩一会儿就让它们飞走了。也有蜥蜴、鹌鹑等我们所喜欢追赶的东西。在马家滩的细沙窝里,有一种全身黑色的小虫子,我们叫它老道。这老道总是在细沙里挖坑,我们见到小沙坑就用手一抄,那小老道就被弄出来了,再看它又怎样慌张地再去挖坑。它挖坑不是头朝下,而是头朝上,身子慢慢隐没在沙流中。接着就又挖出它来,还喊着:"老道,老道,撅着屁股往后捎……"我们以戏逗动物为快乐,也知道它们是多么怕我们,又多么恨我们,但它们太小太无能了,只能任凭我们胡乱的摆布。

说来,有一种动作很慢又不善于躲闪的笨家伙叫屎壳郎,我们这一带都叫它莽莽。后来才知道它的学名叫蜣螂。在太行山的平山县又叫它官官牛。我们也把公屎壳郎叫作官儿,它头上有一个像小帽子一样的盖儿,还有一个像独角兽一样的尖儿,大概是拱地用的。母屎壳郎的形象一般,说不上有什么特点。它们都是一身黑装,而且喜欢倒着推粪蛋,那样子很执着。我们在它们旁边跺跺脚,它们也跑不快,有时就停下来装死。我们男孩子不怕粪球有味,喜欢戏逗它们,有时还把官儿捏住,弄条细线拴住供更小的孩子们去牵着玩。

这天下午,我们一群半不桩子背着草筐,盲目地优哉游哉地在村西大道上走着,谁也想不好去哪块地里割草。这时见路边玉米棵子下头有莽莽拱动的痕迹,又发现一只莽莽官儿正推着粪蛋移动。这便引起了我

童心野趣

们本不该兴趣的兴趣，便都停下来观察，还研究讨论这东西是什么变成的，为什么爱推粪蛋。一个懂事的笑着说："这是屎壳郎推麝香车子哩。"大伙儿就问粪球也是香的，别瞎说了。可他就讲起了屎壳郎卖麝香。

说是一对屎壳郎夫妻从闹干旱的山东飞到河北来，见这里的庄稼绿油油的，而且有牲口拉了粪，就挑最好吃的滚成蛋，要去集上卖麝香，"公忙忙，母忙忙，老两口子卖麝香。"它们来到黄豆地里，觉得这里可以安家，就歇下来开始对诗。一个说，"六月热囔囔，娘子上了象牙床。"一个说，"六月热囔囔，老头子树下去歇凉。"……一会儿官儿感到渴了就飞出去找水，来到路边见马蹄窝里有马尿，便高兴地喊，好一片汪洋大海，接着扎下去就喝起来。这时从旁边跳来了个大蛤蟆，笑话它们喝马尿："黑大汉，黑婆娘，拿着粪球当麝香。豆叶当了红绫被，马蹄窝里喝米汤。"那官儿就反过来笑话它："你光着屁股露着腚，未曾走道蹦打蹦。有事没事瞎咕呱，四邻八舍不安生。"正说着来了个骑马的，马蹄一下子把官儿踩烂了，又一蹄子把蛤蟆踩死了。一只老鸹从树上飞下来笑话这俩短命鬼："屎壳郎，丧了命，绿蛤蟆，成肉饼。要斗嘴你们阴间里斗，活该我老鸹尝尝腥。"它就凿着吃肉……

大伙听着很有兴趣，就问那母屎壳郎怎么着了。另一个小弟就说，我听榔槌叔叔讲过，公屎壳郎一死，母屎壳郎就啼哭。这时来了一个疥蛤蟆，听到有女子在哭就说："学生正在书屋闷坐，忽听门外女子哭啼，你无丈夫我无娶妻，咱俩何不结成连理？"不想人家对它很不欢迎，说："你还自称是学生，浑身疙瘩没有缝儿。西厢的张生如像你，莺莺绝得不了相思病。"疥蛤蟆也不示弱，"我看你就像一块炭，每天来回推粪蛋，早晨遇见个拉稀的，你一天吃不上好干饭！"

接着有个小家伙说出一句坎儿："屎壳郎搬家——滚蛋！"大伙儿一听就是这样。

又一个说，屎壳郎的好长相——黑丑黑丑！大家就说这不是大人讲的，是你自己编的。他就说是爱说媒的婶子讲的。

另一个小哥哥就不满地说，你是吃荆条拉仄筐——胡编哩！

那小家伙也很不服气地说，你这是一根筷子吃藕——乱挑眼儿。

小哥哥一听自己的权威受到了挑战，就又大声说，你电线杆上绑鸡毛——好大的胆（掸）子！人们一听很新鲜，其中一个就说，你这是飞机上挂暖壶——高水平！

可那个小家伙又噘着嘴说，你们是马尾儿掂豆腐——提不起来。

小哥哥一听就又反击道，屎壳郎掉到驴槽里——你充什么大黑豆？

小家伙也不客气地又来一句，屎壳郎跳到面缸里——你充什么白胡子老头？

小哥哥坐在筐沿上反唇相讥，你屎壳郎要戴花——臭美！

小哥哥往起一站，你屎壳郎拴红绳——充什么好看？

对方小家伙的坎儿还真不少，你屎壳郎戴乌纱帽——充什么老包公？

小哥哥就指着小家伙说，你屎壳郎戴凤冠——装什么正宫娘娘？

对方几乎没听小哥哥说完就来一句，你屎壳郎打喷嚏——满嘴喷粪！

小哥哥的火一下子大起来，说你敢骂我？屎壳郎烤火——非烧了你的爪不行！

这时我们一看二人真翻了脸，觉得不能因为几句屎壳郎坎儿就弄得不愉快，便拉这个拽那个，说走走走割草去。小哥哥最后狠狠地来了一句，从明天起，你屎壳郎下山——滚蛋！

那小家伙一听，知道是对他下了驱赶令，眼里就噙着泪花，委屈地说，小叔叔，你别要饭的摔木碗——发穷性了，我愿意和你们一起玩。但小哥哥头也不回地领着我们走，没有吭声。那小家伙就站在那里，不知道是自己单干去，还是尾随着我们走。

第二天，那小家伙果然没有来，第三天也还没有出现。小哥哥就悄悄地告诉我，去叫谁谁去，一块儿走。我说他不尊重你这梁山首领，还叫他干吗？小哥哥说，那天无意中对坎儿伤了我的面子，我也伤了他的脸，真不值得，都十好几了，叫上他，他不来就算了，来了就和以前一样。

好吧，我就去找，这个小侄子正愁没有做伴的，他爹还骂他不会乱乱小朋友。

我一叫他，他就飞奔过来，还带着他家枣树上的半红枣。我说，你要听咱们首领的，你记性好、嘴好使也别和他斗气。他说知道了。到大街上见了小哥哥，他就主动说："小叔叔，尝尝俺家的落地枣，可甜哩！"小哥哥也知趣地接过一颗枣来咬一口，真甜！

这样我们大家就都又和睦起来，又一路谈笑风生，像一群叽叽喳喳的喜鹊，也像一群不知疲倦的百灵。后来我们再也没玩过屎壳郎，觉得这黑家伙差点让我们伤了和气不吉利。为了报复它们，我们在地里点火吃过它们一回肉，还真香，但不如麻雀肉香。那是我第一次也是最后一次尝了这种肉儿，也值得珍惜吧。

怕挨打就跑姥爷家

我娘是当村西头王家的独生女。姥爷的祖上是从西面的韩庄迁来的,没有弟兄和紧当家子。当时西头有几户王家,却来历不同,根脉不一。姥爷是个独户,却有吃苦耐劳、与人为善的好人缘儿。当地的风俗是,只有一个闺女就嫁在本村,而且要找人多势众的人家。我娘就是这样和我爹定了亲的。姥爷是贫农成分,他当长工、打短工,冬天里还从西山根下往回运砂壶,从南边往回推瓦盆,挣点辛苦钱,小日子就过得殷实。重要的是,一到过节姥姥做了好吃的,姥爷就来叫我们去吃,或来了亲戚也叫我们去陪吃。

特别是我们在爹娘手里犯了什么错,惹爹娘生了气,就会一溜小跑到西头姥爷家躲难去了。记得有一个星期日,娘忙着做午饭,我弄红纸和高粱秸插了个风葫芦,一会儿跑到院里,让它快快地转,一会儿跑到街门口又跑到外院,看着风葫芦迎着风转得很快就很高兴。回到家竟一直冲进北屋,想看它在屋里能不能也转得那么快,一不小心把一个大钵碗碰得一歪,然后啪嚓一声掉地上了。娘一见就骂,你这个猛饿鬼,看把你爹吃饭的碗摔得这么烂,锔盆扒碗的也不接这个活儿,一会儿你爹怎么吃饭?他回来不揍你才怪哩!

我知道,爹多年来吃饭都是用他这个粗瓷的大钵碗,比那个大海碗还大得多,一碗能盛平常两碗。这碗打碎了,爹肯定很生气。我在家中谁也不怕就怕爹发邪。虽然他从来没有捅过我一手指头,我却自小非常惧他。他那双弯弯的眼睛一旦发起邪来,就像冒火一样让我身上发抖,有时有理我也说不出来了。

三十六计走为上,我便拿上自己的几样玩具一路小跑到了姥爷家。

姥姥刚好做熟了饭,见我来了就马上煎鸡蛋。我也不会推辞,就在院里悠闲地打陀螺。吃过饭我还不敢回家,估计父亲又下地干活了,我才心情沉重地往家走。

万万没想到,爹正整理绳套,还没有走!撞到枪口上了,却不敢再跑了。我便硬着头皮肿在院里,做好了挨打的准备。暗暗地想,爹呀,你要打我脊梁、屁股,还是打我脑袋?娘打我屁股都是轻轻的,一点儿也不疼,可你不要打我脑袋,娘说打脑袋会把我打成傻子的,以后连媳妇也寻不上的……可是父亲只狠狠地瞪了我一眼,就说你十岁了也还是个孩子,这碗是活该它倒霉的,谁让你娘把它放在桌边不往里推推?接着就命令我,快点去给咱的猪割一筐好草,麻生菜、燕子衣、劳碌棵都行。我便像戏上将军得令一般,赶紧背上草筐跑出去,要找我们的小伙伴。不料父亲从后面追上来喊我,我一听又吓了一跳,莫非父亲没有揍我后悔了?但父亲是拿着一把镰来给我。一看筐里还真没放着镰刀,刚才是怕爹怕洋乎了,真走到地里用手拔草会很费劲的。于是我赶紧接过镰来说,今天我一定让咱的猪吃个饱。

就是因为这一次之后,姥爷晚上过来与我爹娘商量,要你们一个小子过继。他考虑,当时哥哥已经去当兵,弟弟才六七岁,便说,我要你们二的吧。爹娘就问我:"你愿意跟了你姥爷吗?"我想,跟姥爷有什么不好,姥姥又烙饼又煎鸡蛋,比这边享福,就说愿意。爹听了郑重其事地说:"你过继给你姥爷,将来要给他们养老送终,庄户、房子就是你的,你还要年年给他们上坟烧纸。"然后就决定,从下年开始把我的名儿从高级社五队拨到他们三队去,长大了干活挣分也在那边了。不过还是娘想得更周全,说你上着学,这边离学校更近,哪边吃住都行。就这样我算口头协议过了继。不过后来我初中毕业考上了师范,姥爷又跟我爹说,你二的走了,不知道以后会派到哪里去,指望不上了,我要了你三的吧。弟弟当时也乐意。这样要我过继的口头协议自然口头终止,要弟弟的口头协议就算达成了。不过弟弟没有动户口、分粮食和劳动工分的事。他住在西头三队的姥爷家却在我们五队当队长、指导员。最后还是他把姥爷伺候到入土为安了。

　　我成了西头姥姥家的人了，去西头自然就多了，住下的时候也就多了。但中午饭还常去南头，傍晚放了学就去西头。西头王家有个傻母狗，他娘死了，爹又娶了个后娘，他就跟着奶奶过。母狗比我大，胖乎乎的，走道时就把腿抬得很高，脚落地时又把脑袋往前一点。他智力不高，但见了我就开玩笑地说，你跟了你姥爷就得姓王，没听老人们说吗，小子无能，改名换姓。我说俺不改名也不改姓。你不改，就不是俺西头的人，叫你寻不上媳妇！母狗有个兄弟叫领顺，他也比我大一两岁，我每天下午放学去西头，他都半路截着说我不是西头的人，还要用小拳头打我几下，我就赶紧往姥爷胡同里跑。有一回，我对姥爷说领顺净截我打我。姥爷就说，我找他爹学学舌去。我说他要是不听还打我哩。姥爷就说，他家也姓王，和咱不是一条根，他要再拦你就先回南头去。又一天傍晚放学时，我叫上南头几个一块去姥爷家，说王领顺净打我。他们就跃跃欲试地要去替我报仇。这样我的胆子就壮了，还真把领顺吓住了。从此平安了，渐渐能和纪家赵家罗家的孩子们一起玩，也一起拾过柴、割过草，但感情上还是离南头的发小们近。

看枪毙石啦啦

我见过多少吹吹打打娶亲的，也见过多少一溜穿白戴孝出殡的，我爷爷的葬礼全过程我都经历了。但看杀人，除了在戏台上，还没有见到过真的。

这年秋天，谷子黄得金灿灿的，高粱红着脸庞等着人们去砍，秋忙开始了。村里人就传讲，要在东里庄枪毙一个杀人犯。我听说了，发小们也听说了，都准备去开开眼，看怎么把坏蛋打死。但许多家长不让孩子去看，我的爹娘也没说让看不让看。

记得这天早饭后，街上的人都往东里庄走。二货见了我就说，走，看崩人的去！我就不由自主地随着他们去了。到东里庄村西口，已经是人山人海。我们挤来挤去才到了中心地带，见解放军战士持枪围成圆圈，阻挡着拥挤的人们。中间，有一个人跪在地上，双手绑在身后，一个白纸糊的令箭牌似的东西插在他背上，很像戏上的罪犯那样。三个战士一左一右持枪而立，还有一个站在罪犯的背后。

再看北侧有一张桌子，桌前坐着几个官员。一会儿，一个官员就宣读罪犯的杀人罪行。记得说，这死囚叫石啦啦，是北边东寺乡小石家庄人。他怀疑妻子有外心，就经常与妻子争吵。后来妻子带孩子回了娘家，石啦啦经常去叫她回家她不回。一天，石啦啦喝醉了酒，就提上刀子去了丈人家，杀了岳父岳母、妻子、小姨子和儿子五口人。

宣判中，这个石啦啦还不断抬起头来，反驳性地喊叫，承认杀人，又说杀人有理。最后宣布行刑时，听他又喊了一声："我到阴间去也饶不了他们！"围观的人们都说，这是一条不怕死的硬汉。

一声枪响，石啦啦便像折跟斗似的往前一栽，无声地平躺在地下了。

他仰面朝天,脑袋却崩了,地上溅落着红白色的东西,说这是他的脑浆。一个人懂得这回用的是炸子,见血就炸,一炸犯人的脑袋就碎了。又说用这种子弹的对象,都由上级批准才能使用。

忽然,人们呼隆一声就往前挤,战士们用枪横挡着。

我问二货,这是挤什么。二货说人们要去抢吃啦啦的脑浆,吃了这脑浆能治病。我们都感到很恶心,没有往前挤,而是看着解放军指挥啦啦的亲属把死人的脸盖住,然后往起抬,大概是要运回去安葬吧。

一会儿人们四散,我们便向街上的集市走去。也没买什么东西,总是反复讨论石啦啦的罪行,猜测石啦啦的媳妇到底怎样,又说石啦啦到那边去,恐怕五个人都会向他索命的。

回来,午饭已过,娘为我把剩饭盖在锅里,一摸还是很热乎。我不言不声地吃着,回想着枪毙人时那种庄严而又可怕的场景。娘问这问那,我似答非答地支应着。

下午,我们一群小伙伴又去割草,我就讲看枪毙人的情况,他们一个个吃惊地瞪着眼睛。割草中间,还有几个小兄弟也不断问起解放军威武不威武,那枪是不是三八枪,石啦啦个大个小等等。我便含糊不清地回答着。我成了这次割草行动的中心人物,小哥哥们还夸我胆子大,我心里很得意。

黑家疲倦地睡了,半夜时梦见一个破了脑袋的人向我走来,一看就是刚被枪崩了的石啦啦,便支煞一下醒了,再也没有睡安生。

第二天一早,爹让我跟他去村东碾谷子。到了谷场上,我还像昨天一样想着枪毙罪犯。爹吆喝我,你撒什么癔症?快去拿木锨。前来帮忙的几个人也说,你这二小子平时不是这样,今天有点奇怪。歇晌时,爹问我怎么回事,我便把去看枪毙人的事说了。爹就很不高兴,说二货这小子不懂事,怎么能带你个十来岁的孩子去看杀人。后来,父亲再见到二货时还批评了他。二货见了我说挨了爷爷的训,你没事吧?我说就是总想着那回事,也做了噩梦。

又一天吃黑家饭时,父亲却首先提起石啦啦,感慨地说:"人随王法草随风。"又说,"人犯王法身无主。"告诫我们兄弟姐妹不能犯法。接着,他又讲起一个英雄来。说是邻村一个小伙子被日伪军押上刑场之前,要求吃一顿饱饭,再一路上把他学的戏全唱一遍。鬼子首领答应了。那天晋县城里的人们都早早出来观看。这小伙子戴着手铐脚镣,一走哗啦啦地响。他唱梆子、二黄,唱林冲、唱《打渔杀家》,那嗓子好亮,跟斗打得也高,观看的人们都哭起来。枪毙他时,他大骂鬼子是到中国来欺负祖宗,又喊,"老子二十年后又是一条好汉!你们开枪吧!"他死了尸体不倒,鬼子用枪捅了一下才倒了。爹又说,这石啦啦算什么东西,凭什么杀了这么些人,还像从树上摔下来的鸭子嘴硬?

听到这里,我又想到,敢犯侵略者的法就是英雄,犯自己的国法只是狗熊。

爆竹声中一岁除

蛇年将尽，马年要来了。有人给我送来一副春联："金蛇狂舞乘风去，天马行空踏云来。"横批是很传统多见的"万象更新"四个字。他也告诉我，河北省人大、政协"两会"上争论放鞭炮问题，看来过年要禁炮了。我说，中国人喜欢红春联，也喜欢有动静，要是过年静悄悄的，就更没有年味了。放炮才几天呢，不能因为城市有雾霾就拿年节传统开刀。又过了几天，省报记者对我进行电话采访，也是问过年该不该放鞭炮。我正忙着，就简短地说：过大年是中华民族的重要文化符号，是千家万户一年团聚、团圆的佳期，也是中国人表达喜庆、吉祥心理和来年愿景的节点。放鞭炮、烟花和挂红灯、贴春联、福字，包饺子、炖大肉一样重要，不声不响的就不像过年了。

事后，我就眷恋起儿时在故乡过年来。那时过年有许多程序和禁忌，有浓重的神秘感、神圣感。父母大年三十和初一上香上供时，要求我们都必须人人磕头，要不神家会不高兴的。现在想来是可笑的，但那种对天地神灵们的敬畏，还是和生态的天人合一观念相通的。那些神也是人，是大自然被老祖先人格化了。

过年也是过瘾，放炮便是男人男孩子们的极大乐趣。觉得最有刺激性的就是放炮。我和弟弟是家中的"炮手"。三十晚饭时，要点蜡上供放鞭炮，是酬谢神家保佑一年平安、风调雨顺、五谷丰登的恩泽，也是迎接"天地十方真宰"到凡人家来享受人间烟火的。人神相聚，天人合一，能不庄重而欢乐吗？我们晋州城南不少村庄的习俗是，三十的包子，初一的饺子。母亲和二姐揭锅拾蒸包，父亲便一碗一碗地往神前送。放一碗磕一个头，又催我去放炮，放完了再补充磕头。我便拿上一两挂小鞭炮，

系到院里晾衣绳上，或挂在墙的木楔上，从灶膛拎个火儿一点，那鞭炮就呱啦呱啦地响起来。四邻八舍的各种鞭炮也此起彼伏，好像举行着放炮大赛，看谁家的炮更响。我家也买二起，也叫二踢脚。那是父亲放的炮，这炮打到天上很响。父亲总是敬完了神才亲自燃放，让我们躲到屋里去，至多在门口巴着头捂着耳朵看。

第二天凌晨起五更，大多是三四点钟，远处迎新庆年的炮声就断断续续响起来，母亲就催我们快快起炕。在我们冀中有一条古老的对联："一夜连双岁，五更分二年。"昨天晚上是辞岁迎神，本家的几个哥哥、兄弟趁过来喝酒聊天，这是一年的最后一聚。他们走后，父亲还要续香续蜡守岁。我们孩子家熬不住，一会就睡着了。再被大人叫醒，一睁眼竟然是又一年了，又长一岁了。有道是"天增岁月人增寿，喜满乾坤福满门。"我们起这么早很不习惯，但还是一叫就动。我穿上新衣服，就准备放这新年的第一轮炮。三十傍晚放得少，初一是迎年纳福放得多。敬了神，放完炮，大人们就去各家拜年。我和弟弟就借着神前烛光和灯笼的亮光，低头寻找绝了捻或被炮崩掉了的落地炮。过年敬天敬地还要祭祖。有些地方是除夕去坟上迎接祖宗先人回家过年，我们那里都是初一吃了饺子去上坟祭奠。这也是要大放鞭炮的，似乎炮声能唤醒祖灵，受到震撼也便振奋，家族后代也便会振兴的。我们袁家人多，各户带去的炮又多又大，主要是二起。一种是连体的，头一响和第二响都装在一个搓好的筒里，两头用胶泥砸实封好的，下方有炮捻伸出来，便于点燃。另一种是分体的，就是下端头一响是个火药包，上端第二响才是纸筒的。东院的狗头哥告诉我，这下头药包里装竖药，放木炭多，能把上节打几十丈高，上节装的是横药，能在天上崩得很碎也很响。我见大人们把这炮装进铁管炮筒里，按手指有插二插三的粗细不同，一放都是惊天动地，亚赛春雷，我们就叫它"挂雷音的"。在三九四九的隆冬旷野中，小鞭小炮叭儿叭儿没有威力，只有大二起才能震天撼地。我长到十五六，父亲才允许我点小二起。我胆儿不大，点着一个就跑，听身后咚的一声巨响，心中一惊，然后赶紧仰头，看天上骤然一朵火花，同时"嘎啦"声传来，我便有一种成功感了。

后来读书多了，才知道北宋王安石有一首名诗《元日》："爆竹声中一岁除，春风送暖入屠苏。千门万户曈曈日，总把新桃换旧符。"也知道古人过年曾经点火烧毛竹，竹节嘭嘭啪啪地响，以为这样可以驱除邪祟保平安。后来有了火药，才制造鞭炮代替了竹子，但仍然保留着雅名"爆竹"，并且创造出了许多烟花。古代的桃木板子也演化成了红对联。元代钟嗣成的小令《四时佳兴·冬》："谢天公，庆时丰，烧残爆竹一年终。万物静观皆自得，四时佳兴与人同。"这也是一首民俗风情曲，充满着生气与希望。古代过年也有烧残活动，就是点燃苍术、术草等以助阳气上升。有的是烧松柏枝，叫烧松盆。还把一些旧东西烧掉以去秽气。我们冀中一带是正月初十或十二过老鼠节，烧柏灵枝和柴草，并把破扫帚、旧鞋袜等扔进火里烧掉。大人们也守岁喝酒，是白酒而不是屠苏酒。到今天，城乡除夕之夜普遍看央视春晚，也在年夜饭后置酒食、嗑瓜子，或年夜饭与辞岁酒穿插连续。古风不泯，且更为丰富了。半夜12点新年到来第一声钟响，男人们就下楼点炮放礼花弹。天地之间一时隆隆嘎嘎，五光十色，奇幻百般。这种新俗是迎春之声的前移。

我又在思考省报记者的提问，还给记者打电话进行补充说，办工厂造汽车是双刃剑，过年放炮也是双刃剑，不要动不动就禁传统。传统要继承，这也是软实力、凝聚力，但方式上也要与时俱进改革。要提倡限放限排，减放减霾。建议城市各社区或市政府费点心，统一采购鞭炮，统一安排适合的地点，统一培训炮手，讲究燃放技巧，在过年时集中燃放，让市民们在四周或楼窗里观赏。这样就大大减少了鞭炮崩伤、噪音和烟气太大的问题，也保护传承了春节大符号的重要小符号，让人们得到应有的文化享受，振作人们的精气神。还说，青少年们听听鞭炮，心理承受能力也会增强的。记者听了很高兴，说你的设想兼顾环保和文化传统等方面。我又告诉记者，中央文件上说要建设优秀传统文化传承体系，

进行非物质文化遗产保护，春节早就列入首批国家级非遗名录之中了，不保护行吗？不要一会儿禁、一会儿放，要定个制度，最好按《非遗保护法》定个条例。我这样说着心里也明白，那些有钱有瘾的炮迷们会不高兴，农家式的放炮习惯也该改一改了。

　　十二年一轮的马年，悄悄地如期而来，万象更新，春意盎然，应当普天同庆。我们谁也没有多少马年，不能哑声哑气地迎春，要传承春节的重要符号，而且更要理智、科学，也更为人文化、人性化地迎春。相信春神骑马而来，一定会给我们带来新一年的好运。

见 2014 年 1 月 24 日《文艺报》第 5 版

难忘的钟声

"当当当——当当当……"这是我们大石家庄小学校的钟声。

我上小学是在本村,西里庄等小村人也到这里来上。那是在东头路南一条拐弯胡同口上,原来财主的四合院,大门向东开。我上学时已经拆了西屋和猪圈,只有南屋北屋和东屋。当时的学校,不是庙宇、祠堂就是这样的老院子。我们的校舍还算好的,每年大雨时兴起来也不漏水,院里也不积水。但操场却在南屋后边一片空地上。那里有一棵高大的老榆树。在它一根向东伸出的长股上吊着一口铁钟。每天上学下学的钟声就是从这里发出来的。

早晨,学校的杨老师或翟老师,有其中一个按点敲响上学钟,就是"当当当——当当当当——"的三下响声。课前的预备钟是"当——当——"两下的,上课钟则是"当当——当当——"紧急的双声了。下课钟,又都是"当——当——"缓慢的单声,也只敲两三下。如果全校紧急集合,又会是"当当当当当——当当当当当"的,甚至是连声的。这是上级来检查学校工作,或者村里有了紧急事情才这样敲。一般上课钟还没落,老师就进了屋。而下课钟响过,老师可能还再讲几句。他一旦宣布下课,我们便像一群出窝的蜂儿飞出来,有的去解手,有的在院里蹦跶着玩一会儿。

两个老师一人一星期轮流着敲钟。他们觉得麻烦,误事,就除了上学钟他们亲自去敲,预备钟、上下课钟都让学生小干部们去敲。这也是有分工的,我第一次敲钟是上了三年级,杨老师让我当小组长,除了值日扫地擦黑板,就是轮到杨老师敲钟这一星期,有一两个敲钟的机会。我总是扬着脸,把钟绳从大树上解开,再后退几步拉动钟绳,那钟就响

童心野趣

了，心里又害怕又觉得很美，一般同学也很羡慕。敲完再把钟绳拴上，就去老师跟前等着，他说你去敲上课钟，我就赶紧再去过一回敲钟的瘾。班长敲钟当然就更多了。他敲钟回来总是很神气，我敲钟回来总是很腼腆地不敢看人，只被人看。

这口铁钟，个儿不大，钟口直径不过一尺，但它是高音高调，响得清脆而悠扬，像一个金嗓子姑娘的歌唱。比如像在老师屋里听收音机里郭兰英唱歌，又嘹亮又细腻，也像母亲呼唤儿子的声音，那么亲密多情。尤其是"当当当"的上学钟，感到那是母亲的召唤，老师的召唤，现在理解这更是一种文化的召唤。这口钟在"大跃进"前就有了，据说是翟老师从晋县城里买回来的，过了多少年不改音调。它是用铁丝挂在树上的，时间一长铁丝断了，就在一天早上杨老师去敲上学钟时，只响了两下，它就呜一下子从树上掉下来，咚一声扣在地下，把老师吓了一跳。但这钟不崩不裂，老师提起来一敲还是那么好听。这下老师放心了。可这天同学们上学就不整齐了，有的听见两下以为上了课，赶紧往学校跑，有的说怎么老不敲钟啊，就迟到了。

后来我走出家门去外村上学，那校园距我们村不远，上课时是摁电铃，用邮局电话上那种电池，不久嫌费钱也改为敲钟。那个钟个儿小，声音也是高八度，像十岁小孩的童声，远没有我们村那口钟的声音好听。记得经常是我们上了课，本村的钟声便悠悠地传来，让我心中顿生一股暖意。再后来上初中，学校也安过电铃，那铃声一点儿也不中听，像秋后哑巴知了偶然的吱吱叫。不久断了线路，也就在收发室附近树上挂了一口钟，那钟还不比我爹吃饭的钵碗大，收发老头一敲倒也响亮，但声音更是高八度，声尖得犹如婴儿对着扩音器。再再后来去的地方多了，见寺庙里的大钟都是瓮声瓮气的。那年去日本，一个金阁寺里有祈福的钟，那声音简直就像铁锤敲破锅那么瘆人。

各生产队集合上工也需要有个信号，大多又不肯出钱买。我们村各队就去村北锯扒鬼子铁道时扔在水壕边的钢轨。锯得长短不一，各队挂起来当钟敲,那声音也就高低不一,但都比较清亮。敲法上更无规定,敲多少下的都有。有的一夜之间没了,被人偷了去卖废铁,队长就翻出个旧犁铧子来当钟敲,那声音就又差多了。

多少年后,我从省城回家探望父母,没进村就听到了小学校的钟声,那"当当当——当当当——"的声音,就像"上学来——上学来——"一样亲切动听,好像又回到了上小学的当年。

这钟声,是我和我们村人同频共振的心灵符号。

童蒙上高小

我13岁时考高小、上高小。记得那天一早去东里庄参加考试时，娘为我煎了鸡蛋，还说你在咱家关爷、老母前面磕个头，就一定能考上。我将信将疑地磕了头，赶紧背上凳子和书包出了门。来到东里庄高小，已经敲了预备钟，老师们一听我说哪村的，就把我领到一个教室里，按号放平凳子坐下。那时上高小要背凳子，去考一下更要背凳子了。考的什么题，答得怎么样不知道，心想有关老爷保佑呢。那时父亲十分重视我们弟兄的学习，他说睁眼瞎吃不开了，干什么都挨捉乎。他问过我们村在高小代课的袁中和，这是西门的一个哥哥，他考入晋县一中是全村公认的高才生，只因经常头疼休了学，才被请到高小去代课。中和哥总是安慰我父亲，他肯定能考上，功课好着哩，放心吧。一直到有一天，村小学赵老师派人叫我去，说你考上了。我一听连个谢字都没说，就从挂钟的外院向南翻墙头进入我们的东小街，一溜烟地跑回家，还没进门就喊："爹，娘，姐姐，我考上了，我考上了！"当时爹不在家，娘和二姐就高兴起来。她们去买了一块叫香港罗的天蓝布料，为我做了一个新褂子，就是对我的奖赏。

终于盼到开学了，风吹雨淋割草拾柴的日子结束了。我这双多次被镰刀和青草划伤的手，怎么洗也洗不干净，便带着对新学校新日子的期盼，来到了东里庄高小，被分在13班。一切都是陌生的，新鲜的。但没料到，上了不过一个月的课，公社领导就来要我们高小生去一个村子支农搞秋收。我们便背上铺盖卷下村了。第二年秋天又让我们去下村干活，先后去了五六个村子。好在去哪村哪队都管吃管住，不用再带干粮。第一年入村后，眼见地里白花花的棉花没人摘，多少山药没人刨，多少玉米都干透了还没掰。这就是1958年大丰收又丢烂糟现象。各队相邻的一些地块，哪个队哪个村也不想要。连我们村号称"三只手"的那个人也不去偷。他说共产主义了，吃饭有食堂，一人一个月五块钱，谁还做贼丢人去？可公社领导着急，就把我们这些学生当成了支农生力军。

  我们抢镐刨山药，想刨尽，速度慢了却要挨批评，就不得不马马虎虎往前赶。女生们摘棉花，也是大稀二拉地只摘大朵。那时牲口缺少，公社也才有一两辆拖拉机，人拉犁、拉耧和拉水车在冀中各县还很普遍。我们这些小少年们能吃也能干，在哪个队都很受欢迎。记得第一个村子去的是南小吾，这是一个很大的村子，村支书也是全县有名的好干部。他头一天就去看望我们，还让各队大食堂改善一顿。"改善"是那时的流行语，碗里就会有肉。

  我们干得很苦，但也觉得很享福。只是我们大多数没有出过远门，没有离开过爹娘，突然十天半月不能回去，就普遍想家，老师便为我们鼓劲，好男儿应当志在四方。女生们呢，应当巾帼不让须眉，比男儿更有志向。什么叫巾帼，什么叫须眉？有的同学戏说，老汉蒙白羊肚毛巾就是巾帼，眼眉长过了胡须就是须眉，大家一听连老师也笑了。这解不了我们想家的愁，老师每天一有空就赶忙教我们唱歌，还讲革命烈士的故事。这的确起了一定作用。

  头一年下村干活回来，老师就说要赶课程，开晚自习了。你们的行李不要背回去，各班各小组都找自己的住处。我和我们村的几个走散了，就与马家庄的宋英贤等一起来到李群海家，把被窝卷放到他的南屋里。他爹娘弄来柴草，我们就胡乱铺一铺，纷纷把被褥放上去。这屋子不大，我的被卷没处放了。群海就说，傻小子睡凉炕，越睡越壮，咱冬天不生炉子，挤挤暖和。但被子摞被子也太挤了。我就挨南墙打横拐，把被褥一放还正好。然后我们就回家去取粮食，说学校食堂要统一蒸饼子、熬大锅菜。回来第一宿，我就感到这南墙根的横拐太冷了，蜷着腿不敢伸，天亮时伸开腿了，也该起来去上早自习了。这个冬天下雪又多，南窗糊

得不严，半夜里雪花落到我的被子上，早起时还化不了。这是我出生以来第一次体会到了被窝里挨冻的滋味。

向学校背粮食，这是一件新鲜事，也是我的尴尬事。因为我已经过继给姥爷，名儿已经从五队拨到姥爷的三队上，平时在五队割草都给记了工分，背粮食走让不让呢？到了家对娘一说，娘就让我去队上找他们。我去五队大食堂一问，人家说你早过继了，吃一顿饭好说，粮食不能背，去西头找你姥爷吧。我便悻悻地回来。这时爹也从菜园子回来取东西，听我一说便嗨了一声，这管理员挺死巴，可人家说的是规定，你就去西头吧。我便来到姥爷家，姥爷也让我去三队上找六顺舅舅。我有点发怵，姥爷就说，你这孩子天生的腼腆，六顺又不是生人，你和他小子还在一块玩，去吧。接着把一条口袋递给了我。

我便心情沉重地走向三队食堂，那里正好有纪六顺正拨拉算盘，一看我来就笑着打招呼。我叫声舅舅说明来意。他就说按岁数你一天只能分八两。我说八两就八两，可学校要求都带玉米糁子，白面更好。他一听笑起来，你们高小老师净想好事，那是做梦娶媳妇，咱食堂只有山药面，已经吃了半月了，你只能拿山药面。我心想山药面蒸出的饼子像黑巴巴蛋，说好听点也是黑铁蛋，虽然有点甜可是谁吃了都烧心吐酸水。

我的眼里便噙上了泪花，真怕背去山药面老师不要，这可怎着？六顺舅舅一边安慰我，一边过秤，还让我看看这秤给得很高。我就说着感谢的话，又问老师不要背回来能不能换。他说估计能将就，你就告诉老师，这是心里美山药干碾成的面，甜得很，哪村里都没有，我不信他不要。

我背上沉甸甸的粮袋回了学校。结果不是班主任接粮，而是一个陌生的管理员。他一个一个地过秤，一个一个地尝尝是不是掺了土。轮到我时，我说这是心里美山药面，甜得很，该给老师们去吃。没想他一听又抓一撮一尝很高兴，问多少斤，我说一个月的，24斤，他连秤也没过就让我倒入另一个大缸里，更没问为什么不弄玉米面来。这下子我心中的石头落了地，提着空袋子就跑回教室。见邻桌一个同学正哭，问为什么，他说队上的山药面牙碜,管伙老师让退回去。我跑八里地背来再跑八里背回去,又换不回好的来,这学怎么上呀?我心里便替他担忧,但除了安慰帮不上忙。

早自习是天不亮就上的一节课,晚自习又是两节课,这都需要点灯。老师们要求每人带上自己的小油灯,各用各的油,各用各的灯,有条件的点洋油蜡更好。我们班没有点蜡的,全都是墨水瓶制作的小煤油灯。我找了一个想扔没扔的墨水瓶,和弟弟一块把瓶盖儿钻了一个眼儿,用一块铁片弯成细柱插进去,再穿进棉絮当捻儿,这样的灯就不错了。又找一个小瓶瓶带上备用的煤油。我同桌没有找到小墨水瓶,却用了一个玻璃酒瓶,那灯就高出好多。常说高灯下明,我的眼前就有两盏灯的光线了。而他的高灯又是灯下万年黑,要不是我的小灯帮了他,他才更费眼睛呢。

第一天晚自习下了课,我们一溜小跑回到住处点上灯,就互相发现个个都是黑鼻子眼儿,擤个鼻涕也是黑的。这没办法。第二天上学就给班主任田老师要求,让学校买大汽灯。虽然那时正在宣传"人民公社放光芒,共产主义是天堂""楼上楼下,电灯电话",但我们对不冒烟又明亮的电灯绝不敢奢望,对老师们用的高脚玻璃罩子灯也不敢指望,那是一块多才能买的灯啊。

那时,虽然一切都寒酸而简陋,我们的情绪却随着"大跃进"高潮到来而天天激奋着,似乎各村寨都是豪情满怀地进行着社会主义建设,比赛看谁首先跑步进入共产主义。而大食堂让人们受够了罪,吃不饱的问题像瘟疫一样弥散开来,我们学校的小食堂更不用说,大多数背来的是山药面,那大锅菜稀得能照星星月亮,只是放的盐多齁咸齁咸。同学们背地里骂管理员,他老祖宗就是开盐店的,缺什么也不缺盐。老师们的小灶则有雪白的馒头、金黄的饼子,还闻得见肉味。我们想,共产主义不应当是这样的,天堂不应当是这样的。好景不长,我大概背了三次山药面,就放了年假。还是家里的饭好哇,糠糠菜菜也滋润。第二年开

春上学之前就通知，各带各的午饭。娘就为我用做鞋的白绳子结了一个网兜，让我把两个饼子和一截白萝卜咸菜装到里面。到学校后就往蒸笼上一放。再看这白绳网兜太多了，不能区分怎么办，我就在网兜上又绾了一个结，这还差点没和别人拿错。有的同学找不到自己的干粮了就哭，等老师替他找到了，拿错的同学也吃光了。

那是一个精神乌托邦大流行的年代，一个吹牛不上税的年代，一个模仿外国让人发疯又甘心受罪的时期。我在其中得到了两个重要收获。一个是响应老师号召写诗，说是要建设"诗洋画海"，我的一首诗被老师选中上台朗读，又在全校赛诗会上念了一遍，现在连题目都想不起来了。另一个收获是，得了严重的胃病，多次胃疼、泛酸呕吐，成为我身上的内残。

寒苦的"瓜菜代"

上高小的第二个冬天，总是阴云密布，下不下雪却让人心中发闷，身上发禁。

先说那年开春时，路边的千斤小麦试验田里，已经长出了极为茂盛的麦苗。它到底打了多少新麦，我无法知道。只听东里庄搞试验田的一个汉们说，这麦子打回的不如下的种多。是吗？这片公社领导很器重的高产试验田，去年播种之前深翻了又深翻，上了粪又上化肥，还按所谓科学密植方法下种，天天有人去测地温，好多娘们汉们精心地伺候着。我们村路过时就开玩笑地说，这些孝子们对这片麦子比对他爹娘还亲哩。他们自己就说，比对爷爷奶奶还亲哩。

暮春一场大风后，我上学去时见那片已经吐穗的麦子全铺在地上了，像一块平展展厚囊囊的大地毯。放学回来时又见许多人在麦垄里忙着，是用铁丝、麻绳把倒伏的麦秸夹在一起。好像它们重新站了起来，却又有好多是弯着腿的，一去掉铁丝和绳子就又会瘫倒在地的。唯一不倒的是地头上写着"千斤田"的牌子。人们说连麦秸得有一万斤，真是高产！

东里庄和我们村都有人画壁画。其中一幅是一个老头坐在高高的稻捆上，乐津津地拿着烟袋，正凑向天上笑眯眯的太阳点火呢。我很喜欢这幅画，觉得校长传达上级精神说"人有多大胆，地有多高产"是正确的。但一看东里庄那片试验田和千亩方，还有马家滩刚平出的所谓万亩方，感到去太阳边上点火的想象太离谱了。当时还有一首甚受推崇的民谣："天上没有玉皇，地上没有龙王。我就是玉皇，我就是龙王。喝令三山五岳开道——我来了！"麦收的高潮来了，试验田周围的麦子差不多都割了，唯有这片"千斤田"的麦子还绿油油的不发黄，麦秸很高穗儿却不大。我们放了十天假,让回村去抢收抢种,开学时却见这片地已经割光,地头果然堆着山一样的麦秸垛,"千斤田"的牌子却不见了。我要是那块牌子,也会为这千斤田害羞的。

现在不是吗,往往人们凭着一时的热情和灿烂的理想而意气风发前进,几乎没有不跌跤的。也往往有些人打着科学的旗号干着不科学的事情,不能不被事实证明其幼稚可笑。据说这片试验田是县里某个领导包管的,公社一把手不能不像孙子一样天天来嘘寒问暖,万般呵护的。这是我们难以忘怀的一颗所谓"卫星",是当时"大跃进"吹牛吹成的一个泡沫怪胎,是浮夸风刮出来的一个畸形苦果。

多少粮食包括山药、多少棉花都扔在了地里。爹就经常对这种丢烂糟现象大发议论,认为这天道变了,老天爷要降灾了,一定会惩罚丢烂糟的人们的。虽然丢着扔着,但谁上地里拾一把柴都不准,队长或看青的还要干涉,甚至在大喇叭上广播批评。老年人们都说,粮食地里长,长出来就接着烂了去养地,省咱们费事保存了。然而,公社社员们又总是没明没夜地鏖战,村和村、队和队、组和组来回地挑战应战,谁都忙得像陀螺一样转个不停。上级检查战天斗地情况时,队长就事先安排好几个大汉们和脸皮厚的老娘们,见领导们一来就脱了光脊梁推车、平地,领导们就高兴地表扬一回,有时还有记者跟着。

就在这个冬天,上级宣布,我国十八亿亩土地有二分之一遭灾,苏修逼迫我们还债,全国人民要勒紧腰带,共渡难关。眼看我们丰收的粮食被大车小辆拉了又拉,剩下的才是社员们的口粮。不用过秤,一看那粮堆大小就能知道今年够吃不够吃。可是上级不让说不够吃,又教人们以菜代粮,还用棉仁饼、豆饼掺上山药叶、榆皮面,再点上些新发明的糖精,做成一般人买不上的跃进糕。

一天傍晚下学时,王老师宣布:放假三天,趁着未下大雪快快去地里拾菜帮、山药蔓,挖冻山药、冻萝卜,还要晒干轧成面儿,每人几斤记不清了。

我们便呼啦啦飞出了学校，赶紧到地里去寻寻觅觅。旷野的西北风，像故意考验我们这些还远没有经过风霜摔打的农家孩子。严寒像是吸热机，一会儿就把我们身上的热气吸走了，让我们瑟瑟地发抖，又不敢提前跑回家去歇着，因为地里的东西越捡越少，不抢在前头就完不成任务。完不成任务，就要看王老师那阴沉的脸，听他能够让你无地自容想上吊跳井的挖苦了。

我的耳朵、手背和小拇指都冻了，大脚趾和脚后跟也都冻了。我与好友赵邦臻一起搭伙，一出东里庄村就开始在漫地里寻找，又到我们村东村北低头细瞅，有一片干菜叶也是一个惊喜。他比我强壮也比我高，冻了手还没冻脚。

第二天我们就商量去山药地里掘一回，肯定冻山药少不了。果不其然，我们在村东地里抄开那层冻土，便发现了许多没有起走的山药块。于是我们汗流浃背地干起来，他往家背一筐，我往家背一筐，这天收获甚大。爹娘一见高兴死了。但这在三天中不能晾干轧成面，还得去拾干菜干缨子什么的。

那天头中午，我们已经饥寒交迫，却在一个土坯垛里发现了一团已经干透了的山药蔓和山药拐子。我们就喜出望外，老天有眼，这有十来斤，咱们的任务就能完成了。

下午，我们把先后拾来的宝贝们装满筐，包成包，一一背到我家东邻的碾子上，就推碾子轧起来。由于食堂化了，这碾磨们也赋了闲，碾轴都生了锈，没有以往动听的碾轴叫，只是哧哧啦啦的半俗不雅地响着。我从家里拿来筛面的马尾罗，筛出了一些黑面，接着把罗上筛不下的再倒到碾盘上去轧。最可恨的是那干菜叶子，轧扁了也不成面，我们就用手使劲搓它们，却不小心扎了手，但也顾不上疼。终于在天将黑时，我们两个背着包像赛跑一样赶回了学校。过秤时王老师说，不多不少正好，你两个完成任务了。听到这话，心里又是一块石头落了地。

就在这三天中，有一半多的同学没法完成任务，特别是女同学更是

童心野趣

如此。但有一个女生，爹娘心疼孩子，便让她把家中偷偷藏着的玉米面装了来。当时那是珍贵的东西，王老师一时不知收还是不收。他问那个女生，你爹娘还有粮食吃吗？女生说去吃大食堂了，这是入食堂前抬着的。老师到底收没收下，记不清了。

在同学中间，冻耳冻脸、冻手冻脚是很平常的。但如果谁说我冻手冻脚了，别人就会说你是腊八日生的。那是贬义，却也是那时少年儿童们都难以逃脱的一种折磨。我从小就冻手冻脚，这年我冻得最重，左手背上形成了一个小冻疮。娘心疼地为我做了一双手巴掌。可戴上不能写字，热了又痒得出奇地难受。

"瓜菜代"，多么好听的名字，多么难受的日子，多么惨痛的教训！饥饿，盲流，出殡，撑死，黑市，投机倒把，成为"大跃进"中的恐怖与无奈。都说这会儿钱太毛了，一块不顶过去一毛。白马哥在集上用五块钱买了一块热山药，没舍得吃就被一个人抢去猛咬了一口，然后要给他十块钱。他说我要山药不要钱，你吃那十块钱去吧。后来我一问白马哥还是真事，但他把山药全给那饿汉子吃了。要过年了，上级号召过革命化的春节，大年三十、初一都要去平整土地。有人告诉我，一个村里的高人编了一副春联，上联是"二三四五"，下联是"六七八九"，横批是"南北"。意思是缺衣（一）少食（十），没有"东西"。人们说现在就是这样啊，又有人说，那人肯定被定成反革命了。谁知道呢？

今天从人生来说，我把三年困难时期的"瓜菜代"经历看成一种历练。

三 去 辛 集

我们东边三十里是束鹿县城辛集镇,从小就听说辛集是个大地方。正北二十里又是晋县县城。我们村与它们就像勾股定理三角形上的那个直角处。两边的集市都有人去赶,但都说去辛集能一下子把要买的东西买全。我十分向往辛集。

没有想到,"大跃进"头一年,束鹿、晋县、深泽三县合一,统称束鹿县,县城便在辛集。更没想到我上了高小后的一天早晨,老师让我们带好干粮,全体排队去辛集报喜。那时,我们东里庄公社起名红光人民公社,组织100辆大车载满丰收的新棉去县里报喜,让我们这批学生去喊口号、鼓掌。

我们的报喜队伍浩浩荡荡,一面面彩旗迎风招展,大家豪情满怀地向正东走啊走啊,穿过几个村子,到中午时才来到了辛集。队伍在一条很宽很宽的大街上停下来。一阵鞭炮响起,红光公社棉花大丰收报喜仪式隆重开始。几个领导讲话前,我们的老师就带头高喊"三面红旗万岁""总路线万岁""大跃进万岁""人民公社万岁"等口号。领导们讲话中间,我们也似懂非懂地跟着鼓掌。然而会散后没人给我们腾热干粮,大家就啃着凉饼子和咸菜。啃完了找水喝,有人发现了一个院里有流水管子,大家便蜂拥而至,抢着去捧水喝。说来也怪,竟然没有一个说闹肚子的。一会儿老师吹哨集合,整齐队伍就往回走,那长长的车队却没有影儿。有的同学说,咱坐大车回去该多好啊。老师就说他们卸车去了,还不知什么时候卸完,咱们再长征一回吧。一听长征二字,我们就来了精神,像红军战士一样大步流星地走起来。来的时候一路说说笑笑,回去老师怕我们疲劳就带头唱歌,记得那歌是"嗨啦啦啦嗨啦啦啦,

东方出彩霞呀……"还有"二呀么二郎山呀高呀么高万丈"和"高高的兴安岭一片大森林"。

很遗憾的是，老师没有让我们在辛集大街小巷转转。什么时候再去辛集呢？终于有一天是星期日，我们几个小伙伴商量，去辛集转一回。于是就各自带上干粮出发了。由于走过一趟，路线熟悉，比上次去辛集快得多。我们在那条宽大的街上走了一段，又深入到小街巷中看这看那，就像后来知道的刘姥姥进大观园，什么都新鲜，眼睛都不够使了。大小饭铺飘出的香味和跑堂的吆喝声，使我们辘辘饥肠的食欲大增，但谁也没肯进馆子吃一回，只消灭了自己的饼子。这也要喝点水呀，还是一个小哥哥脸皮厚，拦住一个挑水的汉们说明来意，人家便把水担子放下，让我们低头从桶里去喝。我们轮流喝了，心里感激这个好人。但他发起火来，是谁把饼子渣吐到桶里了？我们一看那个桶里还真漂着几个饼子渣。这不是故意吐的，可这桶水就被弄脏了。那汉们又瞪了我们一眼说，不该伺候你们这些毛孩子！接着把那桶水呼啦啦倒在了路边。我们觉得很尴尬，但仍然从内心感激他。

这次回来时，我们一路上几乎全是大跑小跑的，那是三十里的马拉松啊。

青春的活力，不因饥饿而消失，不因路途遥远而气馁，反而真像长跑比赛一样各不相让，除了过村时慢一点儿，不让伙伴落下，一出村就又不自觉地狂奔起来。有一个跑不动的小弟弟在后面喊，吃了饭赛跑要得阑尾炎！我们却像耳旁风没听见似的继续狂奔。一个小哥哥说，咱们回去还要给猪割筐草哩。果然到家，偏西的太阳还很明亮，大多数伙伴一会儿就背着筐子在小东街口集合了。大家一边走一边高声议论辛集的街，辛集的树，辛集的店铺和认为只有辛集才能看到的两辆汽车，惹得过路人歪头直看我们，一个小孩子还馋猴似的跟在我们后面听。我们一回头就说，你个小屁孩，滚回去！那得意劲至今我还能够回忆起来。

远行和远望都是让人巴不得的事情。观看外面的世界,获得新的感受,成为我心中的强烈愿望。这愿望一而再，再而三地出现。记得上了初中的一个星期六，我又想起了辛集，便找茂起兄弟明天一起去逛辛集，可第二天一早出发时他又去不了，我就毫不犹豫地背着一个绿军包，大步流星地向辛集走去。头中午大概十点钟就到了。要看什么买什么呢？我就看商店，找书店，在一个新华书店里泡了好久好久。一个女售货员说，你看这本看那本又不买，别把书弄脏了。我就说，买！接着掏出一块钱来递给她。这本大概是两毛。售货员有了笑模样，又热情地拿下一本来说，这本比那本还好，是打日本的。我连翻也没翻就把找给我的零钱又递给她了。她把其中一张拿走，我便把剩下的重新装进兜里，然后捧着两本新书走出来。书是新的，那淡淡的油墨香，彩色的封面，真让我爱不释手。这是我平生第一次独自出远门，也是自己头一回买课外书，以前我们打槐米卖了钱买过小人儿书。这可是大人才看的书，我十四了，也算大人了。

　　那天回返的路上，我就边走边看，还差点和一辆大马车相撞，被赶车人吆喝了几句。这时我才想到还没吃午饭呢，便坐到一个井台边吃饼子和咸菜，一会儿就感到有些烧心，暗想这回坏了，一烧心就是好几天的。也没办法，我便在浇园的沧沟前低头去喝水，这是我们多年出门饮水的习惯，一切从简。这时又突然想到在马家滩割草时，大哥哥讲一个孩子到沧沟里去喝水，他喝一口就喊，不喝了，喊了就又喝一口，喝了就又喊不喝了，一直喝了个大肚儿。大人们发现了才去把他拉起来，说是淹死鬼摁着他的头，要让他喝死当替身。想到这儿我便放下书包捧水喝，生怕头上有一只看不见的大手来摁我。但没有，这是自己吓唬自己。

　　迎着西斜的太阳往回走，很快到了家。见娘不在，弟弟妹妹们也不在，我走时就答应回来要去割筐草的，不过新书的吸引力太大了，再看几页吧，就如饥似渴地读起来。我不由得为书中受苦受难的兄妹俩的遭遇与抗争精神所感动。不知什么时候，娘回来把饭做熟了，我闻见了小米香便走出里屋叫了声娘。娘说，以为你走迷糊回不来了，回来也不说一声就傻念书，念傻书。我笑了笑把剩下的几毛钱给了娘。娘问你吃了碗炒

饼还是吃了碗面,我说都没吃。她就说傻孩子,穷家富路,该吃顿热乎的。我知道,这一块钱的盘缠在父母心里是多么沉重,换回它来付出了多少汗水。说着话,又觉得烧心了,我就催娘快快揭锅。

书是能启迪人、改造人的。如果说我后来做事情有点韧性,与这本书是大有关系的,书中小少年找到了革命道路,那是多么艰难哪!但这本书在发小们流传中找不到了。另一本书,像是丛刊杂志,其中一篇写的是唐山潘家峪大惨案,那里竟被日本鬼子杀死了1400多人,我从文字中体会到真是惨不忍睹,惨绝人寰,从内心恨透了日本侵略者。这本书,后来也不知传到谁那儿了。

三去辛集,三次历练,丰富了我的头脑,也养成了大步快走的习惯。至今我走路比同龄人快些,往往把别人落在后面,显得不够礼貌。也曾经嘲笑走路四平八稳的人,是因为我觉得把时间浪费在路上太不应该。大步快走还是最好的体育锻炼呢。

三 口 铁 锅

我要说的三口铁锅，都是我姥爷家的锅。一口是已经崩了缝的，姥爷就用它盖了山药窖。秋天把一嘟噜一嘟噜的山药系下窖去，轻轻地摆放好，什么时候吃就下窖去拿。我过继给姥爷后就经常被姥爷派下去拿山药。那是把锅掀起来，蹬着土坷台下去，借着上面的光线能够看清里面摆放的山药。姥爷就系下一个小筐来，我便把几嘟噜山药装上，让他提上去。然后我再蹬着土坷台上去，把破铁锅盖好。姥爷说这锅曾经用了30年，是他爹手里买下的，后来过年扫锅底黑的时候碰裂纹了，才买了现在这口七印锅，大小也适合。

有一天是个星期日，我在姥爷大炕里边的窗台上做作业,背复习片子。突然来了一群人，我一看多数都该叫舅舅的。就赶紧下炕出来。他们问姥爷，老春叔叔，全国要大炼钢铁了，你家有废铜烂铁吗？姥爷说有破锄板、铁锨头。但他们发现了扣在山药窖的老锅，就过去把它掀下来使劲一摔，啪嚓成了好几瓣，有人就掂到街门外的车上去了。一个领头的又说，叔叔，你只贡献一口破锅不够啊，还有什么你找找。姥爷摇摇头说没有了。

这群人就返回北屋里，很利索地拿下锅盖，让我们猝不及防的是，他们将一个秤砣扔到锅里，那锅马上就掉了底。他们就欣喜地说，这又是一口破锅，起下来弄走！接着那锅被人起下来往院里一扔，咣啷一声又成了好几块。我听着心里就一禁。他们还说听声音这是好铁呀。

姥姥就哭起来，好好的锅怎么砸坏它？姥爷也说，你们是土匪，好好的锅故意砸坏叫俺怎么做饭？领头的就说，到食堂吃饭，用嘴吃饭！队上当钟敲的钢轨都卸下来了，你的锅也不过二三十斤，难道你不响应

童心野趣

153

毛主席的号召吗？说着呼啦啦走了。

　　姥爷回屋望望大黑窟窿一样的锅膛，长长地叹了口气。姥姥就说大食堂的猪狗食不好吃，连个小灶也不能做了。我便悄悄地拿起篮子提起罐子，去三队食堂打饭。排队时，听几个舅舅和妗子都在愤愤地讲队上砸锅敛铁太缺德。打饭回来，我发现姥姥、姥爷都又没事儿人一样，就笑嘻嘻地说，屋里热，咱就在院里摆小桌吃吧。姥爷再没有骂队上的人不讲理，姥姥也没再哭，我也没再说好锅砸坏太可惜。

　　却原来，姥爷在房顶西北角上砌着几块砖，里面放些不怕淋的东西，其中有一个可以炒菜也可以熬粥的小铁锅，有一个把儿可以端。是姥爷前几天听说要敛铁了，邻村里把各户的门吊吊都起走了，他就将信将疑地把这小锅藏到了房顶西北角上。现在姥爷想起来了，心里也便凉快了些。就是这个小锅，在瓜菜代大食堂的岁月里，姥姥随时都可以用它煮点小米，打点玉米面白粥，那饭总是热乎的。要不吃饭怕凉不怕烫的姥姥就没法活了。

　　堆满了废铁的十字街，一个砖砌的小高炉建起来了，人们拉着大风箱开始炼铁了。但那铁链粗拉得像粪渣一样难看。公社来人批评火候不够，训他们不能为国家完成1070万吨钢铁做贡献。乡亲们心里都很难受，姥爷就骂他们是败家子。几个炼铁的汉们就苦着脸子说，上级有命令，不砸锅敛铁没法完成任务。后来那些有姥爷两口锅的铁锭被运走了，小高炉也拆掉了。人们说这是拿老百姓的东西瞎折腾哩。

　　多少年后，我又和姥爷说起了这个小锅。他说这小锅可立了功，现在还用着哩。

三 口 水 井

我们村西口上有一个花白石头砌着的小井,南头中间也有一口石砌的水井,北头街上没有井,但在村外路西地头也有一口既吃水又浇园的砌砖大井。东头没见有井,他们打水不知去哪儿。我从学担水开始,一共在三口井里绞过辘轳,摆过桶。

最早是父亲让我挑一大一小两个铁桶去担水。记得第一次到大南街井上,把水桶挂在木钩上,就绞辘轳向下送。按照爹教我的方法,桶送到水面后要一提一松,故意让桶摇晃几下再猛然一松,那桶就会歪着或口朝下灌满水,再拧辘轳绞上来。头一回摆桶有点怕,怕把桶掉进水里,成功了就心中暗喜。我把这一担水挑回来,见爹在院里等着呢。他笑着说,看你仄着膀子的难受样儿,就放在这儿吧。我便慢慢把两桶水放下摘了扁担钩。爹就把一大桶先掂进屋里倒进水瓮,我也掂起小桶倒进去。爹说行了,今天不用再担了,水还不少,以后我不在家没了水你就去担,又嘱咐千万不要落古了桶。

过了一两天放学回来,娘说你去担一挑子水吧。我说行,挑上一大一小两个桶就走,好像轻车熟路一般,很快地绞辘轳摆水桶,一会儿就把水挑回来了。娘很高兴我也高兴,就主动说我再担一趟吧,说着就去了。这回却让我出了丑,在打第二桶水的时候一不小心落古了,把绳放长点也勾不住水底的桶,便急出了一身汗,还真想哭,因为父亲知道了会骂我没材料的。正蹲在井边勾来勾去,起子哥来了,他是我家的东邻,赶车锄地打场什么活儿都会干。他见我在捞桶,就说你起一边儿去我试试,又问桶是扣着下去的还是仰着下去的,我说不知道。他便蹲在那里捞啊捞啊,终于在井框边上勾住了,把一桶水绞了上来,我心里万分感

激。回头一看已经有五六个人等着绞水，便羞涩地担起桶来慌忙而去。听身后起子哥说，捞桶把水搅混了，都少担点儿吧，明天早晨就清亮了。我心想自己的失误让一街的人吃浑水真不应该。

到家说落古桶了，水不清亮。娘很有经验地说，这好办，你再去就用一根小绳把钩和桶绑起来不就得了。我一想，对，这样很保险。又去担水时，我就带着一条尺把长的小麻绳，把桶和钩绑结实了再绞辘轳。果然没有再掉落过。村里人都说担水落古笥——大草包。这事儿我就没给发小们说过，但他们也知道了。一个小哥哥就说，不读哪家书不识哪家字，你就是上学行。我听了，知道他在批评我干活不行。

去打水的第二口井是村北。一天我跟姥爷说，我能担水了。姥爷就高兴地说你哥哥在北京，你两个姐姐都娶走了，家里数你大，担水的活儿你该接过来了。我接着就去院里拿担仗提桶。姥爷一看就说，去村北往东走，咱和北头的人们都吃那口井的水。我去时忘了带麻绳，一看那小木钩心里就发了毛。那井口很大，浇地时是要安装水车的。既然来了，只好硬着头皮摆桶绞辘轳，却没有出丑，顺利地把两大桶水担回来了。姥娘一见哎呀，别把你压得不长了，往后怎么娶媳妇儿呀！姥爷说没事儿，他今年蹿了一大截子，怎么比他哥哥也高。我也说肯定超过哥哥。没有想到，终于有一天我又落古了桶，那井口又大，我扶着辘轳捞啊捞啊，怎么也挂不住那桶。这怎么办？这时姥爷走来了，像有先见之明一样提着捞桶的铁钩子，那叫九连环，大钩上还有小钩。姥爷蹲下身子放下挂钩的绳子往下试探，说这回坏了，桶口是朝下的。不过他还是有办法，把绳子放到最长，让钩子在井底转来转去，终于有一个小钩挂住了桶系，便用辘轳慢慢绞上一桶泥水来。姥爷没有责怪我，我却忐忑不安。等姥爷把第二桶水绞上来，一看水也有些发黄。他就说你担回去先墩着，打澄打澄再往瓮里倒。这样我就把两桶水担回去，放在水瓮旁边了。这口井是我打水最少的井，也是第二个出过丑的纪念地。

一年夏天最热的时候，好像麦子打完了，苗子起来了，南头的人们要淘井了，让各家各户有钱的出钱，有力的出力。因为这井一侧已经有了一个大洞，泥沙淤得水很浅了。记得那天上午艳阳高照，井边围了许多强壮的大汉们，他们驱赶女人不让看，说是井神不许女人近前，要不会出大乱子的。我虽然半大不小了，够不上整劳力，娘也让我去搭手，能干点什么就干什么。我挤进人圈，见络腮胡子的大白脸拿着酒瓶正仰头往嘴里灌。为什么要喝酒？听大人们说，再多喝点，要不井下太凉了。这下我便知道喝酒是为了提高体温，防止在井下抽筋或冻麻木了。另一个人也把剩下的半瓶酒咕嘟咕嘟喝了，把瓶子一扔，很激昂地说，俺俩下去紧干，你们在上面也不能慢了。说着见大白脸已经脱光了衣服扒着井绳下去了，这个人也脱了衣服下去了，他们头上脊梁上还捂着一条装粮用的大布袋。

　　主事人就驱赶人们，闪开闪开，这没什么好看的。我便躲到了一旁。一会儿听见井里喊：绞！就有壮汉咣当咣当拧辘轳，把第一筐泥沙提了上来。一个年轻漂亮的媳妇抱着孩子路过，小辈人就吆喝她绕开，说要不就把你塞到井里去敬龙王。她便红着脸扭头往路西大江道走了。人们在炎热中干得很起劲，到下午我再去时，就见井旁堆了一左一右两座小泥山。主事人问井下，挖下几尺了？井下说大概二尺多了。又问摸到井盘了吗，回答说估计快了。一个队长走来说，你你你，你们三个都去找小平车，往队上推泥，晾晒垫头夫圈用。人们一听就说你真会废物利用，这井是五六七队三家都用的，凭什么你们都推走？队长就说这井离俺队头夫棚最近，再说你们六队这帮懒汉谁肯去推啊？这样一说那几个人也就没了话。井下的又喊饿了，上面就用筐子把包着的白面卷子系下去。待会儿，井下大白脸说，我要拉屎了，把我绞上去！主事人就说那可不行，你再憋会儿吧，撒泡尿还可以。我们在上面的人就笑起来。主事人又让把一瓶备用的酒打开盖系下去，让他们再喝了暖身子。

　　在太阳斜照，各队敲钟上工的时候，井下说挖到井盘了。主事的就说，好了，把东西带好上来吧，龙王、井神保佑着你们平安！等大白脸上来，看他已经是一个浑身青紫的泥人。他在热风中更觉得冷,瑟瑟地发着抖。有人赶紧给他擦擦披上衣裳。主事人问,井里见到蛤蟆、长虫了吗?他说哪有哇,有也早爬出来跑了。我是早听说这井里掉进了蛤蟆和长虫,多次担水都怕把它们绞上来,结果是早没有了。又有人问,井下东面那个大窟窿通着东海吗?大白脸和刚上来的那一位都说,通什么东海,还通天堂哩!这是个死洞,井框的砖没砌好造成的,如果再掏井用砖把它补一补吧。但后来没有补,这个小口井的水,在当天就用辘轳系着荆条壳篓一下一下地打上来了,说剩下的水里没有大白脸撒的尿了。第二天人们去井上担水,发现那水还有点淡淡的浑浊,人们说这水能吃,甜着哩。

最后也是最新的一口井,就是在十字街路南路西一片空庄基上打的井。据说,这片地方正和路北的土地庙遗址对过,都认为风水很坏,主人不得好死。曾经住着老两口,在这里开着个小杂货铺。在抗战中,这里经常有八路军、游击队的人来这儿接头,也有日伪人员在这里出没。老两口怕得很。怕也白怕,那老头儿一夜之间就不见了,老婆儿把东西折卖了也就永远消失了。从此这儿就空起来,房子经不住风吹雨淋慢慢毁坏了,有人盖房就把他们的木头、墙基砖拾掇了去,成了一块地理位置很好又没人再去盖房的闲庄基。

在这儿打井,是当时村支书张四儿拍的板儿,动用了四街的青壮年,说这口新井比哪口井都深。打井之前,由南街如福叔和小榆林几个木匠做了巨大的井盘,上面砌了一房多高的青砖井框,当时我看它像半截砖塔。我上初二正好放了暑假,就被队长派了去。

那是把辘轳架到这砖塔上,人们蹬着梯子上去,踩着木板往上绞土筐。下面早有人哼着小曲儿披着布袋挖土呢。无意中发现这井框在慢慢向下降,心里就有点害怕。但照样四人从两边轮流绞辘轳,这个筐子上来,那个筐子下去,两人对面,一个正着绞,一个反着推,两人的力气总比一个人大。大约二三十分钟就换一次班。一班下来喝水,另一班就干得更欢,中午饭是在路北袁家老祠堂前吃的,那里已经是大队部,原来的古式建筑已经不存在了，我仍然感到亲切，还叫它家谱堂。由于劳动量大，吃多少不拘数，我竟然一连吃了五个大馒头，有的吃了八个。所以个个都腆着大肚光着脊梁干活。井框终于降到地面了。一会儿下面就大声喊：出水了，出水了！人们便欢呼起来，都为这口新井的诞生而兴高采烈。

　　过了几天，我第一次去这里担水，发现辘轳、井绳和铁钩都是新的，心想这井还有我一份功劳呢。特别是那铁钩，是两个很粗的铁丝一个往左弯，一个往右弯，把桶系往中间一插再一拐，就有两个钩子挂住它了，怎么摇摆也不会再落古了。这让人们就有了安全感，妇女们到新井上担水的就多起来，四街的人都到这里来担水，等待的时间就长了，人们见面说话、互相认识也就方便了。这口井的出现和兴隆，让南头中间的小井轻松了，渐渐地就水越来越浅，最后没法打水了。这时田间的水泵浇地多了，好多人就去机井上担水，说那更是深井水，比这新井的水更甜。到80年代，全村各户安了自来水管，新井也被人冷落了，只有谁家水管出问题时才来这里绞辘轳。再后来，这些大小井都不出水了。高压泵和自来水管把它们全取代了，就一个一个地先后被填埋了。那辘轳也不知道哪里去了。

　　三口井，让我在少年时得到了身心的锻炼，也明白了一些道理：万事开头难，开了头也不是没有难；许多东西被人们用得少了，它就会渐渐失去了存在的价值，自身也就渐渐萎缩了。一个先生曾经说，你是井泉水命，老用老流，不用就不流了。至今我都认为自己也就是一个供水的井泉而已。

三 个 意 外

　　我在高小临毕业时，班主任田英杰老师让我们背了好多复习提纲，搞得个个头昏脑涨。一天下午放学前，他说，同学们，明天就要进行毕业考了。话刚说完，教室里就炸了窝一样，都喊突然要考试，这太紧张了，提纲还没背完。田老师拿板擦敲了敲讲桌，高声地说："大家注意！明天是毕业考，先算术后语文，统一印卷子。"人们嚷嚷得更厉害了。最后田老师又敲了敲讲桌提醒道："现在正进行教育改革，这次是毕业考和升学考一张卷子！"见同学们还是叽叽喳喳、惊惊慌慌的样子就什么也不再说，扔下板擦走了。

　　第二天，我们按时来到学校，果然见好多面目陌生的老师出现，他们是来监场的，田老师却不知去监哪个场。我们仍然坐在自己的座位上，陌生的老师把油印的算术卷子放到我们每人面前说，先不要答，在卷子上方写上东里庄完小和你自己的姓名，下面听我把题全念一遍，听钟声一响再开答。看来这还真是很严肃的考试。我心中不免有几分紧张，同桌的小振海又吐了吐舌头说，他娘的，我准考不上。我没有回话，听上课钟一响就赶紧答题。第二门是语文，包括作文。那张作文纸很大，上面有印好的题目。这题目是什么记不起来了。反正我一看就感到有话可写，便紧张地写起来，那支钢笔的尖已经粗了，写的字稍大，但整张纸正好写了个满满。我们村的赵邦臻第一个站起来上前去交了卷，别的同学也陆续去交卷。我也便交了上去，然后就背上自己在这儿坐了两年的凳子和小书包回去了。不想还真考上了，是红房子的东里庄中学。

　　进入东里庄中学，这是我的一心向往。我不敢羡慕晋县一中，只敢向往这里。它在村西，离我们村更近，来走多方便啊。我被分到第12班，有了物理、化学、历史、地理等新鲜课程。第一个班主任是语文吴老师，人长得精爽,讲课声嗓高,板书是当时流行的钢笔字,写得很刚健,课下篮球也打得好。搞忆苦思甜,他给我们痛说家史,大家听了个个泪眼啪嚓的,心里恨透了恶霸地主。第二年吴老师调走,来了一个孟老师教我们语文兼班主任。他两眼很明亮,嘴唇棱角很分明。如果说吴老师是黑小伙儿,孟老师就是白净小伙儿。他注重仪表,衣着非常整齐,裤缝总是笔直的。他的皮鞋总是锃亮锃亮的,一走路嘎嘎地响。然而他轻易不笑,我们都非常怕他。

第一个学期开课不久,天气凉快了,地里的庄稼收得差不多了。一天下午,刘国祯悄悄告诉我:"下午老师开会,都是自习,你帮我回去打坯吧。"又说家中的饭棚子塌了,奶奶要我打一摞坯修补修补。我就答应了。第一堂自习上了一会儿,国祯就使了个眼色先出去了,我过一会儿也就出去了,回头一看赵邦臻、谷东来都跟出来了,原来是我们四条汉子。国祯事先把地洇了一下,我们往下一挖正好不湿不干。大家就轮流供土、掂石杵打起来。那坯模子是红枣木的,打的坯四边光滑好看。其实我们打坯的地方就在学校北面不远的空地上,听得见同学们下课后的说笑声。我们虽然还小却有的是力气,特别是邦臻最强壮,好像干过这活儿,动作非常熟练。

到太阳将落的时候,一大摞土坯站起来了,像一个月亮弯一样。我们走时回头再看便产生了一种成就感。国祯要我们回他家吃饭,我们推辞不过就去了。回到学校时,正好上晚自习的钟响了,我们便悄悄地进去,装作没事儿人一样。作业很快就做完了,但身上脚上的泥土却没法拍打干净,有的同学就问,你们去爬瓜溜枣了吧?我说是帮忙了。

第二天第二堂课是孟老师的语文。他仍然庄重地来到讲台上,女班长喊了起立,我们心中有鬼站起来的速度很快。孟老师还了礼,大家便呼啦啦坐下,这时我发现老师的脸色比以前更严肃。躲过不是祸,是祸躲不过。果不其然,孟老师首先叫:"刘国祯!"国祯便像被弹射一般站起来,又叫我,我也慌忙站了起来。四个人都叫齐了,站直了,孟老师才问,你们昨天下午去做什么了?我们谁也不答话。老师便用手敲敲

桌子说，都聋了？国祯才说拉几个同学去打了一摞坯。

孟老师听了简直变成了怒目金刚："你们都是中学生了，不是小孩儿了，还能随便旷课吗？刘国祯，你要写出深刻检查。袁学俊，你是个小组长还不守纪律，也要深刻检查，你们几个都要检查好，否则报告校长、书记，给你们记大过甚至开除你们！"我一听，不知是受委屈还是受惊骇，竟然眼里含上了泪水。

开始讲课了，大概是《为了六十一个阶级兄弟》，孟老师却总不说让我们坐下。我们互相扫一眼，东来就先悄悄坐下了，他们都坐下了，我才看看老师背过身去在黑板上写字，便也慢慢坐下来。

世界上的事情有时会很复杂，让人难以理解。大约一两个星期过去，又上语文课时，孟老师照样沉着脸走上台来，却带着商量的口气说："同学们，咱们12班班长谷文花工作很好，但是考虑她的实际情况，让她去当团支部书记，以后会发展团员的。新班长谁来接替呢？我提议，由袁学俊同学来担任。如果大家同意的话，就请举手。"

这是我万万没有料到的，刚刚违反了纪律，怎么又这么快让我当班长呢？可事实就是这样，我们旷课打坯团伙的那三个和谷文花他们率先举起了手，前桌后桌都举起了手，我不知该举还是不举。孟老师便眉开眼笑地说："手放下。除了袁学骏自己，全体通过！"大家便鼓起掌来。老师又说，副班长和学习、劳动、生活委员等都不动，你们要在袁学俊的领导下把班里的各项工作做好。

这一堂课又搞得我似听非听的。一下课，孟老师又抬头挺胸地嘎嘎嘎地走了，几个人围上来嬉闹地说，祝贺你升官儿！那谷文花路过我这里时还打了我一拳说，真有你的，你就多操心吧！

古谚云：福无双临，祸不单行。实际上也有双喜临门的事。时来天地皆同力，英雄运去不自由。这也是古人的格言。又过了半月或一月，东里庄中学学生会要换届。这天下午，全体同学集合到操场上，音乐老师先指挥大家唱了几支歌，然后开会。光头的教导处纪主任开始宣布新一届学生会主席候选人。就是我们上个年级的孔繁忠，我认识他，方正的脸上嵌着一双弯弯的眼睛,一看就是个聪明人。纪主任介绍他是原来的副主席,他的优点,让我们举手表决,大家一齐举手,那个张校长就带头鼓掌,纪主任就宣布通过。

第二个,纪主任低头看一眼念道:"副主席袁学俊……"我一听简直吓了一跳,我才当了几天班长,怎么就又让我当副主席?这是弄错了吧?本班和外班的同学们都扭头看我,我不得不像孔繁忠一样站起来亮相。大家也是一齐举手,热烈地鼓掌。

旁边的刘国祯就小声说,今儿黑家下了自习,咱翻墙头回我家,好好喝一壶,庆祝你!我说你家那地方太背兴,去不得了。散会后,他说你不去我就带瓶酒来。我说不行,我现在又是班长又是副主席,双天官,管着你哩。但事后他还是从家里揣来一瓶酒,在宿舍里一人一口地喝了。我没喝,却对国祯表示感谢。他说谢什么,给你找了麻烦挨了训,我一辈子都不落意。我便当众说:"可能就因为帮国祯打坯挨顿训,坏事变好事,老师倒发现我了,器重我了,你们说是不是?"大家一听有的说是,有的说你作文好,孟老师喜欢,也有的说你小子有官运,才这么小就当个官儿,咱全班都光荣。

后来在学生会的事情不多也不少,还多亏了我们12班这帮人。尤其是学校那片菜地的劳动和日常打扫卫生,他们都是干起来不遗余力的。我也由原来成天不说话,逼着自己去说,把学校交给的任务好好完成。又一年过去,班长是早辞掉换了人,但孔繁忠主席已经毕业,我又接任主席。这种学生官儿对我的学习造成了一定的影响,也让我得到了其他同学得不到的人生体验。那时自己心里常常嘱咐自己:你已经长大成人了,要学会管事儿,要事事带头。结果毕业时,班主任赵老师为我填的鉴定非常棒,我便去百里之外读书了。父亲有些不乐意,他既怕我像他一样没文化受人欺,又认为我上完初中就该回来挣工分,但父亲终于想通了,为我有出息高兴起来。

如果说我的第二个意外,就是上初二时一个下午自习课上,宋欣老师突然找到我说:"你到院里来一下。"我就跟他走出教室。一看,摆着一堆铜鼓洋号。各班的几个男女同学也已经在院里站着。宋老师就说，学俊，学校军乐队断了档，你敲大铜鼓吧。我马上摇手说不行不行，你另找一个大高个吧。宋老师不由分说地一挥手："你的个头、形象正好。来，我先教你们鼓点。""这这……我知道自己才一米七，小时候眼大，越长越睁不开了，玩伴们还叫我小眯眯眼儿。这敲大鼓和上台演节目一样，我这样子不给学校丢人吗？再看那几个男生都很精爽，几个女生更是要个有个，要样有样。"宋老师便催一个同学说，快帮学俊把大鼓系上。于是几个人上来往我身上系皮带，一面大鼓便挂在胸前了。这洋鼓是外国的，鼓面薄得在斜阳下半透明似的，也很轻，而中国的牛皮鼓太沉。既然如此只好就范，我便接过裹着彩绸的鼓槌，按照宋老师嘴上发出的咚咚声试着敲，一敲就把他的声音盖过了，他就用指挥棒打节奏。教室里的同学们听见鼓响，纷纷跑出来看，我羞臊得有点无地自容，脸上身上便出了汗。宋老师扭身让同学们回屋去，转过身来又说，你抬起头来，挺起胸来！我以为你是学生会副主席了，怎么也这么脸皮薄？于是我就抬头挺胸，练习第一套鼓谱。

第三个下午，女生们敲小鼓也会了，吹号的还不行。宋老师就说，你们鼓队就练练行进表演吧。我们便在校园里转起圈来。这次各年级的同学们都涌出了教室，他们像看玩猴的，嬉皮笑脸的，但我还是挺胸抬头地敲着走着，坚决目不斜视。过了五六天，校长说有宣传任务，要到集市上去喊口号。我便敲着铜鼓，大队人马就出发了。没想到街上不少乡亲来赶集，有的冲着我笑笑，有的伸出大拇指，我又一次体验了被众人看猴儿一样的窘迫。当个普通学生多好，怎么老师总让我出头露面呀？没办法。星期六回去取干粮，娘就说，你会敲洋鼓了？他们说你后面跟着几个好看的大闺女，这是真的吗？我说是，那是敲小鼓的。她又嘱咐，你爹给你说过，上着学别搞对象。我说记着哩，你们不要瞎猜。

学习要像后娘打孩子

读书学习，也要后娘打孩子——暗地里使劲。

在我当了班长又当了学生会副主席后，一方面是听到一些夸赞之语，另一方面也让一些同学不服气。他们觉得都是同龄人，都在一起学习，谁也没有明显的智障和缺点，怎么你的运气总是那么好，怎么老师总是那么偏心眼儿呢？有一次，一个同学半开玩笑地说，你官儿大，发号施令的，别的你不一定行。我说是的是的，叫我管事是老师看走了眼，可又不得不管，要说打篮球我就肯定不如你。他听了也谦虚起来。锣鼓听声，听话听音。事后我琢磨他的话并非弦外之音，是比较直截了当地对我进行提醒。古人云，男儿当自强，我必须自勉自励。此时，离寒假前的期末考试还有两个月，我就想，虽然当学生干部杂事多，免不了老师又给你布置新任务，这次考试我一定要下点苦功，把成绩提高一步。我这样想，是为了给自己争气，也给信任我的老师们脸上增光。

恰巧这天上政治课，小个子董老师用他的唐山话说，我教了这么多年政治，看了不少好卷子，但从来没给过谁一个满分，最多给个九十七八就到顶了，你们现在上90分的也不多。他说得我们很有些气馁。上几何课，老练的王老师也告诫我们说，课快讲完了，期末考试一晃就到，大家要抽时间进行复习，达到举一反三、熟练无误的程度。又说我发现你们班学几何课的积极性不高，大家要有什么意见就提出来，我一定继续改进我的教学方法。还说了些关于切圆和角的关系问题。这两个老师的话，在我的脑瓜儿里引起了很大的震动，看来必须拿出头悬梁、锥刺股的精神来，才能改变老师们对我们班的看法，也让同学们改变对我的看法。

不久发下了油印的政治复习提纲，我们叫它片子，听董老师做了一番说明，我们就开始背片子了。其中有一个错字，人们照样那样背，我就问了董老师。他说真是个小错误，你告诉同学们改过来。几何、代数和语文、物理、化学等课都说不印复习片子，只指出复习重点。各科老师在课堂上也反复讲重点，讲各类型的题如何答。好在我的同桌赵邦臻数理化都比我好，文科方面我比他好，我们就互学互补，课下讨论，回家的路上也讨论，有时在草算纸上一一演算。这样就把我的数理化做题能力提高了，现在回忆还真沾邦臻的光了。

我最下功夫的还是那本政治复习题，100多道，我走路也背，躺下睡觉也背，背着背着就睡着了。最后的活题容易丢分，我就事先把它们答了一遍。同学们说，鲁迅早就批判死记硬背，你干吗还费这么大劲，真想拿董老师的100分？做梦吧。我说，咱们坚决向董老师的100分冲锋，他不给也得闹个九十八九。有一个星期六晚上回去取干粮，我点着小油灯在里屋背呀背呀，不由得背出了声。娘听见了就说，你是在给谁说话，我就出来说在背书。她就和弟弟妹妹们去睡了。一会儿父亲从牲口屋回来取衣裳，听见我在背书，掀了一下门帘就走了。事后对我娘说，看这孩子还像个念书的来派儿。我明白，农家也都喜欢读书声、背诵声。冬天很冷，里屋没有生炉子，冻得手脚麻木，但也并不觉得苦。

考试终于来了，又终于一关一关地过了。

这天下午第一节课是董老师发政治卷子。他像往常一样，不苟言笑地直着脖子走进教室，快速地走上讲台，把一沓纸卷放在讲桌上，慢慢抬起头来，却苦笑了一下说："可能我把你们看得太低了，话说得太绝了，也可能对你们适合于用激将法。知耻者勇，让我感到十分高兴！"大家听着，不知道他下面要说什么。他接着拿起一张卷子来，卖关子地说："你们班，你们年级，这会儿真冒出了个100分的。这是谁呢，你们猜猜吧。"大家就你看看我，我看看你，我也东瞅西看，因为我心中并没有能考满分的底，更不知道老师判卷的具体标准和掌握得宽与严。董老师又把这张卷子用一只手提起来说:"这就是袁学俊的考卷,我多少年来第一个给的100分!"大家的眼睛就唰一下子向我射来,我既高兴又窘迫,虽然现在脸皮厚了些,但这时候也很不自然了。

然后董老师就把这张卷子放下,更为认真地说:"读书不能读死书,也不能不死读死记,袁学俊答的题和我的提纲完全一样,连一个标点也没有错。"又说,"最后一道解说题,他写得中心突出,左右逢源,我在哪儿也找不到扣他一分的理由,想来想去还是破个例吧。大家都要向他学习,不能讨厌政治课,要喜欢政治课!"大家便哗哗地鼓起掌来。

放寒假前一天,教导处让我去通知:明天上午第一节课后全校集合,孟校长要做学期工作总结。我们学生会的几个便很快把通知下到了各班级。第二天一节课后,各年级的同学就列着队、背着凳子向操场走去。大家急着回家过年呢,老大不小了也还都是荒年的主儿。我们班落后一点儿也按时到了。

孟校长是个戴着眼镜的高瘦老人。他和几位领导坐在主席台上。一个领导宣布,现在开会,天冷一点儿,希望大家努力坚持,共同维持好会场秩序。接着一个领导就站起来宣读各年级期末考试成绩。念到我们三年级时,记得平均总成绩第一名是11班的陈聚兰,第二名记不清了。宣布第三名,却念出我的名字。这一下我大大地吃了一惊。政治能考100分就很光荣了,哪能进入年级前三名啊?

可老师又念我们三个的名字,让我们上台去领奖状。我便低头快步走到了台前。在同学们的热烈掌声中,我们从校领导手中接过了红黄绿的彩色奖状,便羞答答的跑下场来。这个奖状,就在我们同学中传来传去。孟校长做总结讲话了。记得他说,去年咱们学期考试和年终考试都没有排名次,也没有发奖状,今年发一次,鼓励同学们好好学习,做到品学兼优,当好革命接班人。然后总结学校教学、思想政治工作和组织纪律。其中又提到我说,袁学俊做着学生会的工作,比一般同学忙,但他能考出年级前三名,这是很值得全体同学学习的。此时我的心里平静了,听

着校长的表扬还真美滋滋的。旁边一个同学说，你要不当干部，说不定第一名就是你。我说有可能，也不一定。

考试的结果有些意外，但下了苦功也就不算意外，天道酬勤嘛。这样一公布发奖，我们班原先几个成绩拔尖的同学普遍服气了。我也意识到，这是一次学习竞争，大家的赶超意识甚至嫉妒心都被激发出来了。见贤思齐是动力，嫉妒也是动力。我想，下一步还要用明年的升学考试结果去说话，看谁榜上有名，谁名落孙山了。

这是过去我经历的应试教育的一幕，这一幕又一幕地延续到了今天。那时我们常念：分儿分儿，学生的命根儿。现在提倡素质教育，批判应试教育，可是若没有了分数这个尺度，或都去自主招生，万千庶民儿女的命运又会怎么样呢？

惊心动魄的滹沱河

在我们冀中一带，都把古老的滹沱河称为葡萄河。传说这河的河神是一只大神羊，它每逢雨季就要出巡一趟，不拱南岸就拱北岸，所以总是泛滥成灾。也传说由仙人指导，滹沱岸边种了许多葡萄，神羊就想来尝尝，这年便带着大水下来了。它要吃葡萄就得走近河岸葡萄园。当它浮出水面要上岸时，突然从旁边蹿出一个壮汉，举着一根大棒猛然打来。神羊猝不及防，被打掉了一只角，疼得它立刻钻回水里跑了。从此葡萄河塌岸只塌一边。人们也说，是唐朝的大将尉迟敬德用钢鞭打掉了神羊的一只角。由于打它的人都站在北岸，打掉的是它的左角，从那以后就总塌南岸了。

我很向往这条有名的大河，也很畏惧这条暴虐的大河。只是我家离河三十多里，总没有机会去河上看看。我初中毕业那年，也就是1963年，大概是8月1日中午开始下起了瓢泼大雨，直下了七天七夜，搞得村里房倒屋塌。我们南街的大水已经淹到膝盖深，好在我家地势高没有上水，只倒了一段土墙。大雨还没有完全停下时，五队的副队长二货来我家说，上级要求派人去大河上挡口子去，一家一个。又对我说，你不是愿意看河吗？咱们明天就去葡萄上。我说，去看看。第二天早早吃了饭，背上娘为我蒸的一锅干粮，扛上一把铁锹，就跟着大人们出了西口，上大公路向北走了。

这哪里是走？我们三十多人是蹚着半人身的大水一步一摇地往前挪。这水从西向东流，一不小心就会被冲到路沟里。左右两面的庄稼都泡在水里，深处只看见玉米尖。年纪最大的榔锤叔一边走一边惋惜地说，今年的年景糟蹋了。

童心野趣

169

我们穿过县城东关,一直向北,终于来到滹沱河南岸的河阴村,公社干部安排大家分几户住下。有人问房东,你们这里被淹过吗?房东说,辈辈挨淹,我这辈已经是第三回了,不知能不能躲过这一难?他又嘱咐我们听着动静,有时大水是半夜下来,叫你没睡醒就去喂鱼了。我们一听都很害怕,晚上就让一个人值班听动静。天亮了,尚安然无恙,房东已经做熟了押面,我们胡乱地吃了一通,就被公社带队干部叫出去排队点名,讲防洪形势严峻,咱们要出发去护堤,于是大家就来到了村北的大堤上。出门时,见房东老太太和儿媳正点着香纸在神像前祷告着,意思是不要发水,真发了水也要淤一层胶泥土。

呀,这就是想象不到的葡萄河呀,它竟然好几里地宽,对面的村落影影绰绰,像是书上说的海市蜃楼。大堤内,还有玉米刚露着头,高粱则挺着脖子在水面上摇晃。上级给各村分了地段,我们就从堤下的大沟里、庄稼地里往上起土,因为河堤很高,就一个传一个地往上扔,这叫打节节高。上级说要把河岸加高一米,可我们半天下来也没扔上多少去,倒累得我们个个浑身大汗。

下午,我们还是在原来的地方往上扔土。忽然,传来像过火车一样的隆隆声。大家都问这是什么声音。当地大队干部说,这可不是过火车,是西边的洪峰又下来了,你们要小心哪!说着匆匆地向西边跑去。我们想看洪峰怎样下来,便纷纷跑上河堤向西边眺望。雾蒙蒙里,看见西边的水面上有一条长长的白线。看着这条白线缓缓移动着,并没有什么可怕的,反而觉得有些好玩。一会儿,这条白线就来到了我们面前,它竟然波翻浪滚,足有一房多高。我们便纷纷跑下堤来。等我们再上去看时,河道中的玉米不见了,高粱也没影了,浪花哗啦啦溅到我们身上脸上,像是警告我们闪远点。那浑黄的惊涛骇浪裹着泥土和树木,飘着死猪死羊和家具,得意洋洋地满不在乎地继续汹涌东去。一个县干部走来提醒道,注意脚下是不是下陷!下陷就快躲开!再看看有没有津水的地方,要有就赶紧去堵!梆槌叔说咱们平时浇地还怕蝼蛄、蚂蚁钻窝弄跑了水,这河上要有小窟窿就可能跑大口子。说着,就有人发现我们脚下斜坡中有一股小水流,大家冲下去用脚跺,用铁锹拍,还扔上了好些土,那水才津不出来了。

一会儿,听到东边有人喊,大水漫堤了!又听见喊,冲开口子了!好多人就向东边奔去,我们没有接到命令,不知该去不该去,二货就说咱守好咱这一段,要去了一塌岸太危险。这时又听东边有人高喊,谁下去躺在口子上,让大家填土……200块!300块!500块……大家说,这时候要出英雄了。我们都是旱鸭子,谁也没敢去用身体挡口子。

那边终于平静了下来,说明那个跑水地方被很快堵住了。傍晚下工时,又检查了有没有蝼蛄、长虫造成的管涌现象,心中还比较踏实。这一夜,一直有人在河堤上值班。说起200块、300块,房东说那是县长喊的。噢,那么谁去用身体挡口子了?他说不知道,大概是这一带水性好的人吧。

半夜时分又来了一次洪峰,我们都被叫上了河堤,借着马灯和手电的微弱光线,无法望见西面洪峰奔来的白线。看见它了,就像巨兽一样怒吼着扑到我们面前了,潮气、水雾和浪花一齐袭来。有人吓得向外躲,却不小心滚下岸去,再上来就是一身烂泥。我没有向后闪,但真正知道什么是惊涛骇浪,什么是洪水猛兽了。

天亮后,公社干部告诉我们:"根据天气预报和上级通知,这可能是最后一次洪峰了。"我们一听就轻快了。有人还仰头冲着天上大喊:"老天爷,开开天吧!"天终于开了,我们接到通知可以回家了。这天中午,我们一行又沿着原来的路,蹚着齐腰深的水,用铁锹拄着探路,一步一步向南走。这比来时的水还深,到傍晚时才来到一个供销社,大家在棉籽库里凑合了一夜,也没有吃晚饭。大家苦中作乐,还讲起了王莽赶刘秀过滹沱河的故事。北头的张士考问我,你考上了吗,接到通知了吗?我说没有哩,他说他也还没有。这是大灾中也有对前途的希冀。第二天下午我们才回到了村里。一进村就有人问,咱村淹死谁了?没有啊。没有就放心了,你们一走就有谣言出来了。我们笑着说,这是一咒十年旺,

老天爷保佑着哩。

后来看《晋县志》，知道滹沱河从山西经平山县奔腾而下，又经灵寿、正定、藁城进入晋州地界。在汉光武帝刘秀从洛阳出发安抚河北时就曾经几次从下曲阳（元代改为晋州）渡过滹沱河。到魏晋南北朝时又多次发水，多次治理。唐代《元和郡县志》中载，河道在北部下曲阳、无极、深泽和束鹿（今辛集）之间向东流入深州地界。到五代北宋时此河竟然从北部侯城村拐弯向南流入漳河，所经的村庄有钓鱼台、涕泗沟，这两个村子就在我们村的南面，大概我们村边便是流经之处。到元明两代，此河则由藁城、晋州地界向南流入宁晋泊。其中明嘉靖年间，它从藁晋边界上的十里铺就转向东南，导入束鹿。清康熙五年，它从北面流到晋州南部胡士庄寨便分为十支，其中五支流入束鹿，三支导入深州，二支进入冀州。清康熙五十七年，它又由晋州射佛头村转入赵州流入宁晋泊。在雍正、乾隆、道光、咸丰、同治等朝，滹沱河一直在晋州境内肆虐无常。到同治十一年，它再向北迁，经晋州北张里、河阴、管洽流入深泽南北中山两村之间。当地民谣说，两山夹一河，想挪不能挪。从此主河道趋于稳定。但又记载，民国六年，滹沱河将晋州全境变成水乡泽国，到处河流纵横，为害极深。《晋县志》上附有一张滹沱河历史变迁图，我看到后真有些触目惊心。全县沙岗沙地这么多，还有我们村西的马家滩，我们的袁家、王家和赵家疙瘩，这都是滹沱洪流与大西北风留下的足迹呀。

那年从滹沱河回到家，这一夜我做了一个梦，就是洪峰下来了，我在水里扑腾扑腾想找救命的东西，却什么也抓不住。十几年后，我因公去管洽村，重新走上滹沱河堤，却是茫茫数里的白沙滩，中间只有一条涓涓细流。它是反复无常的，大自然都容易反复无常，我们敬畏它，它有时还不吃我们这一套。我还体会到了古人说的，人如蝼蚁。我们人类很渺小。大自然需要敬畏顺应，它发怒你不能怒，否则更没好。与它打交道，颇需要勇毅与智慧。

村中人物

CUNZHONGRENWU

老童生考秀才

我们村的袁家历史上出过四个举人后,又过了多少年也没有谁得过大小功名。但有一位可敬的读书人从小就希望中个秀才、举人以光宗耀祖。他家当时土地多,日子不错,父母也支持他读书赶考。

在他第一次参加晋州的秀才考试时,住到城一个小旅店里。正巧旅店的儿子娶媳妇,他还讨了几杯喜酒喝。这样就感到店主人很友好,每三年去考一趟都住在他家。第二次赶考时,东家的儿媳生了儿子,他也乘兴上了一个份子,讨了几杯喜酒。宴席上,大家都祝贺他高中。但这次他还是榜上无名。

店家的孙子也是被他看着长大的,因为他去晋州赶集也经常住这个店,有钱无钱都不要紧,就像两家子是亲戚一样。眼看着店家的孙子长大了,孙子说上媳妇了,孙子又要成家了,他从内心为他们高兴。这孙子成婚时,他还去当了贵宾,好好地喝了一通。

这一年,他觉得下了大功夫,一年四季几乎没有出过院,把《四书》《五经》背了个滚瓜烂熟,还听老师讲了《周礼》《孝经》《明贤集》等辅助性书籍。也与外村想赶考的童生们多次交流、唱和。这天来了个算卦的瞎子,他想占一卦。瞎子就让他抽签,一抽竟然是上上签。瞎子就祝贺他喜事临门。那时他的儿子也有了儿子,唯一的喜事就可能是考中秀才,了去他平生一大夙愿。他便高兴地给了瞎子不少铜钱,说借你吉言。然后便钻到屋里又去读书了。

去迎考那天,是他的师父带着几个老少童生一同前往的。路上,师父凭着第六感觉说:"我估计,这回出题十有八九是《明贤集》上的。"为什么呢,他也说不清楚。于是大家就边走边背《明贤集》,"穷在闹

市无人问，富在深山有远亲""良药苦口利于病，忠言逆耳利于行"……师父学问很大，二十岁中的秀才，虽然再也没上进，却一生读书不止，教他们这些人绰绰有余。我们村的老童生比他小十岁，但也已经有了白发。他对师父佩服不已。师父还一边走一边讲解《明贤集》上的句子，回答弟子们提出的问题。俺袁家的老童生听着——牢记在心。

第二天，上了考场，监场人一报题目，果然是《明贤集》上的。老童生这回觉得逮住了有把的烧饼，秀才的桂冠跑不了了！但他突然觉得饿了，要吃个烧饼，就让监考官帮助给点水喝。这在当时晋州考场上还是允许的。监考官走来说，快答吧，还吃什么烧饼。可他还是说，吃不饱能答好吗，就细嚼烂咽地品尝着把一个烧饼吃了，然后才开始提起毛笔答卷。

他感到十分得心应手，写起来也流利无比，满腔的激情和几十年的学问都注入笔端了，心中反复窃喜："秀才呀秀才，这回你跑不了了……"

不料监考高声宣布："时辰到！"考生们就纷纷站起来去交卷。答得最快的早把卷子交上走了。

我们的老童生一听急了："怎么这么快呀？我还有几句话没写完，等一等。"

大家一听就哈哈大笑，说这两鬓斑白的老考生是该可怜可怜。但监考来到老童生面前，毫不客气地说："你拿过来吧！三年后再来吧。"说着就伸手去抓他的卷纸。他双手把卷子一捂，几乎哭着说："爷爷呀爷爷，你这一抓就把我的秀才抓跑了……"抓卷人利索地架起他的两手，噌一下子扯走了他的卷子，头也不回地走了。

老童生呆了，欲追又觉得追也是白追，欲哭又不好意思。

他没精打采地回了店里，主人笑嘻嘻地迎过来问，袁先生，这回考得不赖吧？他摇摇头，说鸭子都煮熟了，还是飞了。就这样，他收拾了一下，结了账就要回家。店主和他一家三代人都送了出来。他最后作了一个揖，说："掌柜的，谢谢你们这些年的关照。以后我不会再来了。"

又说,"你们到了俺们大石家庄,就到俺家去做客吧。"然后他头也不回地走了。

他走到我们村外一口井旁停住了。此时天还不黑,路过的乡亲们都问他考得怎么样,他总是摇摇头,伸出一只手拍拍自己的脑袋,大家一看就不再细问了。他在井边徘徊,徘徊,想跳进去结束自己没出息的一生,又想到上面还有八十多老母,下面还有一群儿孙,我还不能死啊!于是他老泪纵横,背过脸去不让行人看见。他又没有回家的勇气。因为他走前发了大话:上上签,回来我就是秀才了,中不了我就不活着了。

直到天黑,他才悄悄地转到村南人少的地方回了家。一个月没有出门。他反思,自己不该不听监考的话。不该在考场上还吃烧饼,还要喝水。他想重新立志,孔圣人不是说知耻者勇吗?可是我已经是六十几的人了,再熬三年还没考上还活不活着?老伴也劝他别再考了,好好教教孩子们吧。当人们又看到他时,他说:"我念了一辈子穷书,吃了五十多年寒窗苦,念了这么个结果。古人会耻笑我,没脸见祖宗,今人会背后笑话我。我活着也是废物。可为了这个家能怎么着?"人们就说,活着吧,好死不如赖活着。有的说以后写对联、写婚帖、写状纸,俺们都得求你。他听了笑笑说:"感谢你们的宽心话,我没这秀才命,你们的孩子要聪明就让他们来跟我念书吧。"

可是,维新了,科举停止了,开办学堂了,村里再没人做秀才梦了。

袁俊儒

我记忆中的许多村人都是名不见经传、上不了史志的。如果修一部村志才可能写他们几笔,但他们一直在我的脑海中浮现着,驱不走,忘不掉,且活生生的。

堂叔叫袁双路,大名袁俊儒,便是我最尊重又忘不掉的人之一。他是清朝袁家三举人袁楫的后人,上了民国省立保定中学的。那年考上这个中学的,全晋县只有他一人。他爹、我的兰增爷爷也为他感到骄傲。不料,年前他回来一进村,人们就发现他已经是满口京腔了,便偷偷地笑他。进了家,仍然是京腔京调和一连串洋词儿。吃饭时,他说了一个"昨天晚上",兰增爷就火了,呵斥道:"你坐在碗上,还想坐到锅上哩!"双路叔又说,咱们要有革命思想,学学新词儿。他爹便大骂一声,"滚出去,你爹白养了你20年,给我丢人现眼!"双路叔仍然很认真地说:"爹呀,爹呀,以后要叫老同志,不能叫爹了。"他爹就火上加火,伸手要打他。若不是他娘上来拦住,真就打到他脸上了。双路叔感到这老爹太顽固,太不可理喻了,就愤愤然地放下筷子出来走走。但他再见到大辈小辈时,就改成家乡话了。

双路叔有当时的高学历,思想又那么革命,却没有参加保定二师学潮和高蠡暴动,便按期毕业了。他回来就去教书,还业余学习医术,在哪村里教书都是一边上课一边行医。不料,他体罚过一个学生,这学生气性大,竟然跳了井,淹死了。从此双路叔再不敢再体罚学生,也精心为乡亲们扎针、看疮,在晋县城南有了名声。

1957年实行大鸣大放,全县教师们集中起来开会提意见。双路叔一开始不敢说话,他觉得自己是富农出身,又不是共产党员,少说为佳。

但听别人发言多了也就想说几句，说什么呢？他说："统购统销搞糟了，老百姓种地打的粮食都被征购走了，几乎家家都不够吃，这像新社会的样子吗？"就这一番话，当时是很有分量的。其实他真犯傻了。大鸣大放的会没开完就转成了反右派运动，说他的言论就是右派言论。会议开到最后，县里便宣布他是右派分子，还有在我们村教书多年的翟老师。

当天傍晚，人们都去食堂吃饭，双路叔却无心去吃，一人闷在宿舍里。他瞻念前途，不寒而栗，想想新中国成立以来的"镇反""三反""五反"，真可怕呀！于是他从衣兜里摸出一个铜钱来，想预测一下自己的命运，就把钱捧在手中嘟哝了几句，然后往高处一扔。只听到当啷一声响，再低头看屋地上没有，怎么也找不到。他心想坏了，这回我非被枪毙不可了，便极为恐慌，想给自己的老婆孩子写封绝命书。

这时，同村的纪丰元吃饭回来，一进屋就说，袁老师，你为什么不去吃饭？打个右派也是吓唬吓唬你，少说反动话得了。双路叔便哭着说："丰元呀丰元，我是死定了，我的独生子牛牛就托付给你了……"他紧紧攥住丰元的手，泣不成声。丰元说怎么知道你要死了？他就说："用铜钱试了试，竟然连影子都没了，这还不是死卦吗？孩子托付给你了。"说着便咕咚一声跪下来。丰元忙拉起他来，又帮他在屋里找铜钱。两人的眼睛都有点近视，就点上灯找，找来找去，终于在床底下最旮旯里发现了。丰元用棍子把钱拨拉出来说，这是老天爷跟你开玩笑的，死不了，吃饭去。但双路叔还是十分绝望，没有去吃饭，这一夜也翻来覆去像烙饼一样，第二天他那双不大的眼睛就红肿得眯成了一条线。会议宣布结束，有人送双路叔到我们村公所，算是把这个右派分子交给了地方看管，他教书的村子也就不用再去了。从此他成了一个不够社员身份的农民。

双路叔从此万念俱灰，在地富反坏右黑五类中表现很老实。谁找他扎个针或看个疮的，他都很感激，这是乡亲们信服我！他和同年被打成右派的袁丰明大伯，都抱着一颗感恩的心，偷偷为人们看好了不少的病。到1962年秋天，上级突然来人，把双路叔和丰明大伯叫到大队。上级当场宣布，给他们两个摘掉右派分子帽子。也严肃地警告他们，要老老实实、规规矩矩，否则就还把右派帽子给你戴上，天天扫大街去。双路叔和丰明大伯一想，真没有扫过几次大街，村干部宽宏着自己呢。

他俩像鸡啄米一样使劲点着头，又拍着胸脯表决心。丰明大伯还大声说："我原以为这一辈子就完了，还是共产党英明。"接着举起拳头高呼："共产党万岁！毛主席万岁！"双路叔表得决心比丰明大伯还大，口号喊得更响。他们两个感激涕零啊，公社和大队干部都大受感动，说他俩本质上不算坏，摘帽是应该的。

他们走出来时，见很多人在看热闹，就说，还是共产党好，毛主席好，社会主义好，要是国民党的话，早把我们枪毙了。从此，他们两个就有了行医看病资格，双路叔还成了村卫生室的专职医生。

后来我在周头公社西钓鱼台小学教书，一说我是大石家庄来的，就纷纷打问双路叔的情况，都称他为袁先生。还有人让我捎信儿请双路叔到这里来住几天。我回去见到双路叔一说，他就笑了，说前日还有西台的朋友来找我扎针哩。

但双路叔虽然有些开化或说革命思想，却在某些事情上十分传统。我大伯为我起名袁学俊，他不知怎么听说了，就对我爹说，你二小子起名碍妨着我了，这可不好，让他改改吧。我爹一想是啊，双路兄弟的官讳是袁汝俊，他把字翻翻过儿，就叫袁俊儒。起名妨碍长辈是大不敬。去了正定，我就在老师帮助下，把"俊"字改为"骏"，只换了一个谐音字。当时我觉得双路叔有些"左"，现在看他是在继承一种姓氏文化传统。

双路叔又合法行医二十年，他在我父亲入土为安后第三天出了大殡，也是毫无牵挂地走了。大家都说，咱村少了一位好医生。

纪 丰 元

村间藏龙卧虎，人才辈出，他们可能顺天应时，也可能生不逢时，但他们值得敬重。

我在上小学时，西头的纪丰元老师就在外村教书了，我去姥爷家碰上他就叫纪老师。纪老师是美男子。原名造恒，学名丰元。他出身最高，个子也高，一米八以上。那白皙的脸，明亮而又欢实的大眼睛，高高的鼻梁和有棱有角的双唇，搭配在一起就像是县里或乡里的大干部。但他没有当干部的机会，教书的机会也曾经被剥夺了去。

当年反右派时他还小，没多说话就躲过了一劫。后来搞"四清"和"文化大革命"，却说他是反右派时的漏网之鱼。曾经只让他打杂，不让他教课，怕他在课堂上灌输资本主义、修正主义，危害贫下中农子弟的身心健康。现在看这都是多余的提防。1969年全国上下大搞"斗批改"又号召"战备"挖地道时，我已经在东里庄中学教高一。突然接到通知，说下午上课时全体在操场集合。集合好后，不知领导要讲什么话，也没见王校长出面。意外的是，让我们喊口号。有人将纪丰元老师从队伍一侧推到台前。接着就有一个陌生的领导宣布纪丰元的错误，其中有小资产阶级享受思想，用无言的行动对抗革命委员会，最后宣布将他遣返回家。接着，有人就把他带出会场，我们便解散了去上课。我的班上有好几个是我们村的学生，他们一边往回走就一边嘟囔，意思是他吃地主成分的亏。

丰元老师一生有两大不快。一个是生了一个儿子智商不高，在一年级一蹲就是四年。我小学毕业时，他还在一年级。只是人性好，在队里干活不惜力气，谁当队长都喜欢他。有一年正月里，我们几个人去纪家

聊天，说着说着就提到了儿子。丰元老师便唉了一声说："将门之子，到他算是完了。"这句话让我们感受到了他的伤心与无奈，就搭讪着说，你后来就一连串生闺女，怎么不造出个聪明小子？他说这也是天意，该着的。

二是他出身于地主家庭，这也不能怨他，因为他丝毫不能选择。他的父亲纪老仁，多年开药铺，技术高超，在西头街里，村里村外，不知救了多少人的命。开药铺能挣钱，当时有句口头语是：要想富，开药铺，要发财，把命宰。那就是开药铺和杀人越货都能挣大钱。正因为有药铺占着人手，他家便雇了几个长工，买了骡马，造了大车。土改时按土地面积、雇工多少与家中人口的比例一算，他家的剥削量全村第一。当时贫农团就要把他家定成地主，要不这村一个地主也没有。纪老仁很开明，我家的地随便分，我家的粮食随便装，我家的浮财随便拿，剩下有我个窝儿能活命就行了。土改工作队就上报他为地主，但仍然让他行医看病。宣布他是地主后，村人们又说，这是矬子拔将军硬拔上来的，程家营的程阎王才是真正的地主哩。在我的印象中，纪老先生在我们村里看病，总骑着一辆破车子。他说，除了铃铛不响哪都响，不摁铃铛也不撞人。给他戴上地主分子帽，他仍然乐哈哈的，人们也没拿他当阶级敌人看。到了"文革"中，一群红卫兵却第一个把他揪出来批斗。在口号中让他跪到板凳上，然后有人在后面一踹，他便咕咚栽下来，又把他拉上板凳。至于他有什么坏话坏思想，谁也说不上来。

为此却影响了纪丰元的一生，让他在长期的压抑中猫着。但纪老师一生有最大的乐趣和成功之处，那就是写一手好字，可以说他是新中国成立以来我们村人人称道的书法家。传说他小时候就甚爱习字，什么旧纸都被他写小字再写上大字，去厕所一蹲也要拿根小木棍儿划拉一回。他写出名气了，却不拿架子，每逢春节前他就在教书的村子里为大家写。许多人早早把大红纸买来了，这就成了他的用武之地，尽兴之时还整夜地写呀写呀，到放假时他就把人们送来的大红纸写完了，卷成一卷一卷，背面写上人家的姓名，或者有人来取，或者他派学生去送。

尤其是重新为他落实政策后，他凭多年的教学经验，再乱的班级也能让他很快整治好。他的心情也好起来，敢和人们开玩笑了。一次教师们开会，中心校长批评一些代课老师瞎凑合。纪老师就说，那是拿红萝卜冲石磨，只蹭达蹭达。大家一听都笑了。他自称墨仙。村里人也断不了喊他墨仙先生，他也笑着回答。放寒假一回家，就又有一卷一卷的大红纸等着他施展功夫。他就又连明带夜地写呀写呀，他的院里就晾晒着一条条大红春联，飘着一股淡淡的墨香，很有几分吉祥之气。有一次我们刚进他的院，就说这该给他挂个大匾，上写"翰墨之家"。可我们谁也没有真正去制匾挂匾，因为那时虽然他又重返工作岗位，上级还是认为他与别人有所区别的。

丰元老师的字，追求圆润俊秀，潇洒飘逸，追求以柔为主，柔中有刚，谁看了谁喜欢。1980年春，为恢复"文革"前的《晋风》杂志，就请他写了刊名，有的县干部便说，这字是肉中有骨。我回家时见了纪老师，就说你这是纪体。他说可了不得，我没那个福分担这个大名。但村里人都说这该是纪体了。有一年春节，我和中和、进忠几个人四街里游走，欣赏各家的春联，见贴着纪老师鲜明手迹的门户竟有200多个。我算算，他节前这几天大约写五百到八百幅。因为院门是他写的，里面屋门上的也肯定都是他的字了。这是多大的劳动量！后来对丰元老师说起来，他笑笑说，我在入冬后，就弄些红纸来不断写，积累了一些，要不这五六天可写不出来。

可见他是民间写春联的有心人，美化乡村面貌的功臣，传承书法艺术和传统文化的自觉奉献者。若他是一个名人，高高在上的，肯定就把他的字称为纪体了。至今，我像怀念双路叔一样怀念他。

张老树当支书

我忘不了东头的张老树。他是"大跃进"时期的一任村支书。

我们村的张家大都住在北头，那是张家街。还有几家住在东头，张老树家便是其中之一。他们张家在抗战初期就有人入了党，成为我们村开展抗日活动的骨干。那时张老树还年轻，但他念过几天书，粗通文墨，有些文件、信函他大体能看懂，也能念给人们听。后来就做党支部委员。建立农业合作社时，他和东头的周老召等人就组织起了一个小社，又发展成高级社，他都是负责人。在"大跃进"开始前，张老树便当选为村党支部书记。

他的风格与以前的书记们不同。以前的书记都注重打仗，减租减息，讲究如何战胜敌人。他们以武为荣，以斗见长。张老树有些斯文，说话无风无火慢打板。他上台后，全国已经进入经济建设高潮，第一个五年计划正在实行中。1958年，在东里庄成立了红光人民公社，把当时48个村子分成48个生产大队，张老树便是我们大队党支部书记。不过他当这个小官，受的憋屈太大了。

公社成立之后，就经常召开大队干部会议，都是半军事化的。有一次通知老树去东里庄参加飞行会议，说县里和公社主要领导要做重要讲话，不许迟到，不准缺席。那时开会都是远的先到，近的迟到。张老树没有自行车，走路又稳当，他觉得二里地一会儿就到。结果到公社礼堂门口就被拦住了："老张你迟到了，里面的报告你先别听。"张老树就问，迟到了就不让听？把门的公社干部说，你先想想，今年你村粮食产量能够达到多少斤？

张老树就想了想，觉得村中已经把大街挖地二尺，又把100多户的多年老炕全拆了,都当作肥料上到了地里,估计一亩地春秋两季能够打800斤。又努了努劲才回答说:"1000斤吧。"那人听了说,你一天天四平八稳太保守,蹲一边再想想去!

张老树就蹲在礼堂门口墙根下。一会儿站起来,大声说:"两千斤吧!"那人又摇摇头说:"现在是放卫星时代了,你这老慢牛思想必须彻底打破!再反省一会儿去。"张老树便又蹲下来,耳朵听着里面公社领导正在讲,人有多大胆,地有多高产,人定胜天,就壮了壮胆站起来:"3000斤!"

没想到,那人还是嗤笑了一声说,你张老树抗战的时候有胆,现在怎么变成了狗蚤胆?还反省去。老树便又蹲回墙根下,心想我已经是个吹破天了,还能说多大的数啊?可他扫一眼把门的公社干部,知道不吞云吐雾地吹过不去,便雄起起地走过去,伸出四个手指头:"4000斤!"那人微笑了一下说:"你就是属牙膏的,挤一下出一点儿,挤了半天才4000斤,这数还是全公社倒数第一!"又叹了口气说,"进去吧,一会儿扛面大黑旗回去,那才光荣哩。"

这次张老树迟了到,报产量又是倒数第一。那面黑旗就像古代黑旗军的三角龙旗,只是这上面没有龙,也没有写字。这是丢人的旗,激将的旗。张老树把它卷巴卷巴掖在胳肢窝里,又慢慢地往回走,心里七上八下,觉得怎么向支委们交代,怎么向全村乡亲们说呀?

这是张老树上台以来最为忧心也最为耻辱的一件事。不过完不成4000斤,上级也没再批评。他们也知道这是一级糊弄一级,过了就过了,要追究个个都是吹牛将军了。后来上级号召讲实事求是,破除浮夸风、"共产风"等五风时,这回张老树挺起了腰杆,把一肚子委屈有条有理地发泄出来,成了公社领导眼里最讲实际的好干部。

他第二个作难的尴尬事,是"瓜菜代"时在大会上讲人均口粮指标。人们都还记得他站在大队部的台阶上,举起一只手来,伸出四个指头,一摇一摇地说:"一人一天四两,这不少呀!有的村一人一天才三两,

咱们比他们多一两啊！"人们一听就叽叽喳喳坐不住了。他又伸着四个手指头说，"这是新秤，四大两，不是十六两的四小两啊……"

人们又哄一声笑起来，这个喊，四大两，那个喊，四大两！还有的喊，咱们都变成神仙吧，不吃东西只闻味就饱了，你一大两也不用！张老树转身回到屋里，那尴尬的神情让伙计们也窘迫不已。由于产粮吹得高，上级下达征购时给你压着算，征走百分之二十吧，不算多，可剩下的口粮也没有多少了。再说，那时大食堂里把四斤山药折算成一斤粮，四大两也不过一块大点的软山药，连小孩子都吃不饱，这怎么让人们去拼命"大跃进"？

人们记住了张老树的四大两，全村人都在嗤笑这四大两。柳絮、榆钱和蒲公英、曲曲菜、扎扎菜，还有干菜帮、山药蔓都被人们抢食，队上原先喂牲口的豆饼、棉仁饼也进入了食堂的饭谱。人们见了张老树就嬉闹着说，四大两啊四大两，饿死爹，饿死娘，剩下你个张老树，就在村里把穷光棍当！

张老树听了就先把头一低，然后上纲上线地反驳："说什么？你们对'大跃进'不满吗，对人民公社有意见吗？"人们就赶紧说没有没有。

然而真应当说张老树是那时的好干部。他家的口粮也不多，却用来接济四邻八舍生病的，断顿的，自己在食堂里半个饼子也不多吃，绝对清廉方正，勒紧腰带与乡亲们共渡难关。

每天早晨七点，傍晚七点，他都要坐下来听中央人民广播电台的新闻联播，中间不许家人干扰。多次有大小队干部来汇报工作，他都示意等一等，或一起听。听完了才说有什么事。凡是赶到这个节点上吵吵闹闹的，都会受到他的严厉批评。后来大队订了《人民日报》《河北日报》，他每天晚上都要看报纸，仔细得像小孩读书一样，从头版头条一直到最后一版的最末一篇。这样张老树对上面的政策、各地的信息就比别人掌握得多，开党员会或社员大会时讲的内容也就丰富起来，人们就很爱听。在当时那个时代，能够如此认真学习的村级干部，张老树是其中的一个。

县里要评选学习型村支书，绝对会有他。

张老树个子不高，其貌不扬。额头较宽，两眼有神，却两腮塌陷，更突出了那双薄薄的嘴唇。人们说咱们支书能说会道，全靠的是这张好嘴儿。

可是他也遇到了新问题，就是对地富反坏右五类分子的戴帽和摘帽问题。据说，他一方面对五类分子严厉训话，不许他们乱说乱动，只许他们老老实实，安排治保干部和各小队政治队长管理得很严，谁有病要请假，走亲戚要请假，每月都要他们汇报自己的思想动向。

村中有一个在外县当过伪军小队长的历史反革命分子。有人就向张老树反映，这家伙曾经杀过八路军，还用八路军的人心下过酒，应该枪毙，只戴个帽子太便宜他。张老树并不听风就是雨，他派人去进行调查，查来查去并没有确凿的证据，就没有向上级请求把这人抓起来判刑。于是有人说他是右倾机会主义分子。张老树听到就慢打板地说，实事求是，证据说话。人们听了也就不再说什么。后来需要为一些五类分子摘帽，张老树和支委们商量过后，就积极主动地上报摘帽名单，使几个老医生、老教师较早地摘了帽。一摘帽，他们对党和政府千恩万谢，也对张老树和新上任的支书感激不尽。

他感到很累，当时政策来回变化太难支应，就提出辞职申请，另推荐他们张家一位年轻人张小四接他的班。上级同意了。与他商量是否以老带新，把年轻的扶上马再送一程。张老树摇摇头，认为没有这个必要。他相信接他班的会比他更优秀。从此张老树就轻松了。过了一段时间，人们说你在位的时候比这会儿好。张老树就平淡地说，我看这会儿比我主事的时候还好，一个是"瓜菜代"时期过去了，另一个是咱们的粮棉产量确实年年在提高，大家分红也多了。

张老树，这是生之逢时、怀才有遇的人，是一个在平安的乱世中掌权管事的人，又是一个表面很"左"又清廉、善良的人。

2016年10月7日

吉水爷看相

在我们袁家东门里，吉山、吉水、乐虎、吉虎弟兄四个，在他们90岁的老母即我们的老奶奶去世之后，就是袁家最大的辈分了。后来我上了高小，吉水爷见了我就主动打招呼，上学去呀？我就叫一声爷爷，回答一句。后来忽然想到，这是一个爱看书的大辈，见我上了高小就喜欢我了，让我心中有一种被长辈看重的优越感。于是只要见到他和他家的金花奶奶，我都主动叫一声。他们就说我很礼性。我爹听说了也夸过我，还嘱咐我，咱这是个大辈街，可你在这街里又是小辈，嘴学甜点俏点，俺们当爹娘的也光彩。

不过吉水爷太没胆。那是在日本鬼子大扫荡时的一天，东边炮楼上的日伪军突然改变了凌晨出发包围村庄的常规，在午饭后突然来到了我们村。人们一听空中"勾——嘎"枪响，就马上往村外跑，有地道的就钻地道。这时吉水爷正套着小驴使碾子，听见枪响和人们吵吵嚷嚷，就知道大事不好。但他又想赶快把面筛完再走。

一会儿一群皇协军呼啦啦冲进来，吓得他往起一站，浑身哆嗦。一个问，看见八路了吗？他说没有没有。另一个说，我看你就像个八路！他就一面说不是不是，一面向后退，不想一下子被大面笸箩挡住了，身不由己地往后一仰，便咕咚一声坐在了笸箩里。伪军们一看他这个德行，就哈哈大笑了，说你这软胎子，还没开枪就把你吓破了胆。另一个说走吧，他不会是八路。这伙人便呼啦啦走了。

等一切平静下来之后，他家金花奶奶去碾子上找吉水爷，发现他还在笸箩里挣扎着，浑身上下是白面，人不人鬼不鬼的。平时胆大的金花奶奶就说，你就这么坐着呀，不知道起来呀？吉水爷就仍然颤巍巍地说，浑身没劲，动不了。大家把他拉了出来，拍打着他身上的面。金花奶奶就说，咱还是堡垒户哩，没想你这么稀泥软蛋，真给我丢脸，给堡垒户丢人！这回事成了吉水爷一辈子的大笑话，都说他是咱村胆小的标准。若说谁胆小就会说，你的胆还能小过吉水爷吗？

但我又佩服吉水爷，他对耕耧锄耪、红白喜事什么都懂。他还会相面。传说十字街口有个张家，闺女婚后三年还没生儿育女。婆婆抱孙子心切就断不了给她脸色，还墩墩摔摔的，让这儿媳妇心里很难受。她丈夫提出了离婚，却又舍不得她。两口子为离与不离很发愁。有一次她回娘家来，娘就说咱找南头吉水爷看看吧，以后能生就生，不能生就散。这娘俩就去找吉水爷。正好吉水爷在家，张家娘把闺女的事一说，吉水爷就马上告诉她们："回去吧，明年她就抱上胖小子了。"这娘俩一听很高兴，也不知道他说得准不准。不久，闺女再回来就说已经怀上了。不到一年就生下了一个胖小子，她婆婆就把她当佛佛一样供起来。吉水爷的名声也就出来了。

又一回，公社干部下乡来说要调整大队班子，人们就纷纷猜测这班子里会保留谁、下去谁、上来谁。传说吉水爷在地头歇着抽烟的时候，突然宣布："俺侄子连生不出三个月，在村里不是这个，就是那个。"他先伸出一个大拇指，又换了一个食指。人们一听纷纷摇头，觉得这不可能吧。连生那么小，入党时间又短，怎么能在村里当一二把手？这消息或者说这种猜测像风一样很快吹遍了全村，好几个小队长都认为这简直是瞎造谣的。村支书、大队长更认为，这简直是胡说八道，他袁家想当官想疯了。还真是的，公社干部和支部班子商量来讨论去，闹腾了一个冬天，最后还真把连生组进了阁，成为党支部副书记兼民兵连长。这下子，吉水爷的名气就大了。本村人都把他当成了知天知地的活神仙。有外村的、县里的人也偷偷来找他问事。

吉水爷就想出去摆摊挣钱，金花奶奶一直反对。这一年秋后场光地净了，队上的活儿也不多，很多劳力要不上活儿就歇着聊天，有点本事的就出去做个小买卖或去盖房班里挣点钱。吉水爷又心动了，谁说也不听了。他就决定西去阳泉、太原，判断那里会让他生财的。他到了阳泉就下来找一个小旅馆住下，到街上买了两个饼子吃了。

第二天早上，吉水爷来到一个路边，大概他认为这是吉祥如意之地吧，就在那里铺上带来的一块白布，上面写着"看相"二字，布上还画着一张人脸，脸上有许多点点，这是相面用的。一角放着一个竹筒，竹筒里是竹签，这是算卦用的。

早晨上班的人流哗哗地过，几乎没人理睬路旁的什么摊，但他一直在盯着人流，寻找着能为他开张的吉利人。又一个红绿灯换过，骑自行车的和步行者又哗啦啦冲过来，他看准了一个小伙子，便主动站起来向小伙子招手。这小伙子急忙跳下车子，问大伯有什么事。吉水爷就笑着说："我是头一天在这里摆摊看相，你是个有福人，给我开个张吧，我分文不取。"小伙子一听，就把自行车搬到他身边来说，你看看吧，我不让你白看的。

吉水爷就十分神秘地说："小伙子，我必须告诉你，你娘在半月内就得死……"小伙子一听立刻火冒三丈："你胡说！我娘很强壮，你给我娘盼背兴呀？"说着抬脚就踢了他的摊子，那块白布便被撩得遮住了他，竹筒也哗啦啦倒了。小伙子骂骂咧咧地骑上车子，又说，我再看见你在这里胡说八道骗钱，就报告派出所去。

他走了，吉水爷把白布从身上扯下来抖了抖，心中觉得很屈辱又很生气，阳泉人这么不懂好赖呀？可他不知是应该再把摊子铺好，还是干脆抄摊子走人。待了一会儿，还没有一个人来光顾，他便把摊子收拾了收拾，还了借商店的小马扎，扔给了人家一毛钱，就回小旅馆了。见他回来，小伙计就笑嘻嘻地祝贺他，你今天是早去早回早发财呀！他却哼了一声说，结账，回家。

他结了账，就向火车站走去，当天就回到晋县城里，又步行20里到了家。全家以为他出去挣钱就不会回来，没想到昨天早晨去，今天傍晚就回来了。一问，才知道，他被人家踢了摊子，没能开张。金花奶奶便挖苦他，你不是能掐会算吗，说你的神气仙气哪里去啦，就老老实实在家干活吧。

从此，吉水爷就死心塌地下地干活，谁再问什么吉凶一律不回答，说这是骗人的把戏，我不骗你你也别找我骗。其实过了些年后，有人找他问什么事，他该回答还是回答的。他临终时，想想自己这辈子，觉得真没意思。天地万物，要弄懂它太难了，人算不如天算哪。并且告诉儿子和孙子们，谁也不要学我这一套。

狗 头 哥

很值得怀念的一个人是狗头哥哥,他是我亲大伯的独子,学名袁学诗,狗头是他的乳名。嫂子叫如言,是本村北头周家的美女。

当时解放战争正如火如荼,我们这一带正在大军南下,村里天天过兵。县里组织大批年轻党员干部进行培训,要他们准备跟着大部队到南方建立革命政权。这时有人给他们俩说媒,嫂子似乎早有心仪,一说就同意,不嫌哥是二婚,只十天半月便过了门。人们都说这是打雷打闪哩,当然更羡慕他们是郎才女貌,天作之合。也有的说这是美女爱英雄。哥哥有大伯一样的修长身架,双目深沉,鼻梁高高,三山搭配得很好。他读过书,讲话有板有眼,如言嫂子是不肯错过他的。

可是,当哥哥提出要随军南下时,嫂子就坚决不干了,说你别想叫我守空房。天天不是哭就是闹,把狗头哥缠住了,也腻住了。上级催他赶快归队,他走不了,结果人家甩下他就出发了。剩下狗头哥被看成开小差,把党籍也丢了。这是哥哥终生的遗憾。特别是后来听说哪一个在湖北当县长,哪一个在湖南当武装部长,他心里怨怅妻子又说不出口,何况这时已经有了一个聪明伶俐的闺女。只是后面生的孩子总不成人,夫妻俩很愁还没保住一个儿子。

区领导知道他,也为他惋惜,就让他去收税,又让他进行土地测量。他就骑上一辆旧车子,带着测量仪到各村去跑。我多次碰上他出去回来,裤腿用小夹子夹着,防止车链子绞住,这样更显得他英气勃勃。我们小伙伴们见了个个羡慕得很。这段时光中,他碰到了南小吾的儿科医生元元,两人个头、气质都很相近,便很快成了莫逆之交。一次酒饭之后,狗头哥提出向他学医,元元满口答应,而且尽心地教他,把好多自己摸到的绝招儿都毫不保留地告诉了他。几年后，狗头哥就开始在我们大南头给小孩看病。

　　说来奇怪，看一个好一个，于是声名远播，外村的小病号也请他去看或家长抱着前来。狗头哥就忙了起来，如言嫂子也忙了起来。但这嫂子经不住天天人来人往的干扰，她就开始闹病。哥哥就尽量出去看，不轻易往家中引病号。但是善门难开，善门难闭。经常是刚端起饭碗就来了个病孩子，哇哇地哭着让人心神不安，他能按部就班地吃安生饭吗？或者半夜刚刚睡下就有人当当当地敲门，狗头哥就得马上起来去开门，有时候他还陪着病孩子到乡医院去。

　　后来就有传言说，狗头子看病看腻歪了，想不干了。我父亲听了说这不可能。果不其然，我哥哥的儿子病得迷迷糊糊的，嫂子就抱着孩子去东院找狗头哥。狗头哥手里正忙着活儿，只说你等等，就是不肯马上给孩子看。耽误了好一会儿，他才慢慢地走过来，只给孩子按了几个穴位又扎了几针，孩子便清醒过来，哇一下子哭出声来。这时两个嫂子都高兴地哭了。狗头哥也委婉地说，我这半块子医生不能当了，村里有了卫生室，再有病就找他们吧。以后嫂子再没有去找他看过病。不过信服他找他的人总是天天有，有的在地头上碰见他就摸脉、按摩、扎针或告诉人家去医院找什么药。

　　自古以来，甭管是官是民，是穷是富，没有一个不敬重郎中的。谁都认为治病救人就是大善大德。狗头哥看病看出了名声又想收手，在很大程度上把乡亲们得罪了。他推诿不看的方法像一辆轻轻按闸的火车，终于缓缓地把车停下了。

　　他也无意当官管事，但"四清"运动来了，工作队发现狗头哥是个有头脑的明白人，就和党支部安排他为大队贫下中农协会主席，挣上了与大队干部一样的工分，有时开会也去讲几句。不久来了"文化大革命"，一群人就闹起了红卫兵。这群红卫兵的矛头没有去找走资本主义道路的当权派，而是把矛头对准了地富反坏，这统称为四类分子。他们都戴着

帽受着管制，是政治上的死老虎了。同时也把矛头指向了狗头哥，揭他大军南下时脱党的疮疤。于是他就闷在家里不出来了。贫协本来也没多少事，谁再找他也不管那些事了。他原先不爱下地，后来天天去地里干活，尤其是分田到户后，好多该他儿子干的，他都去干。三伏天里，他光着脊梁，头上戴着草帽或遮上一块白毛巾，吃了饭就去棉田里顶尖打杈，所以他家的棉花长得特别好。

狗头哥是我心中一个乡间知识分子，半个乡绅。他从小根里苦，不到十岁就死了娘。有了后娘也不亲他，他就成了民歌里面的小白菜。好在我父母喜欢他，让他在我家吃住，他回家去好像串了个门，待一会儿就想走。后娘又病死时，狗头哥也大些了，才又回去和大伯相依为命。他很聪明，没念过几天书却识字多，懂的道理多。特别是有一种高于一般农村小伙子的文雅之气，所以他赢得了如言嫂子的芳心。

狗头哥做了很多好事，但他又一生功不成名不就。人们都说这是命。他不属于生不逢时，而是应运而生，但他不能排除羁绊勇往直前。他技艺超群却没有耐力。这就不如我的亲哥，他在"瓜菜代"的忍饥挨饿中，坚持在他转业去的厂里上班，不像有的人自动脱职，跑回家来。到狗头哥72岁去世前，他才有时叹息，这一辈子真窝囊。可是已经晚了。我之所以怀念他，就是因为他曾经给我点放肚子疼，几乎手到病除，内心里佩服。再一个就是我长大以后与他有共同语言，甭管村里事、国家大事都能谈得来。如果他活着应当九十大几了。如言嫂子却活到95岁，刚刚去世。梦里，见他们夫妻又在那边团聚了。

连 生 叔

连生叔是个小大辈。他比我小一岁,我还得叫他叔叔。

这是我们儿时最好的铁杆玩伴之一,也是大人们眼里最费的孩子,有人就说他是个小混世魔王。因为他在家不听爹娘的。他娘常年在炕上瘫着,他爹在外面开木货场。他就像一家之主,支派着妹妹、弟弟干这干那,就是他自己不干。他上个四年级就到顶了,成为五队最小的社员之一,因为他不下地没人挣工分,又不能只喝西北风,队长便允许他和大人们一块下地干活,这比割草挣分会多些。但他又最不听话,最最念牙摘刺,哪个队长都烦他都训他,他对哪个队长都很不感冒。

他是十字街南侧路东第一家,房后就是关帝庙遗址,距我们东小街不过五十米。他来一块玩,我们都欢迎,不是因为他辈大,主要是他胆大。记得有一次,他在地里抓住了一条长虫,竟然把它带回家来养着。这天他给母亲要钱去买小人儿书,他娘瘫在炕上说,你的小人儿书已经不少了,再买多了是浪费。连生就把长虫提到病娘跟前,娘还是不给钱。他就上炕往他娘脖里去盘长虫。这下子把他娘吓蒙了,就喊,连生,你把长虫拿走吧,我给你钱,给你钱!说着,从褥子边上摸出了几毛钱交给了他,他就把蛇放回去,跑去买小人儿书了。他爹晚上回来,听说了这事,就追着打他。我爹听说我兄弟也参与了,也发了一顿大火,说要把他娘吓死了,你也有罪!

这件事显示了连生的胆,我们知道了,就批评他不能用长虫吓唬人,也暗中佩服他能玩长虫很英雄。

有一年腊月,稀稀落落的鞭炮声响起来。连生发现有人扫墙基土熬硝,掺上柳木炭就能制成炮药,还能搓成炮燃放。他便去要了些硝和碳,召

集我们几个伙伴去他家，说咱们造筒花放一回吧。我们一听都感到很新鲜，于是就忙起来。有的用小擀面杖把硝擀成面，有的擀木炭，我是分工来做花筒的。连生搬出一块大砖来说，这是晋县城墙上的老砖，又沉又厚，凿一个花筒吧，接着他拿来凿子、锤子。我就在大砖中间凿起来，一会儿就凿出了一个圆凹，连生看看说还得往深处凿，我又凿了一回，他说差不多了就停下。

然后他们几个就用木炭和硝配药，还小心地弄出一点儿在旁边试了一下，划火一点就轰地一下子着完了，大家就吵吵咱也会配药了。于是我们就把这黑火药装到大砖窟窿里，用胶泥封好砸实。还没安上捻呢，连生就找一个锥子在胶泥上使劲扎了一下，又用棉絮蘸上火药搓成捻，再用锥子把捻子插进花筒中，这个自制的烟花就算完成了。其实我们谁也不懂配火药有什么讲究。

谁去点着呀？连生就说我来点吧，你们都到旁边去看着。那天点燃时天还不太黑，有的就说等天黑了吧。连生就说别等天黑了，点一回试试。接着他就划一根火柴把土药捻点着了。眼看着捻着完了，就没有火了。霎时一股火花从胶泥孔里哧哧地蹿出来，我们就热烈的欢呼："成功了，成功了！"火花越喷越高，犹如一个流光溢彩的小喷泉。

突然，呜的一声，这大砖竟然飞了起来。我们还没醒过神来，那大砖便在空中咚一声爆炸了，把大砖崩成了五六块，啪嚓啪嚓往地上掉。我们捂着耳朵抱着脑袋，被吓傻了。连生娘也在屋里喊起来，你们想造什么反呀，搞爆炸呀？我们谁也不知道怎么回答。连生就回屋对娘说，想造一筒礼花，把大砖炸了。

这时来了一个大哥，说你们不懂横药竖药，又不懂药和木炭的比例，没崩死你们一个才便宜哩。之后，我们只去看别人家搓炮，再没自己制造过燃放的东西。那次爆炸时，我离大砖较近，落下的一块差点没砸住我的脚。

"四清队"来了，连生就成了揭发问题的积极分子，不久便火线入党，之后就成了大队民兵连长。这时的连生也不在五队上干活了，队长们也不敢训他了，他得机会就训队长们了。人们就说，费小子是好的，看人家连生！后来连生竟然被推选为我们大队的党支部书记，人们更不敢小看他了，原先不服气的见了他也客气起来。他仍然和人们闹着玩，人们也还和他闹，但闹得分寸不一样了。大喇叭里经常听到他的声音。人们既愿意听喇叭里讲什么，又讨厌干部们呜啦呜啦的广播，后来连生就多让大队长去广播了。

有一次发生了一个偷盗案件，公社要求必须尽快破案。连生就把当时的地富反坏四类分子和犯有前科的人们召集起来训话，说作案的就在你们中间。但谁也不承认自己作了案。连生就严肃地一个个诈唬："你，怎么低头不说话……你为什么脸红了……还有你，为什么脸黄了……"这些被整怕了的人们一见这阵势都草鸡得要命，生怕连生把自己提溜出来，往自己身上安个偷盗的罪名，所以就人人自危，个个害怕，有的浑身直筛糠。但连生诈来诈去，还是没人承认。那一夜天太晚了，连生便又训一回话，要求他们中间的作案者三天内来自首，否则公安局就直接来抓人了。三天后还没人来自首。人们就说，过去张老树太讲政策，连生不懂政策不讲政策，纯粹是瞎胡闹。连生听了心里并不舒服，但他也只好吞下这个诈唬不成不了了之的苦果。公社领导还批评了他一顿，让他讲政策讲法律，深入调查用证据说话。但连生再也没搞过诈唬破案，有案件也让公社直接派人去破。其实我们村是个平安稳当村，案件不多。

他第一次当支书时间不长就下来了。没几年公社又把他抬了上去，他比原来成熟了些，处理问题老练了。可是在我们村，在这个人际关系像蜘蛛网一样错综复杂的宗法农村，管好全村的事情并非容易。公社领导找他谈修柏油路，说资金你别操心，只是有妨碍的地方要做通思想工作，石灰石子不要被乱抢了。没想到点子不少的连生竟然掉下泪来，弄得领导说，往你嘴上抹蜜，你还不张张嘴吗？不久他又下了野。

村支书换了几任，都没干长，人们又呼吁袁连生出山。连生便又走

上一村之主的宝座。这时他已经四十好几，在群众中的威信也建立起来了。

我未想到，他为了办副业就匆忙地决定购买南极蓝狐。没有地方就占了我空闲着的屋子，让几个人天天买肉、天天测量温度湿度，养起几十只蓝狐来。他说这东西的肉不值钱，那皮非常值钱。又说如果不出意外，一年内就可以把成本换回来，再下头就是我们赚的了。我说，这院子不是风水宝地，给你写了信别在这养你非在这儿，我也没有办法，但是这种东西太娇贵，需要有人日夜守护，稍有不慎损失就大了。

真让我说中了，到了夏天温度无法控制，蓝狐便一个一个地生病、发蔫、死亡，尤其是那小蓝狐还没长成个儿就夭折了。连生请来兽医也没有什么好办法。蓝狐们快死光了，便赶紧把剩下的卖掉。从此连生不再搞养殖。上级又号召搞"白色革命"，就是大棚菜，他吃不准，乡亲们也心中无数，又怕白白扔钱便没有开展起来。等村民们发现邻村大棚菜纷纷上市时，人们想搞也觉得是正月十五贴门神——晚了半月了。其他新的项目，他和一班人一直没有想出来。

上级越来越对连生这个老支书有看法，他却一百个不在乎。当时不用他吧又离不了他，拿掉他吧又无可替代，这样我们村就更是一个坐着四个辘轳车的太平村、保守村。突然有一年，连生为首的党支部、村委会宣布集体辞职，上级挽留他也白费唇舌。他说我是三上轿，连起来二十年了，不能再干了。那么这村里的支书就由别人来当了。

从此连生这个三起三落的风云人物就闲起来。他便到村西大公路旁的闲房里去轧棉花，每天要炖一锅鲜羊肉，说这肉比猪肉牛肉营养都好，看来他是在研究保健长寿之道了。但他还是身体越来越弱。

由于他是袁家的大辈，又是先后主政全村的人物，就纷纷来看望他。他说，活不长了，以前做的对不对的可原谅啊。人们就说，你会是个老寿星，闯过这一关就好了。但他没有一点儿信心，总感到自己日薄西山了。果然，他没有闯过这一关，便没有精神负担地离开了人世。人们总结说，连生叔（爷）是大好人，不愿意巴结上头坚持干下去，也是他不适应当今市场经济，便主动辞职，这可是英明、痛快之举呀。

我们袁家大院的人们，都为失去这个大辈而悲伤，但他家的小婶子却依然开朗得很，说我自己想得开，你们放心吧。别人又说，咱南头丰收老太太，当年他们这一股的老奶奶、金花奶奶都活了九十多，小婶子肯定也高寿无疑。我看真还是会这样的。

我非常眷恋连生叔。一个是我们从光屁股时就一起玩，一个是他重盖了小学校，一个是他越来越爱看小说，他去东北出差时竟把我的书买了回来。一个是他非常重视过年的春联。曾经让我找人写大门上的长宽对联，后来他年年去集上买金字的大对联，搞得大门口红火灿烂。他离世后，按风俗头一年不贴新春联。第二年，他儿子就又贴上了金光闪闪的长联了，大门口依然红火灿烂。这是他的儿孙对他生前一项文化嗜好的继承。

盛 德 大 伯

忘不了长期与我父亲一起喂牲口的盛德大伯,他是我们夫妻的媒人,也便是我的恩公。

这是一个在村中很平常的老人,但他喂牲口的仔细劲,父亲和队长们都很认同,直到他说不干了,回家天天睡安生觉去,才让他不再喂了。而父亲习惯了和牛马打交道,一直喂到生产队解体、分田到户为止。其实盛德大伯明智的地方就在于嫌牲口棚里气味太差,我父亲却满不在乎,所以他得了肺病很不合算。

忘不了是他把我带到三里之外的马家庄去,让一群男男女女相看我,搞得我窘迫之极。而大伯扔下我就串门子聊天去了。他是这里的女婿汉,和谁家都熟,见人就说笑。他乐于给人起外号,揭人家的短。马家庄人就叫他"秃元宵"。他国字形脸,两撇黑胡子,也不秃眉秃眼,为什么这么叫他?谁也说不上来,不知哪个发明者给他起了这么个名不副实的外号。

可我们村里人没人这样叫。背后却有人叫他"抬杠头",也有的说他是个格拧人。盛德大伯抬的杠,有一部分是很实际的问题,比如今年咱队一亩麦子能打多少,一亩棉花能摘多少,再比如谁家的儿子为什么不孝顺,谁家的儿媳为什么病歪歪的,他都有与别人不同的解释和理由。这些理由不被别人认同,便不免抬起杠来。

这大伯也有他的神秘逻辑,让你没法回答。他曾多次得意扬扬地说,谁也别想给我抬杠,抬一百回你就败一百回。是的,比如他问你,先有鸡还是先有蛋?再比如,你是不是东西?你要说我不是,他就马上说那你就不是东西了,人类里把你刨除了。要说我是东西,他就更说你不是人,不够人数，甚至说你猪狗不如。好多人上过他的当，都说这老头太刁钻了。这是会给人挽套让你不得不钻的智者，所以他们老一发子的都不敢和他抬杠，他说什么别人就哼哼呀呀地说对对对，是是是，要说不对或不是，这就麻烦了，被他缠住了。他会诡辩术，一村里拿他没法儿。

他待见有文化的人，也觉得自己有点墨水。最让他骄傲的是，他的舅舅郑午申生前是清末的老秀才，写得一手好字，是晋县、赵县、藁城几县的名笔。他反复对我讲，舅舅从小练字，每天早起用笤帚蘸着清水在自己的砖墙上写，等他把一面墙写满了，家里的早饭也就做中了。郑午申吃了饭就下地，耕耩锄耪样样都会，不像袁家的四举人除了练武什么也不干什么也不会。大伯说着我就点头称是。他还告诉我，舅舅临死前拿着毛笔写遗嘱，把笔杆攥得很紧很紧，谁也拽不下来，他那功夫该是多深哪。我问什么叫名笔，他就说写什么字一笔一画都一样，不能一个大一个小、一个硬一个软，一出手就会是那个样，让谁一看就知道这是郑秀才的字。

有一天，盛德大伯说，你今天要不上学就到我家里来一下。我就到他家去了。大伯在西屋正等着我，见炕上有一个小桌，还放着笔墨和几张白纸，我就问让我干什么。他说你帮我写封信吧。我说这毛笔我可使不了，回去拿一根钢笔来再写。说着便跑回家，拿了新买的钢笔又跑回来。我们爷儿俩面对面坐到炕桌前，他变得十分慈祥，既没有队上批评不爱惜牲口的社员那种狠劲儿，也没有与人抬杠时那种咄咄逼人。我就按他的意思，想一句问他一句，他一点头我就往纸上写。一会儿就把一封信写完了。我说大伯你看看。他便摸出老花镜来戴上看，谦虚地说我识字比你爹多，可不如你识字多，这里头好几个字我还真不知道念什么。我就接过信纸从头至尾念了一遍。他一听笑了，你还真是个小秀才，把我想说的话都写上了。又说最后应该加上"夏祺"。我说写了此致敬礼还添夏祺吗，他说你这是洋词，我这是老词加不加都行。我就没再加上，解释说，你那亲戚肯定不懂什么叫夏祺，还不如此致敬礼通俗。他就点

了点头。我说写信要用信封,你家有吗。他说可不是,还没买。我就说俺家常给哥哥写信,我拿去,便跑去,到家一找也没有了,就又向娘要了一毛钱,去代销点买了一个信封、一张八分的邮票跑回来。一会儿把封信写好了,可贴邮票他没有糨糊,我说俺家有,今黑家给你贴上,明天去东里庄上学稍上吧。

大伯欢喜得张嘴大笑,你这孩子真懂事,邮票和信封多少钱,我给你。我说不用不用。他说你家人多太穷,接着从兜里掏出一张两毛的往我手里塞,我一躲就拿着信和邮票跑了。晚上,爹从牲口院换班吃饭回来,说盛德哥夸奖你了,又说他肚里道道多,识字也多,要不你们割草过秤往黑板上写都让他去吗?我说,俺爷俩抬不了杠,对他尊敬得很。过几天回了信,盛德大伯又找我去念了一遍,中间还有两个字不认识,他却戴着花镜认出来了,证明他还真有点文化水。

几年后,一个正月的夜晚,盛德大伯到我家来,拿着一轴字,神秘地打开说,这就是赵兰庄我舅舅郑午申最后写的一幅。我一看那是非常刚健的柳体字,可以说笔笔见真功,个个严谨、端正得难以形容。大伯说,这字我放着也没用,你上学练字就拿它当字帖吧。我听了很受感动,就说这东西应当给你钱。他说给什么钱,给了你有用,我怕这字被他们当烂纸撕了太可惜了的。于是我就一边说着谢谢,一边珍惜地把这幅书法又卷起来。然后让他卷一支烟抽。他卷烟技术比我爹强,手很快,我帮他点着就又说东说西的,又问我将来打算做什么,我说我也不知道,反正我爹愿意叫我念书,又说哥哥已经出去当兵转了业,我恐怕得在家里干活吧。大伯又问,你想找个什么样的对象?我说这更不知道,俺家人多,娘说只要人家肯寻咱,咱就没说的。大伯就笑着了,这事我给你盘算。可见那时他就有了给我介绍对象的心思。我很感谢这位月下老。

但我们婚后也没有请他喝壶喜酒。因为我们都在外面教书,没有举行婚礼,当时上级号召革命化婚礼,不许大操大办。又因为妻子大伯家的哥哥当着支书,正按外村经验推广革命化婚礼。要求订婚的五色礼是一部《毛选》、一个笔记本、一支钢笔、一个粪筐、一把铁锹。结婚不放炮不吹打，还不耽误劳动。他哥哥怕被村里人们搅缠，便一切从简。为这俺们村的乡亲们还有意见。但在一个星期天晚上盛德大伯主动来了，说看看马家庄的千金，看我介绍的对象怎么样？我们俩都说感谢你作红媒，你要活大年纪。他就从怀里掏出两个鸡蛋，说去给我炒了，俺们喝两盅。这时我才猛然想起结婚再简单也要请媒人。我娘不光炒了鸡蛋又加上了一个菜，我拿出了一瓶石家庄的红粮大曲。大伯说这可是好酒，比散酒好喝多了。

又是一天晚上，盛德大伯又来了，我赶紧给他张罗酒菜，他却不让，说现在医生不让我喝了，但他推辞不过还是喝了几盅。之后他问，我舅舅的字你还保存着吗？我说当然保存着，断不了拿出来欣赏一回。大伯就又很不好意思地说，你要不用了，我还拿回去吧。我一听就说这样好，真怕弄丢了不好向你交代，再说这也是你家的传家宝哇。大伯解释说，是赵兰庄舅舅的后人想用。这样就让他拿走了。之后别人说，你当时给他两块钱，他就不会再拿走了。我说他生活困难吗，人家说当时他为了买药缺钱，才想到那幅字的。原来如此。他不得不把这幅字卖掉了。

这是一个真心崇尚文化的长辈。我上初中时曾经去村北地里分山药，他在那里看着几趟枣树。树下很多落地枣，大伯却不说你吃几个吧。我也绝不为难他非要吃。因为他干什么都不知道充好人。多年后一次回家，得知盛德大伯没了。有人说，咱们少了一个抬杠的，少了一个念牙摘刺不好领导的。我一听，却觉得自己还欠着他的情。

走出宪兵队的人

富有哥高寿九十而终。他是一个很平常又很不平常的传奇人物。

他是我们全晋县唯一一个从日本宪兵队监牢里活着走出来的地下党人。

那是日本鬼子进行"五一大扫荡"的时候,形势极为残酷恶劣,好多在了党的又销声匿迹不敢活动了,有的远走高飞了。傻富有哥却逆流而上,就在了共产党。而且发誓,打不走日本鬼子,我就不活着了。这是日伪军在我们村烧死小坏、小补丁等人之后,他凭着一腔热血干起了披着脑袋的抗日活动。

他就奉命为八路军、游击队筹集各种物资,经常扔下地里的庄稼跑辛集、晋县、马于等地,赶大车或推木轮小洪车来回运东西,对外就说忙着跑买卖,顾不上家里的地。家里的地就主要由他弟弟贵长哥来打理了。贵长哥也被他感染秘密在了党,成为哥哥的后勤堡垒,哥哥又成为八路军、游击队的好后勤。

一天,富有哥从马于火车站地下党手里装了满满一小车东西,刚走出车站,就远远看见一伙敌人正迎面而来。他想躲,推着车子没法躲,不躲就必然被走来的敌人盘查,弄不好就露了馅。正在忐忑之时,鬼子的狼狗便扑了上来,冲着他和货车汪汪地叫。他心想跑不了了,这场遭遇没法避免了,我死不要紧,这车子紧缺物资是西山八路军急着要的,怎么办呀?

很快,日本鬼子和皇协军们来到了他面前。翻译官把狗赶到一边说:"滚开,你还想吃人呀,等问清了这家伙让你吃个饱!"这明显是吓唬人的。富有哥心里不由得更为紧张。日本人嘟噜嘟噜的审问通过翻译说出来:你叫什么名字,哪里人,干什么的,今天推这些东西去哪里?等等。

富有哥反而镇静了，他按事先编好的假话一一回答。

　　鬼子感到没有可问的了，就让人把车上的包装打开。一打开富有哥却真慌了。因为这里面装的是纸张、布匹和盐，都是违禁物。鬼子头便哇啦哇啦几句，翻译就说太君让你跟我们到县城走一趟。富有哥说，别说去县里就是去石门也不怕，便把货物包好捆好，推着车子跟着队伍向县城走去。

　　这中间，他多么想找机会逃命啊，特别是一个拐弯处，有一大片青纱帐，他知道这片高粱地很深，进去个人再找不容易，但他看看车子上的东西，这是组织上花了二十块大洋啊！就决定跟着他们到县城去，任他们审问吧，词儿也在肚里编好了。

　　这样富有哥就进了晋县日军宪兵队。那是站着进去躺着出来的鬼地方。那时只要一听说谁被抓进了宪兵队，人们就说，快给他准备后事吧。多少人进去之后永远没有出来，连个尸首也没有留下。传说日本鬼子挖中国人的心肝去下酒，有的还爱吃中国人的脑浆，残忍的难以形容。富有哥就进了他们的监牢，天天有人来审问他。他把车子上运的布匹、纸张和盐巴的来历与用途说得头头是道，天衣无缝，还大骂自己是一个该死的不法商人，为了多挣几个钱，才出来冒这个险。

　　有一天，他被带到鬼子军官面前受审。那军官一看富有哥是一只眼，样子很土气，感到他可能不是八路军，就问你多大了。富有哥就说，今年刚好三十八。鬼子又问，你娶媳妇了吗？富有哥说还没有。鬼子一听就笑了，为什么不讨个老婆？他回答说，年轻时家里穷讨不起，现在想发点财再成家。又问，你那只眼睛是怎么回事？富有哥便有些羞涩地说，别提了，那是在地里干活时不小心被高粱茬绊倒了，眼睛又被一个高粱茬扎瞎了。这时鬼子一拍桌子发了怒："胡说！你就是八路军，起码也是个区小队，你那只眼就是和我军作战时被打瞎的！"

　　富有哥便委屈地说，"太君，这就冤枉死我了，俺们村谁不知道是个模范村！我也是拥护'大东亚共荣圈'的，还给东里庄炮楼上送过不少货哩，要不你去炮楼上打听打听。"鬼子头仍然不相信地说："你的，瞎话瞎话的，要受惩罚！"

接着有人把他带到审讯室里，让他看看各种治人的刑具，他心里真发了毛，但他又装出若无其事的样子，摸摸这个，捅捅那个，说叫我用这个吧，叫我用那个吧，跟着的伪军却没有真给他上刑，只是抽了他几鞭子，就让他回去再考虑，老实交代。

实际上，背后有地下党一直在营救他。直到新中国成立后，他才知道那是后来的区领导在日伪军中来回斡旋，最后还是把他按商人保出来了。富有哥一出来，就继续进行边区紧缺物资的筹集，还往南边赵县、栾城等地跑腾过。

日本鬼子一走，有人就说，袁富有能够从宪兵队里活着出来，这是个奇迹，说不定出卖了谁才换了自己一条命。但有上级为富有哥做了铁证，肯定袁富有没有叛变，就驳回了这个意见。富有哥后来回忆说，要按他们对我的怀疑，我没死在宪兵队，也会被自己人整个半死的。

上级安排他当副村长，他就积极开展支援解放战争前线的工作，还是筹粮筹款，带着大车小辆去解放正定，又去参加解放石家庄的攻坚战，接着就参加村里的土改，土改完成后，他又当了村长。

这时人们说，富有啊，你该成个家了，四十好几再不成家就误你一辈子了。他说，我这独眼龙的样子，谁寻我呀？果不其然，好心的媒人给他说了一个又一个，大多数是死了丈夫或离异的小寡妇，却没有一个人愿意嫁给他。他就说，我兄弟的小子们多，以后我要一个过来养老不就得了。

但是，统购统销任务下来了，而且数量不小。富有哥就一家一户地做工作，讲城市工人要吃饭要穿衣，咱志愿军正在抗美援朝，还要解放台湾哩。道理是这样的，但农民们手中的粮棉毕竟也是有限的。他成为村里征购的老坚决，谁也不能少一斤一两。结果首先惹得袁家院的人们很有意见，其他街的人们就更别说了。

有一天，我们西门的一个闺女找上门去就开骂，富有哥不好意思出面，他兄弟贵长哥两口子又劝说不了，最后还是他亲自出来了。原因是，富有哥敛棉花时算错了数，多收了人家几斤。人家到邻家一问就知道了，这棉花是她准备出嫁做衣服的好棉花，她就不干了。爹娘阻拦不住，她就跑到我们东小街富有哥门前来叫骂。富有哥被骂了个狗血喷头，解释让闺女为国家多做贡献，闺女却坚决不肯，富有哥就说已经交到了区里，怎么着？就给你钱吧。这闺女说不要钱，就要那上等的好棉花，这可把富有哥难住了。多亏乡亲们劝说，富有哥从自己家里拿出钱来才打发人家走了。别人又说，富有你真傻，这是公家的事你拿个人的钱干什么？富有哥摇摇头回了家。

第二天，他就去找村支书要求辞职，支书挽留，他还是要辞。上面再派什么事情，说破天他也不管了。人们便说，凶恶的日本鬼子没把富有杀了，倒被袁家的一个妮子骂倒了。他是想，鬼子打跑了，土地平分了，革命成功了。老得罪乡亲们，叫人们指脊梁骨，不如歇了吧。于是就有人批评他是半截子个革命思想。

非常非常奇怪的是，在进入三年困难时期的第二年，从衡水来了一个中年女人，说要在这里找个主儿。好事的就领到富有哥家去了。富有哥看了看这女人，说不上丑，也说不上俊，倒是壮壮实实的。他询问了她的身世和家庭情况，知道是因为养活不起三个孩子私自出走的。富有哥就海量地说，给你几块钱，走吧，你是有夫之妇，我要和你成亲就都犯了新婚姻法。我都六十了，不娶媳妇了。

越是这样说，这女人越是不走。好像这里就是自己的家。她说着就为富有哥打扫屋子，捡柴做饭，俨然如家中老主妇一样熟练。晚上，这女人就住在富有哥这里了。第二天，人们就说富有哥或富有爷爷，你一个花甲了拣个好看媳妇，也不吹喇叭抬轿，也不让我们喝喜酒，这哪能行哩？富有哥苦笑了一下，说人家怪可怜的，我是让她在这里暂时待几天，人家还会回去的。大家又说你是犯傻，找上门来的媳妇还让人家走，连老天爷也不赞成。

这女人一直不走，见了大辈就叫爷爷奶奶或大伯大娘、叔叔婶娘。同辈大一点儿的就叫哥哥嫂嫂，对同辈小岁数的就说我是你嫂子，见了

小辈的就说我是你婶子、你奶奶。哈，迟来晚到的，她倒当起大辈来了。人们再和富有哥说这件婚事，他就嘿嘿一笑默认了，也不说违反新婚姻法了。在那种饥饿年代，这种不正常的情况也很正常。老人们说，这叫放鹰的，好景长不了。

果然过了几个月，这嫂子的丈夫终于辗转而来。那是一个供销社干部，长得比富有哥白净多了。但这嫂子却坚决不走，只说我省下了我的口粮，你好好待承那几个孩子吧。接着儿女们来了，这个叫娘回去吧，那个喊娘回去吧，然后是母子们好一场哭。富有哥一见这样，也劝她回去。可她还是不走，最后对儿女们说：命里该着我吃两眼井里的水，跟你爹的缘分到头了。这里地皮好，也给人们混熟了。过几年粮食不缺了，我就把户口起过来。

母子们终于挥泪而别，富有哥让他们带走了些粮食。

谁也更想不到，不到半年，这嫂子竟然怀上了，为富有哥生了个龙凤胎。富有哥这老光棍儿、绝户头一下子成了有儿有女的老爹。嫂子就捎信给衡水老家，几个孩子就过来看望亲娘和小弟小妹，两边更像一家人了。但他们衡水的几个只叫富有哥大伯，富有哥也满足得很，似乎自己一眨眼便有了五个儿女。多年后，富有哥已经患了佝偻病，腰弯到90度，一手拄着一根棍子，但他没有别的病，只是抗拒不了这种遗传。他要迁出去盖新房了，衡水的前窝孩子们就开着拖拉机来了，他们兄弟姐妹五个大干一场，一座新房呼啦一下子戳起来了。

人们都说，大难不死，必有后福，富有富有，老了什么都有。他很知足，在新家里忙碌着，又为儿子张罗娶亲，为女儿张罗婆家，一切都按他两口子的意愿顺利进行。当富有哥度过91岁生日后，不久就生病去世了。这时候有人说，看来一个眼的也会走好运，两只眼的也不一定有好命。老人们就说，要不是他一个眼，早让鬼子害巴死了。

保 林 兄 弟

　　西头姥爷家的后邻便是纪氏三兄,他们是长增、保林和四保。三个大汉们三条光棍。娶了媳妇的弟兄早已各分另住,他们仨就同吃同住同劳动长相厮守。姥爷姓王,他们叫叔叔,姥爷却让我叫他们舅舅。这是乡亲辈儿瞎胡论。

　　有人悄悄告诉我,这个院是光棍院、秃子院。光棍仨住在一起当然就是光棍院,为什么又叫秃子院?人家说,你还小不懂他们为嘛总好捂着脑袋。哦,我便注意到长增舅长年光着他的尖顶脑袋,从来不怕风吹雨淋寒天冻,铜头铁额一般。可那俩就大相反。一个是一年四季不摘白羊肚手巾,一个是春夏秋冬箍得严严实实还要夏天再捂上个草帽。原来他俩都是秃子,闺女寡妇谁也不会戴见的。要不就花钱去买,他们又谁也舍不得那血汗钱,就甘心打一辈子光棍了。

　　土地改革有了田地,老大长增已经三十好几,媳妇不好寻上了,就死了娶妻生子的心,一心一意种地,成为西头街里数得着的种地把式。他高高的个头走道是碎步却贼快,他的那头大叫驴跟在后面也不能慢走。天下种田人都爱惜牲口,就像战士爱枪又爱炮。姥爷说,一个头夫半个家业,他就一辈子苦于喂不起个牲口,一到春种秋收就到南头俺家去牵很老实的大草驴,也去后头借那不好驾驭的大叫驴,有时长增弟兄就帮着来干。姥爷姥姥感激便做上好饭食端过去,他们又感谢老两口儿为他们改善了一顿。一来二去两家关系就越来越好。

　　但是农村合作化运动来了,全村都得入社,长增就发了大愁。这头驴可是他有生以来第一爱呀!他舍得了房子舍得了地,就是舍不下这通情达理懂人性的驴,于是他任凭谁说破大天来也不入社。最后一看只剩

村中人物

209

下自家了，弟兄们也都愿意入了，他不得不伤心地把驴喂了个饱，抱着驴头亲了个够、嘱咐了个够，才悲壮地牵上大驴到村公所去。干部们一见这钉子户也来报名都热情地欢迎，长增却难分难舍地搂着大驴失声痛哭，抽抽噎噎地要求对驴要喂好喂饱还不许打骂，说它太懂事了。这一夜他还是起来三趟，可他的爱物不在了，于是又叹息着落泪，早起就去找饲养员问他的驴吃草不吃草，喝水没喝水。人家说也吃也喝放心吧，他还是有空就去看望，那驴一见他就啊啊地叫，他便不知不觉地潸然泪下，队长就让他多使他的驴，不久又安排他去当饲养员，一直把大驴伺候到老得走不动了。队长说杀了吃肉他还不干，只好背着他杀了分肉，他也坚决不吃，保林他们倒是说吃就吃了。

保林个子最高，也最爱和我说逗笑的话，是他们弟兄中的乐天派。他经常吃了黑家饭来姥爷家聊天。有一次我在，他为了逗我高兴就拿过姥爷的烟袋说使一下，又让我撕下一张作业纸来，不知他要做什么。一会儿他就说，你看墙上。我扭头一瞧，嗬，是一个戴草帽的老头在一下一下锄地！他问像不像你姥爷？我和姥爷姥姥瞅着影子都笑了，说像得很。我说，舅舅再弄一个好看的吧。他就放下烟袋和纸片将双手交叉起来，然后说你们看。我朝墙上一瞧，哈，是一个怪人的头像，还在动嘴挤古眼儿，我们就笑着拍起巴掌来。一会儿他又变出一个呱呱叫的小鸭子，变出一只汪汪叫的小狗，它学它们的声音很像很像，让我们大笑不止，流出了眼泪。回想起来那真是一场家庭小杂耍晚会。

保林舅舅也最健壮，一年四季他三季光着脚丫子。别人问你的脚不冷吗，他说没有媳妇就省了做鞋穿鞋，还节约布票哩。他走道一摇一晃不如他哥长增快，但是跑起来他就大步流星像飞一样了。有一次，他背上一杆鸟枪、领着一只狗去马家滩打猎，在草地里发现了一只兔子就放了一枪，但铁砂没把兔子打死反而惊得它一蹿就跑，再开枪来不及了。保林就上了疯劲，光着脚撒腿就追，那肯定是超百米速度。他追呀追呀，愣是把兔子累得再也跑不动了。他便上去一把抓起兔子来想把它摔死，可那秋肥的家伙早累死了。有人看见保林在提着鸟枪飞奔，后面是一只狗正在追他，就喊他傻跑嘛哩，他也不答话，后来见他枪上挑着兔子才明白了。保林边走边骂，这傻物件子真让老子费事，跑了二三里！说着抬起一只脚摘下几个老蒺藜。问他扎得疼不疼，他说咱是一脚茧子，铁脚丫子！从此传开了，铁脚秃保林追兔子比狗还快！

　　我知道保林舅舅喜欢我。有一天我去割草没有找上伴，在村西碰上他迎面走来。我叫了一声舅舅，他就说来来来，教你走连走冲。接着我俩就在路边各脱下一只鞋对面而坐。他捡根小棍划出四横四纵的一个方框说，咱走冲，你拿四个坷垃当子儿，我折小棍当子儿，都放在最跟前底边上，这子儿可横着走也可竖着走。如果你在一条印儿上有两个冲着我一个，就吃了我这个，吃完了我就输你就赢一局。他还让我先走，于是我们就走起来。一会儿我横吃他一个，一会儿竖吃他一个，很快就把他的子儿吃光了。他就笑着说你会了，咱三局两胜。接着开始了第二局，他就不慌不忙地把我打败了。第三局我非常精心地走子儿，博弈中我悟出了一些诀窍，但还是败在了他的手下。他还要走，我说舅舅你真行，我得割筐嫩草去，便匆匆而去。他在我身后说了一句，记住，下棋看三步，走冲走连都一样！我就扭头说，舅舅下回跟你学走连。学他走连，还是一个热天歇晌时在姥爷院里进行的，这比走冲难些也大致会了，后来我在伙伴们中间走冲走连就成了好手，赢多输少。

　　四保与他两个哥哥都不一样。他是一个慢腾腾，走道稳稳当当的，说话很有几分娘娘们们的。可他爱看书爱翻字典，知道我来姥姥家了就过来坐夜。有一回他在一张破纸上写了个"髟"字问我念什么。那时我在上三年级，看看这个字，左边像个繁体的长，右边是三撇，真不认识，就说这字老师还没教过。他就告诉我，这念标，就是形容妇女头发旺盛的样子，又说这是也被别人难了一下才记死了。我又羞愧又佩服他的好学精神，就说以后向舅舅学习。不长几天，我从《新华字典》上找到了"葳蕤"两个字，就想去试试四保舅舅能不能认识，要认识我就真佩服得伏

伏在地了。于是便写到纸上跑到他家去，一问他摇摇头说不认得。我就说这是刚从字典上查到的，念葳瑞，是草木茂盛的意思。他听了就在葳蕤下面写上了葳瑞俩字，说以后我有了不认识的就问你。我听了便不好意思起来，说舅舅你用着字典了我就给你。他却说干活的学不了几个字，学了也用不上，流露出几分伤感。我长大后偶然想起此事，便觉得自己太可笑了，在农民面前卖弄一下太小资了。后来一上高小就忙了，去西头少，见四保舅舅他们就更少了。

纪家三个舅舅，三种脾性、三样风采。他们与我们一样有着自己的爱好、兴趣和长项。

潇洒的三奶奶

我们东门的一股里有个三奶奶。她和振铎哥、振法哥、大堆哥几家都在五服之内。但她的房子却在我家西面,二伯的房后,振法家的房前。那是一个我记忆中就只有东西屋没有北房的院子,连院门也没有。由于我们的胡同严实,三奶奶家也没发生过被盗事件。后来,我发现东屋也拆了,院子更空旷,长着好些荒草。有人让三奶奶垒个院墙,三奶奶说有了院墙也没用,还不如这样更敞亮。

有人问三奶奶,你为什么不要个侄子孙子,以后为你打幡摔瓦呀?三奶奶笑着说,我就让我闺女打幡摔瓦。别人说那可不行,让人家笑话。三奶奶又不在乎地说,谁愿笑话谁笑话去,要了侄子孙子,没给人家留下什么财产不就坑了人家?还说咱村有一家就是闺女打幡摔瓦的。人们一想也是,现在男女平等了,自然就会冲破老族规了。

三奶奶年轻时是我们南头数一数二的漂亮人,老了之后眉眼还是那么秀气,整个脸盘那么圆润,尤其是她戴上过去那种老太太帽,额头上方正中还有一个闪着金光的东西,真像个电影上的地主婆儿。她早年丧夫,却为了抚养一个女儿小霞,就坚决不肯再嫁。当她女儿嫁走后,又有人来给她说,往前走一步吧,自己一个人怪孤单的。三奶奶却摇摇头,不走了,我就在这里守着他,做梦还经常梦见他哩。这个"他"就是指她的丈夫,我的一个堂爷爷。看来他们两口子一个在阳间,一个在阴间,一直是情深意笃的。

那个小霞姐嫁到北边南寺,经常带着儿子来看娘。记得有一次她又带着儿子来了,一看和我大小差不多,就在一块玩起玻璃球来,他还到我家玩了一会儿。娘说,你看人家霞的小子长得比你好看多了。我说,

那个姑姑和三奶奶都长得好看,这小弟弟也就长得更好看。我闻着三奶奶屋里有一阵阵香味扑来,这是我家很少有的气味。大概是为闺女和外甥烹炒煎炸吧。果然到午饭时,三奶奶就把外甥叫进屋,啪嚓,落下了门帘。我便没趣地回了家。

  就在这天吃黑家饭时,三奶奶来了,端着一个小盘子,盘子里也没有什么东西。放到我们饭桌上一看,原来是鱼刺和鱼头。她对娘说,这是我在锅上爆干了的,喂小猫太可惜,就让你家孩子们嚼了吧,嘎崩脆哩。娘就说,还是三奶奶想着俺们,又催我们都尝鱼刺。我伸手拿起一根鱼刺放到嘴里一嚼,还真是又香又脆,弟弟妹妹们也都说好吃,这样我们就像解了一顿多年没吃过鱼的馋。

  从此以后,三奶奶来我家勤了,尤其是吃午饭或吃晚饭的时候,她就会笑眯眯地来串门。历来好客的娘就把她让进屋,又让她吃饭。一开始她不吃,和娘说着家务事。后来就断不了吃一块山药或者喝一碗米汤、菜饭。那时候粮食紧缺,蔬菜还不算缺。为了节省粮食,我家就总是吃苦累,吃馅馅,也吃菜饼子。有一回二姐从地里回来,捋了一包榆钱,就蒸了一锅苦累。盛到碗里一尝,我们都说好吃好吃。这时三奶奶来了,接上我们的话茬儿问什么那么好吃。娘就赶紧给她盛了一碗。三奶奶笑着坐到炕沿上便吃起来,一边吃一边夸我二姐长得好看,做活儿又快又好,夸我娘儿女成群福气大。

  一来二去,三奶奶就成了我家的常客。霞姑姑和她儿子来了,她却仍然没有让我们吃过她家一口东西。

  她上街转悠时,长长的袖筒从来不露双手,那是在里头袖着点心、糖果或花生,嘴又总是轻轻地动着。有一回别人问,三奶奶在吃什么好的呀?她说噙着块冰糖。我听到了,心想三奶奶真会享福。别人死了男人受穷挨饿的,笑模样很少,她倒比儿女满堂的还滋润。她真会活。

  有一次,三奶奶又来吃蹭饭,娘还是不好意思不让让她。一让就上炕,还得给她端到跟前,就像我家的亲爷爷亲奶奶一样。我从心里就很不高兴，弟弟妹妹们也默默地吃着不说话。这次爹回来吃饭了，见三奶奶又在这里稳稳当当地吃着，就笑了笑说，俺家人多饭不好，你将就着点吧。三奶奶说挺好挺好，我家一人吃了全家饱，也不值得做这做那。她走后，爹叹了一口气说，这三婶子自己会享受，只是铁公鸡一毛不拔呀。我们听了就都说三奶奶光吃咱的，她的冰糖、点心从来不肯给俺们一点儿。爹就说，她老了，不要跟她计较，来了要饭的还给块饼子哩。

但三奶奶认为我家父母和孩子都厚道，好像也有些不知足。一次，她过来吃着我家的饼子说，这饼子里放点小米、黄豆就好吃了。娘就说，小米、黄豆那么缺，舍不得。爹也说，我家的饭食好不了，吃饱就不赖。二妹妹却冒出了一句话："俺家没有冰糖，也没有花生豆。"

这一说，三奶奶本来红扑扑的脸上一下子红透了，也不说话了。她吃完那个饼子，就搭讪了几句走了。但我再见到她时，她也没了原来那友好的亲昵的表情，好长一阵子也不往我家来了。爹娘就批评我们：以后大人说话你们不能插嘴，维个人不容易得罪人快。二姐就说，插一下嘴叫三奶奶知道她吃蹭饭，也应该。爹娘就再没说过什么。

这是我印象中最潇洒、最会活的守寡人。她早为自己盘算好了，最后入了五保户。临死前那老西屋也拆了，这空庄户便成了我们玩耍的好地方。

家乡的老寿星

我的家乡晋州大石家庄南街,都说是丰收老太太的地方。果不其然。刚才从电话上得知大堆哥老娘、我的大嬷张香娥今年已经104岁了。而且身板硬朗,能吃能睡,头脑清楚,谈笑风生的。这是晋州市寿星第一,石家庄市寿星之一。

我小时候,她家住在我们东小街的尽头上,北面和东面都与东头的人家紧挨着。大嬷一连生了五男一女,生活的压力曾经使她和大伯昼夜忙着做豆腐、养小猪,以换钱维持生计。记得一次晚饭后去找大堆、同起他们玩,见他们正在推豆腐磨,我也就帮助推了一会儿。见大嬷和大伯往磨眼里倒豆瓣,又往桶里接白白的豆浆。当时大嬷不过三十几岁。见我也推磨就高兴地说,你来了就是一个好帮手,一会儿等着吃老豆腐吧。我们推呀推呀,一直到把豆瓣都磨完了,大嬷就说,你们玩会儿去吧。我们这才跑出来,见街坊几个玩伴早就玩了半天,准备回家了。一见我们又来了,他们就又欢实起来,我们便玩了一回捉迷藏、撞拐。大堆哥个儿大力气大,把我们都打败了。大嬷家的豆腐每天做一回,第二天一早就由大伯推到街上甚至外村,敲着豆腐梆子去卖,还吆喝着,好豆腐!大嬷则在家收拾豆腐渣子,用它来喂那头老母猪。由于喂得好,这猪哪一窝都生十个以上的小猪,养一个月就可以去集上卖。而我家喂过一回老母猪,一次只生4个小猪。我爹就说,看看人家那时气,咱就是比不上。娘就说,咱哪有那么多豆腐渣呀。

大嬷也不是风平浪静地走到了今天。日本鬼子在的时候,她一听枪响就扯着大的抱着小的跑过多少回。后来平安了,解放了,老全大伯就突然肚子疼,难受得在地上打滚,做了一半的豆腐竟然废了。这样的事情反复了多少次。有人说，只要他家卖一窝猪发一回财，那大伯就可能闹一回要死要活的病。所以每逢有进大钱的喜事，大嬷就提心吊胆。她在神前也没有少上供祷告，但也不顶用。直到老全大伯去世，没有了这种担心。好在儿女们都孝顺，但她坚持自己起火做饭，独住一室。

又一年，她唯一的女儿小宽姐突然去世，扔下了几个孩子。这白发人哭黑发人是人生之大不幸，大嬷也能够承受。她非要去南寺再看闺女一眼，儿子们都劝她别去了，但她坚持要去，还真的去了，哭几声闺女也没背过气去。回来她解释说，这是闺女的命，该着的。可她长期思念丈夫和女儿，为外甥们如何生存担忧。

这年，小儿子同顺做气焊，不小心发生了一次爆炸，同顺一时浑身是血，不省人事，大堆哥他们赶紧把血人送往医院。家中的大嬷该是怎样的担心哪！同顺没有死，只是落下了一些伤疤。大嬷便再不让他干这个危险活了。

有人说，人要长寿，就不能发愁。发一次愁就少活 0.05 秒。这有些道理，但不一定是真理。因为从革命战争中过来的高寿老人包括将帅们，他们经历了多少九死一生，有的就是从死人堆里爬出来的。但他们的寿命还那么长，吕正操竟寿至 106 岁。

大嬷好好地活到了 104 岁，在她百岁寿诞之日，五个儿子举行了一个祝寿仪式，电视台记者还前去采访。播出之后，在晋州、辛集、藁城等地产生了广泛的影响。老太太说，这回我可光荣了，可也该回去了，要不总累着孩子们。大堆哥他们弟兄和儿媳们都说，娘，你还要好好活着，不好好活着就对不起这会儿的好日子了。大嬷便咯咯笑了说，听天由命吧。

这个长寿奇迹的形成也没有什么特殊的诀窍。香娥大嬷从小体质好，心理承受能力极强。多大的困难、多少不幸她都能够自我排遣。在村中，谁都没见过大嬷泪涟涟的或愁眉不展的样子，一直是笑容满面的。她是笑对人生，笑对磨难。大嬷像一只不知愁的鸟儿，无论在家里还是街上

都能听到她谈笑风生，话语朗朗。

也因为她多年来一直是粗茶淡饭，吃个鸡蛋就是享受了。大堆哥和新长兄弟在电话上告诉我，俺娘常吃的就是玉米饼子、白面卷子、山药、红白萝卜、大白菜、甜疙瘩等，爱吃有米有菜的稀粥，用盐也不多，煎炒烹炸很少。这就是古人所说的基本吃素。在她100岁以前，一直是她自己做饭，自己洗衣服，还给儿孙们帮忙。后来轮流赡养，不再自己做饭了，但她也闲不住，总愿意找点事干。这便是她的运动量天天有。

人无百年久，常怀千岁忧。而香娥大嬷是五世同堂的祖宗，在和谐安闲的环境中过着每一天。一个个比她小的妯娌们、姐妹们、兄弟们先后离开了，但她一直是健康的，成为我家乡一个大寿星。全村全乡全晋州市都为她的长寿而骄傲，且为她祝福。

一切经历过磨难的人们，都过好自己的暮年吧。

见2016年11月12日《石家庄日报》第7版

傻 母 狗

傻母狗是西头王家人，但他和我姥爷也不是一个王家。我们村五个王家，来历各不相同。母狗家最富裕。他爹怕他不成人，就叫他母狗儿。

据说他小时候，长得天庭饱满，地阁方圆，一个相面的从村中路过，见他爹抱着母狗，就停下来说："你这孩子将来了不得，说不定要做一帝哩。"相面的又把孩子的尊贵处夸了一通，便扬长而去。从此爹娘和奶奶就拿母狗当掌上明珠，万分呵护。谁知不久，他娘一病不起，说死就死了。咽气前还说，要好好让咱母狗念书。他爹记下了。可不到一年，他爹就给他娶了后娘，母狗就去跟着奶奶。奶奶按相面人和儿媳说的，要让他好好念书，还给他起个雅名叫狗群。不想他越长越胖，越长越傻，别说念书了，连走路都和别人不一样。那时候流行的民谣是：戴手表的挽胳膊，穿皮鞋的高抬脚，骑车子的摇铃铛，安金牙的自来笑。别人七八岁就满街疯跑，母狗却是穿布鞋的高抬脚。有人说他是平板足，一跑脚就疼。

他坚决不上学了，下地干活又太小，就常去地里割筐草交到队上挣几个工分。

后来母狗就成为我们村的孩子头儿。他用一根比较直溜的柳棍做成了一杆长枪，其实也只是一个玩具而已。可他在枪脖上拴了一条红布，乍一看还像杆枪。我们见了都有几分畏惧。记得最热闹的一次是，与西里庄的孩子们打群架。

那是一个星期天的下午，我们南头一群孩子去村南割草，母狗也背着筐拿着他的长枪在地里转悠。两村的地只隔着一条小道、小河沟，两村人在地里干活都互相给根烟抽，但孩子们却合不拢。正巧这天西里庄

一群孩子来他们村北割草。我们一个小哥哥就故意大声讲小村人的故事。是说咱村南边有个牛眼大的小村,小得不能再小了,一个卖韭菜的从他们南口进去,张口就喊"卖——韭——",还没喊完就发现已经出了北口到了咱村地界。"菜"字喊出来,咱村人们都听到了,马上有人来买。他身后也有一个娘们喊,卖韭菜的回来,我买二斤!卖菜的就扭头说了一句:"牛眼大的小村,不值得回去。"就到咱大村卖来了。

讲完后大家都笑起来。小哥哥又问,你们说说,这小村叫什么村?我们就一齐大喊:"西——里——庄……"这一喊,把西里庄的孩子们激怒了,竟然有人榴过一个坷垃来,差点没砸在母狗身上。

母狗就火了,说小村的野种们敢给咱们挑战,简直是望娘台上打能能——不知死的鬼!接着招呼我们,敌人进攻了,抄手榴弹,还击他们。那时我们少不更事,喜欢热闹打斗,便纷纷弯腰捡坷垃向对方榴去。西里庄的孩子们比我们多,对我们奋力还击。虽然谁也没有打住谁,却成了一场混战。母狗就派我们一个人赶紧回去搬兵。一会儿援兵来了,母狗就举起长枪指着对方大喊:"吹冲锋号,冲啊——!"我们便向对方冲去,还有的学着电影里面的冲锋号声,滴滴哒滴滴哒……大家争先恐后地向前狂奔。这样西里庄的孩子们就怕了,他们便且战且退,跟头踉跄地往回跑。我们追穷寇一般越过那条小路和小河,进入了他们的苜蓿地。

这时竟然有个小家伙冲着我们跑来,我们上去就把他围住,大喊缴枪不杀。这孩子一见被包围了,吓得哭起来。母狗却大抖威风,用木枪指着他问,叫什么名字,多大了,你爹叫什么,你娘叫什么,又问刚才挑事的第一个坷垃是不是你榴过来的。那孩子也不过八九岁,哭着说,我从来不会打架,只扔了几个小坷垃,也没有砸着你们。母狗又问,那你为嘛又跑回来?小孩说,我的镰刀还在小河上,不拿怎么割草呀?原来如此,他不得不自投罗网,甘心回来当俘虏。这时我们早有人把他的小镰拿过来。母狗却不依不饶,就下命令:"把这个小俘虏押回去仔细审问,为什么小村的不怕大村的,叫他坦白从宽,抗拒从严!"真是煞有介事。那孩子哭得更厉害,就一再说饶了我吧,饶了我吧,下回再也不敢了。几个小哥哥便说情,母狗才很不情愿地说,那就便宜他这一回吧。我们就让这小家伙跑走了,然后就在他背后大声欢呼胜利。第二天、第三天,母狗都去村南转转,看有没有他心目中的侵略者。

很快,各生产队都办起了食堂,母狗和奶奶算一户。他每顿饭都愿意自己去打,可以一路走一路吃,到家就把好吃的黄饼子消灭了,有时只给他奶奶剩下半个。他奶奶就说,狗群呀狗群,你在地里多割点草,饭还是我去打吧。母狗也明白,自己多吃多占了,让奶奶饿着也不落忍,从这儿就让奶奶去打饭。但他说不定什么时候才回来,他奶奶怕饭凉了就遥街地喊:"狗群,狗群——吃饭来呀……"有时喊破嗓子也找不到他。因为他经常趁着中午、傍晚地里人少偷黄瓜、茄子吃个半饱。

后来大食堂一散,狗群就还和奶奶一个锅里吃饭。一天,奶奶说咱去碾子上轧山药干吧。他就跟着去了。那时都是人推碾子,队上不会给你派牲口来的。他推了一会儿就喊累,奶奶就说那你歇歇,我回去取个笤帚,说着就走了。狗群早被山药干馋坏了,奶奶一走他就抓起一把来往嘴里送,后来干脆左一把右一把装满了两个衣兜,便一颠一颠地走了。等奶奶回来一看,山药干少了,几只公鸡母鸡啬得正欢。奶奶就一面轰鸡,一面喊狗群。喊也不应,只好自己踮着小脚推。多亏有好心人路过帮了忙,要不天黑了她也推不完的。

长大了的母狗当然要去队里做活挣工分的。突然有一天他失踪了,一家人就四处打听到处找,所有的亲戚都找遍了也没有他的影子。他爹就说,让这该死的上阴间里做一帝去吧。

一年后,人们才发现母狗在东面三十里的辛集镇一个饭馆里,给人家担水扫地抹桌子。这下子人们才知道了他的下落。原来他没有死。有人赶集顺便劝他回去,他不肯,还说,我在家里吃的是什么?在这里吃的是什么?那人问,你能吃什么山珍海味?他就得意地说,我吃的是荤素炒饼,有时候还能喝两盅,谁来吃饭都给我剩下点儿,这是神仙的日子,

不回去了。

不久又有人在辛集街上见母狗担水,总是把脚抬得很高很高,却走不出路来,前后两桶水也摇晃着直往外溅。他见了乡亲还很客气,上咱的店里来喝碗茶吧。这人就去了,见母狗把桌上的剩饭剩菜倒在一起就大嘴马爬地吃,把酒瓶酒盅里的剩头仰头喝下,又礼让乡亲喝不喝,乡亲忙说不喝。母狗还知足地说,这里的泔水比我奶奶的饭也强,我一天能吃五六顿饭,总是饱饱的。那么他晚上住在哪呢。先是让他在店堂里,堂主嫌他脏,又打呼噜,就把他赶到门外去。要是下雪刮风他就满街去跑,这样就冻不死,还照样胖胖的,乐呵呵的。店主说,你村的母狗不偷不盗不找娘们,还特别听说听道的,黑家还在门口站岗,是条忠实的狗哇!

他奶奶和父亲知道他是这样混饭吃,也就很放心了。

傻母狗不傻,从"瓜菜代"时就出来当了盲流,省下粮来让奶奶度过了那场饥荒。他偶然回去看看奶奶就又出走了,而且嘴也学俏了。有一年,我从晋县下火车出了站,看见路东有个理发馆,就想去理一理。不料刚进去坐下,就见母狗艰难地上着台阶来了。他一见我就赶忙叫叔叔。我就问,你不在辛集跑到晋县来干什么?他说辛集人不济,晋县人比他们好,还给了我个住处。我问他还担水扫地吗,他说这是我的老本行,别人不吃的我都吃,这叫剩的不剩,废物利用,为国家节约粮食不少哩。我说当然了,还给你家节约了多少年多少千斤,是个大功臣。然后就劝他,回家吧,别在外头晃荡了,落叶归根才好。他摇了摇头,又问叔叔你推头吗。我说是,今天咱俩都推我结账。他就咧嘴笑着坐下了。

由于前面有几个人,我们得等着,母狗就在椅子上睡着了,还轻轻地打着呼噜。我看他那长长的头发,歪着头沉睡的样子就想笑,又觉得他那么可怜。轮到我了,我就让母狗先去理。那女理发员一摸他的头就呀了一声,说这脑袋上的泥有两铜钱厚,推子推不动。母狗就说阿姨原谅原谅,将就着短一截就行了。理发员便嘟嘟囔囔地推着,好像在数落他不讲卫生。我心想他要会讲卫生,世界上就都是卫生模范了。推完了,问还洗一下不。母狗就说我自己回去拿凉水冲冲就行了，又向我一点头，谢谢叔叔！便一颠一颠地下台阶走了。理发员给我推时就问，这是你的老侄子吧，我说我们根本不是一姓，他比我大六七岁，在外面闯荡多了嘴也俏了，按乡亲辈我应该叫他叔叔才对。理发员笑了，说他没钱就没了辈分，甘心当侄子了。

  由母狗我想到了好多人，包括名家笔下的那些人，他们就是这样子的。他们不觉得可怜又该可怜，可怜他又不让你可怜。

白 马 王 子

我想起了村中的老老少少,也想起了我们袁家院里的老大哥白马。白马哥长相不错,眼睛明亮,张嘴说话却秃舌蛋丢的。他把"吃"说成"乞",把"走"说成"肘",把"盆子"说成"陪之",把"门子"说成"梅之",把"参军"说成"chān juēi"。人们时常给他逗闹,白马,你嘴别着点,说说盆子门子针、中国人民解放军,说准了请你喝一壶。白马不说,或使劲说仍然纠正不过来,却憋得脖子脸通红,于是就一阵哄堂大笑了之。这成了五队上工开会前的常演节目。他本性爱热闹也不在乎。

白马哥的口音也有别人做不到的优点,那就是半个世纪来坚持不懈地把冀中一带传统的舌尖音"就"说成普通话的"就",把"小""笑"发成普通话的"小"和"笑",人们明褒暗贬地笑他撇京腔的水平比咱们都高,生下来就会。白马哥听了便眯起眼来嘿嘿一笑,你们也一样,从小吃奶就会,拉屎尿尿就会。别人便顺着他的话茬儿又发嘎地问,你还会什么?他一时不知怎么回答,就有一个或几个,学他说秃舌头话,说他会骑日本的洋车子,会找娘们,就是不会做买卖,对吧?这下白马哥就半沉下脸来了,哼,一家一姓的打人别打脸,你小子长点本事就找去,干吗还光棍一条童子体呢?有时,他也会小声地神秘地回敬揭短的:你想学学呀?不叫人家大棒子赶出来才怪哩……于是窃笑着走去。

白马老哥年已半百,辈儿小个儿不高,身架也单薄,在五队社员中倒是最最听支派的。年年开春前选队长,年年没有选他,可在讨论提名时总会有人喊,选白马吧!于是引起一阵嬉笑。白马哥听了就秃着舌头说,甭涮我老头子了,选了我叫你们喝西北风去!

然而白马哥还真不是无名之辈。他是满街腿,到处都有他让人喜欢让人烦的脚印。他更是满天飞，三里五乡他哪没去过？所以他在周围各村知名度很高，村支书、老族长都没他的维面宽、朋友多。他是天生的民间外交家，交往女人最最拿手，明媒正娶的媳妇也比别人多。人们背地里都叫他落道梆子。地方口音"落"念lào，字典上标着呢。

　　说来白马哥有个好爹，能买能卖能挣钱，白马哥从小经济基础就雄厚。他属马长得又白净，就叫他白马了。他要星星爹娘不给月亮，就没患过营养不良症。他和哥哥甜水里泡甜水里长，四邻八舍的孩子却是苦根上生苦水里泡，谁也没法跟他们比。他哥哥能吃能睡发展得像胖墩儿，不受爹爱戴。小白马娇生惯养只落下了个秃舌蛋丢，模样却越长越清秀，十五六就已经出落得人见人夸、人见人爱了。他成了爹的宠物，去哪儿赴宴都带上他，单等着人家来夸他有个好儿子呢。这样，富家公子哥儿小白马就被历史地塑造成了百里挑一、好吃懒做的白马王子。

　　他年方二八就娶了头一任贤妻，却还未曾下过田。二十岁了也没捅过锄头镰刀，家有长工短工没人让他去春种秋收。他饭来张口衣来伸手，是一个地地道道的无冕自在王！白马上穿绸绲下穿洋布，自然装备得更为风流倜傥。他也天生是个尖屁股主儿，家里待不住，天天骑着僧帽车子在大街上出溜出溜兜风谝样儿。一会儿出溜到集上，一会儿出溜到亲戚家，一会儿出溜到朋友那里。他是前村后村第一个骑自行车的小白脸，这让多少土里刨食的老少爷们羡慕不已，自叹人比人气死人，更惹得多少女人爱慕得犯了相思病。

　　他也是这山看着那山高，觉得哪个女子都比自己的媳妇好看，就眠花宿柳常不归了。有的自愿来给他当老二他却不肯，是怕老爹老娘反对。可是野了性花了心的白马回家打媳妇，也成了他的主要事项，打得原先新郎新娘那种恩恩爱爱烟消云散了。

　　有个村里的人们商量，再扫见白马来串门子就打出去。可谁肯犯傻去当捉奸的呀，这不把暗事弄明了吗？老族长和主儿家会把脸丢尽的？嗨，咱自己的痒痒还抓不清管这闲事干吗？于是不了了之。还有个村里

对白马也挺讨厌，可又考虑可能是这家女人勾引了白马，白马给她铜钱洋钱少不了，要不她丈夫的病使嘛治哩，她也青春年少熬渴得慌吧？看在人家仨孩子的面上别没事找事，闹不好弄出条人命来就麻烦了。这样，他们也就如猫头鹰睁一只眼闭一只眼。但也有好事者编派他："白马忙，白马忙，天天都要入洞房。白马忙，白马忙，村村都有丈母娘。"要说古代的高衙内、杨衙内也不过如此吧。

　　其实白马爹一死这个家就日薄西山了，弟兄俩一分家就更平不塌塌风光不再了。白马媳妇死了，他哪能耐得了二茬光棍苦，很快又把第二任贤妻娶进门，也觉得应该老老实实过日子了。他不想干活也学着干，不会做买卖也学着做。一回他耷了一车子大葱去串乡叫卖，人们一见是白马就来发嘎，几个娘们汉们七嘴八舌地嚷嚷，俺村买葱都是葱白葱叶分开，谁愿买嘛就买嘛，不要整根的。白马便信以为真借来菜刀剁大葱，还让围观的帮忙绑成一把一把的。再怎么卖呀？有的说俩钱仨吧，有的说仨钱俩吧，这王子白马会花钱不会算账，被嘎古人们弄蒙了。他就把手一扬，就俩钱仨吧！人们便三下五除二地把葱白抢了个光，有给钱的也有没给的，剩下半车葱叶谁也不要了。这可让白马傻了眼，只好一个铜子仨地贱处理了。到家媳妇帮着一算赔了一半还多。白马竟然发起性子来，都是你姑姑家的人们使的坏！倒把媳妇说了个没嘴葫芦。他做买卖是大闺女上轿头一回也是最后一回，就撂了挑子。白马想起那些相好的便反了油，便骑上破僧帽出去瞎逛了。

　　但白马比他哥哥孝顺。在我割草拾柴路过他哥哥的门口时，多次听到他娘喊，富锁，富锁，给我口水喝！白马不在这个院听不见，富锁下地去了更听不见。富锁赶集买一串炸麻糖边走边说，这是给我娘买的，这是给我娘买的。到家却挂在房梁上，让他娘干看着够不着。白马是正相反，做了好的买了吃的先给老娘拿去，从不打幌子。后来队上成立了大食堂，白马打饭回走碰上哪个孩子哭，他就拿出个饼子给人家吃。那可是连鸟儿蚂蚱都吃不饱的年头哇！有一天他去赶集，五块钱买了一块熟山药还没舍得吃,旁边一个饿极了的大汉们就抢过去咬了一口,然后双手捧着还给他说,白马爷爷,别嫌我无礼,我三天没吃东西了,人穷志短,马瘦毛长,丢人哪!我有十块钱舍不得花,给你又说给你磕个头谢恩吧。白马就把山药塞回去说,都给你了,我还有五块再买去。那人真在他身后跪下了。白马贪色不贪财,吃亏忍让人。

都说,白马生性大道,等他闺女一娶走就光棍一个了。其实没有,"瓜菜代"时女人出来放鹰儿,在白马炕上混一阵子就飞去的谁也没数着,他家是个无名的驿站,房老人旧也招人。那一年,有人捎信也是抻皮条说,白马,你要了赵庄的瞎娘们吧,好赖有个伴儿,别老冷屋子冷炕的。白马就把瞎女人接到了家。这女人是和老伴吵了一架就要走,老伴说你愿回来就回来,咱还埋在一个坟里。老婆儿说不回来了。

她跟白马一起过着过着,发现这人还不如原先赵老头,就时不时地发点小脾气。白马原本以为,大冬天铺得厚盖得厚不如肉挨着肉,想抱团取个暖得了,没想到这娘们挑吃捡喝的难伺候就有点烦。这样俩人就口角不断了。白马下定决心打发了她。

一天傍晚白马说,去医院给你看看眼,就把她架上了老牛车,拉到公社门边便让她下来。白马说,你在这等会儿,我去拴好牛去。他就窃窃地笑着赶车回家了。那瞎老婆信以为真就等啊等啊,实在冻得呛不了了,就扯开嗓子喊,白马,白马,白——马!喊得公社书记出来了。一问是这么回事,就骂一声老白马你这落道梆子,便让人把瞎子送回赵庄。理由是你和老赵是合法夫妻,与白马是非法同居,下一步还要开会批判你们。这样一说瞎婆子怕了,只好回赵家去。老赵说,知道你会回家来的。

从此白马就拆卖了房子当了五保户,迁到我家胡同三奶奶的空庄基上。队上为他盖了一间小屋,派榔槌叔把他侍候到死的。这俩人都爱逗个乐子,白马哥就多活了几天。他很知足地走了。

狗插的故事

在我们南头路西大江道里，住着白马、忠民、大偏、发发几家，还住着一个狗插。

狗插他爹叫胡臣，我们辈分大年龄小的就叫他老胡臣。老胡臣眉不浓眼睛大、脸盘大声嗓大，那是我曾经很羡慕的男高音。他吼一声的洪亮度，和东头村支委、学校教委周老召敲着大锣喊开会呀的嗓门不相上下。胡臣在南头大街上吆喝跑了鸡跑了猪，保险一道街都能听见，要站到房上去骂一声鸡就能震动半个村子。红白喜事上经常有他高声指挥或及时传递信息。比如谁家办丧事时，他站在大门口敲鼓。来一拨儿吊孝的就咚一声敲响，再高喊一声，院内灵棚两边的孝子和屋里灵床前守灵的女人们就听见了。而他老伴沿街喊狗插吃饭来呀，在老娘们中间算好嗓子，但比起老胡臣来就逊色多了，干巴又发沙，但她遥世界喊儿子是很能坚持经常的。这都怨狗插一见饭没做熟，就跑出去串门或去自留地里了。狗插听见了，还会很厌烦地吆喝他娘，喊什么喊，花子叫街呀？

狗插的个头儿比他爹高，可长相远不如他爹，头发厚囊囊的，脑门太窄，俩眼像他娘眯眯觑觑地睁不开。特别是那红眼病烂眼边，半辈子了没肯离开过他，中医西医都是给他开点眼药说，愿点就点不点也死不了，离心远着哩。北京医学院来下乡的学生们就住在他大江道的大偏家，看了看也说这成老病灶了难治好。后来他就瞎子发眼豁出去了，干脆不再烦劳大夫，何况他的眼睛还没真瞎。可有人就渐渐地叫他瞎狗插了。狗插的嗓子在他家也是最差的，哑巴喱加沙音，但很像他爹底气十足。

他是南头五队上大小场合说话最多的一个。他不识几个字却爱讲古，田间地头歇番常讲商纣王妲己女挖了比干丞相的心，比干就被姜太公封成了财神，没心了就最公平。讲朱洪武从小放牛发嘎还要孩子们尊他坐朝廷，讲康熙去五台山找爹见了也不认识。讲得最多的还是袁家历史，对四举人和袁四胡子佩服有加。

自己也讲自己有功夫。一次他讲，能用嘴叼起一筲水来，还滴水不掉。一伙子年轻人听了就起哄要他当场表演。他就说不信咱打个赌。打赌就打赌！输什么赢什么？一盒好烟！于是就有人提了一桶水来，说这铁桶比老木筲轻，就叼它吧。狗插一看还很不高兴，咱干吗落个草鸡毛叼轻的？人们还得央求他老筲不好找了，将就着吧。他就像硬气功师傅上场前先紧了紧腰带，再眯着两眼拧着脖子巡视大家一番，意思是你们看我的吧，便岔开双腿弯下腰身，张开大嘴去叼水桶。那桶水连桶不下四十斤。我爹让我学担水时说这上秤称过的。狗插把桶沿叼住了，憋得满脸通红青筋暴起，大家就喊，使劲，使劲！可他根本叼不起来，只让水桶晃了一下，溅出了几朵水花。然后他往起一站，这铁桶太薄叼不成，去找木筲去！人们就说木头筲多年不使好漏水，你这是没真本事要短哩，算你输了！狗插就坚持说你们找的铁家当不好使，算你们输，快快买好烟去……一场嘴官司没输没赢。狗插就还强调，我十八岁上就练出来的本事，铁嘴钢牙！大伙儿便说，你瞎眯糊眼地瞎吹吧。

不过，狗插还想再露一手。他说，过去闹义和拳能练出刀枪不入的功夫，半点不假。人们就问你有没有这两下子，他把脑袋一扑棱说当然有了。一个最最讨厌五吹六拉的说，那好，拿刀来！另一个就打拨拦，可了不得！你要杀了人就得偿命，死不了你也得拿医疗费，你家一把手肯吗？一听揭穿他惧内的短都笑起来。这人也不恼，就去枣树棵上掰下一个半寸多的大葛针来，拿到狗插面前说，咱就使它试试刀枪入不入吧。狗插满不在乎地一挺脖子说，嗨，这才是个小葛针，你试吧，于是就把褂子一脱蹲下来。那人就朝他脊梁上扎去，问他疼不疼，他说不疼，跟蚂蚁尖的一样。这就又往深里扎，一个血珠便津了出来。疼不疼？不疼。再扎就把整个葛针全扎进肉里了，可狗插还是说不疼不疼，脖子上却出了汗。人们就嘲笑地念，刀枪不入的瞎狗插，不肯说疼来咱就扎！

狗插充惯了光棍硬汉，但他没想到二茬子光棍。他本来也和一发的小伙儿一样到年头就娶了媳妇，还生下了一个小小子。媳妇原本看不上狗插的愣头青性格，烦他眼中没人，有了儿子就有了共同语言，什么脾性也就好将就了。狗插有了人生的新希冀，就更爱贤惠的媳妇，更爱自己的儿子。每天下地出门要亲亲媳妇，还要抱抱亲亲孩子，回来就又接上儿子逗着玩儿。他总好抱着孩子上街串门，走着叫着还左抖搂右颠达，逗得孩子不断地咯咯笑。

他向人谝摆，看咱这小子像不像我？人家就说像，一个模子里磕出来的。看这小家伙以后有没有点才略？有，你是个本事山，他就是本事海哩！狗插一听就咧着大嘴笑起来，哈哈，我的小子做了官，看他们谁还敢瞧不起咱？他就哼起了小调："正月里生来二月里长，三月里就去上学堂。四月里会念百家姓，五月里能背千字文，六月里会把四书念……腊月里就中了状元郎……"

狗插也是被好儿子好日子冲破了头脑，他状元爹的美梦做得并不长。一天又抱着孩子上街玩，见别人逗孩子扔高儿，也就学着扔儿子。一扔一接，孩子就笑得嘎嘎响，又一扔一接，一扔一接，看人家扔得高他扔得更高，有意无意地形成了扔高比赛。但他最后扔上孩子去，却不知为何迟疑了一下没接住，啪嚓一下子，狂笑着的孩子摔下来，只疼痛地喳——了半声就不动了。狗插也被这意外万分的场面吓傻了，抱起孩子使劲地喊啊摇晃啊，简直疯了一般，好小子啊，你睁开眼，爹是给你闹着玩儿的呀……又喊，都怨爹失了手哇……他最亲爱的胖小子不再给他笑了，命根子断了。出来时活蹦乱跳哏哏笑，抱回去时是死尸了，这是一家子万万没有料到的。媳妇抱住亲骨肉就哭得死去活来，老娘哭着把狗插骂了个眼蓝，邻家壁舍的也来陪哭陪骂又反复劝说，这是个讨债鬼短命鬼，该走就走去吧，别老为他哭了。又说孩子是块肉，没有了还揍，再多携几个状元探花来！

但是，媳妇忧伤地走了，到娘家再也没有回来。狗插一再去叫也死活不肯，只说散了吧，各走各的道吧。于是美满快活中的狗插成了光棍儿。他这半路的光棍一打就是一辈子。他眼色不济就背这丧子离婚的兴。狗插便又嫉妒后邻白马艳福不浅，来回娶妻招蜂引蝶的，骂白马这花花太岁给他八辈祖宗丢够了人。

狗插像旱天的庄稼蔫了一阵子就慢慢恢复了常态。他仍然喜欢逗小孩儿，嘴里还念，小小子儿，坐门墩儿，啼啼哭哭要媳妇儿。或者念说胡话，话说胡，荞麦地里榜两锄，一榜榜到枣树上，掉下葡萄两嘟噜……

一天傍晚我从东里庄放学往回走，听见狗插在前头扛着大锄边走边唱："三月里来三月三，摘下蟠桃送上天。人家有妻盼长寿，光棍我没妻活得不耐烦……"他越唱嗓门越高，"六月里来六月六，三伏热天挂锄钩。人家有妻的把鞋做，我狗插子没妻就骂蒺藜……"我听他唱得很是动情，不由得就赶了上去。他听到后面有脚步声就猛一扭头，停住了。我就说，插子，你唱得真好听，还唱吧。他却说，你想学呀，也想打光棍儿？我说不是不是。他就告诉我，这是老年的苦歌，不时兴了，你这上学念书的别学别听了。我便紧走两步甩下了他，不过一会儿就又听他哼唱起来。

狗插早死了多年了。有一次我回乡探亲说起狗插来，一个堂哥就说，狗插子瞎不瞎的心高，要是他不瞎，再有几个大小子，咱村里就是咱半个晋州也放不下他的。可是在我心里，他是条最讲自尊的汉子。

长辫子小榆林

要说清朝的遗老遗少，在老家连我爹我娘都是那时的过来人，多了去了，全村真正够格的恐怕就属袁家的木匠小榆林了。他的长头发一辈子没有剪过，能够拖地一尺。女人们都说他一辈子也没洗过，也说男人该是五尺高的汉子，他却不过四尺半，那大辫子倒有五尺半。小榆林平常总是把辫子一圈圈地盘在头上，秋冬春又总是蒙一块灰不溜秋的白毛巾，人们看不见，到烈日炎炎的盛夏就不得不亮他大长辫的相了。他就显得很惹眼，是大羊群里的小骆驼，时不时地被人行个注目礼。有外村路过的就问，这人不嫌热嫌麻烦吗？

小榆林不怕人看人议论。他有超常的坚不可摧的理由，有深深地刻在脑海里的信念：血肉毛发都是天生的，爹娘给的，头发胡子愿怎么长就怎么长，除了前额都不能乱剪乱剃，一剪一剃就是遭罪。再就是，我生是大清朝的人，死是大清朝的鬼，你们不是了我还是。可他又达不到古代伯夷、叔齐不食周粟甘心饿死的境界，不但要吃民国的饭，还要吃中华人民共和国的粮，是好死不如赖活着，也是为了养活他那一头长发能够带到棺材里去。他的心牢牢地留在了大清国。

他很不赞成孙中山。因为孙中山推翻了大清还不算，又让女人们解了裹脚满世界跑，又让汉们家剪辫子。要不俺好一会儿的媳妇娶了一个又一个都跑了，小脚一走一格拧她就跑不了，我早孙男嫡女一大群了。他倒赞成袁家唯一当过皇帝的袁世凯，说他还有点大清子民的良心，别人都吃着皇粮反了大清，真短见。他对新中国平分土地也赞同。因为他家是小疙瘩主儿没得没失，眼见以前少田没地的穷户们都有了饭吃，心想以后省得他们老去偷俺的庄稼了。可是，成立小社大社又公社化把人惯懒了，俺家的好一会儿就知道下地挣分、想媳妇俩事，回来不做饭不喂猪。要是他娘活着还好，没了她就全累住我老头子了。

小榆林百思不解的是，俺好一会儿从小伶俐着哩，活蹦乱跳的，才叫了个好一会儿，长大了怎么就笼络不住个女人？怎么就养活不出个孩子来，非得让祖宗的香火断了不成？有些事当爹的不好意思问，不问也难免饭前饭后炒着问，你们两口子黑家睡了就不哇？好一会儿就低头耷脑地说，不不。不不？不不就娶一个散一个，都说不着？你可三十大几了。好一会儿便不耐烦地说，爹呀，娘们家的事我真弄不清，别问了。爹就耐心地教他，傻小子，女人要哄，咱不富也不算赖，我有木匠手艺能挣个零花的，再寻上喽大权你们掌，我不再权守着了。又说，人家爱吃什么就买什么，想穿什么就让她买布做去。好一会儿更不耐烦，爹，两口子亲不亲不在这个。不在这个在什么哩？有钱能使鬼推磨，咱让人家当掌柜的还不行？

这里他还说着，小子早回里间睡去了，他也就在外屋大炕上躺下了。

又一个正月里，当家子叔叔来给好一会儿说媳妇，小榆林就赶紧出去买烟。回来听叔侄俩正说着。一个问，你个软蛋也不找先生去看看？叔叔，以前不这样，后来看过不顶事，买药花钱我爹那铁公鸡样也求不着他。小榆林听了暗暗埋怨自己卡钱太死巴。屋里又说，嗨，你傻死了！是傻，哪一个都嫌我傻呀……似乎是哽噎着哭了。哦呀，说来说去还是这小子太缺心眼儿。可又听里头说，个个嫌我爹留着长辫子，说他是老封建。有一个就是嫌这非得走，说这里都是坟地里朽木棺材味，能把人熏死，要不就再盖一处要不就他搬走。这条件我能答应？宁可打光棍也不能落个娶了媳妇忘了爹的麻野鹊哇……

小榆林一听这话，那火气嘭一下子就上来了，在门外大声吼道："那不沾！孙中山厉害我都没让人铰了，这会儿想让老子铰辫子剃光头去入土，那八个办不到！"

从此连来说活头寡妇瞎子拐子瘫子的也没有了。家门不幸哦，怨我

老封建，怨俺好一会儿无能？小榆林至死都在内心纠结不已。特别是他要把木匠技术传给亲小子。曾经苦口婆心地说，我死了，你就凭这手艺也能养个干儿。好一会儿却坚决不学，说这会儿人们都心灵了，看看你的就会做桌子厨子，铁钉铁板也多了，我半老四十了还学这个，不费那傻劲，又说你教别人去吧。可不能啊，这关键招儿不外传，这是老规矩了。反正好一会儿是油盐不进，把个老榆林难住了。对于南头几个毛头小子做的家当，他一看见就骂骂咧咧，让他教教他就说谁认了我干爹就教。结果谁也不认他。他就永远地保密保到坟茔里去了，他的长辫子也自然被他带到阴间了。

　　他遗憾无限地下了阴曹，去见大清时的爹娘了。后来搞"非遗"保护，四街的人们便又想起了他，也都遗憾起来。至于榆林父子不能兴家的原因，南头的大小思想家们有了重大发现：好一会儿，好一会儿，就是只能好一会儿，长不了，别叫这名，叫好一辈儿就顺当了。

　　小子不俏爹也傻！

2016年10月16—18日晨

家乡风韵

JIAXIANGFENGYUN

家 乡 的 风

家乡的风是亲切的风,家乡的风是馨香的风。

我的家乡在冀中大平原上。春秋好天时能望见西边的太行山,很像地平线上的一条幽幽的长蛇。那时天蓝得像一匹无瑕的绸缎,宜人的小风让人舒服快乐得没法形容。

自古蓝天就离不了风,田野的千花万树更是感念风。首先是庄稼和野花盼着风来送暖也借风授粉,这早了不好晚了不成。天旱了大地盼着风吹雨来,雨大了又盼着风来吹干。冷了盼着风早点去休班,热了就又呼风唤雨,要不就呼沓呼沓把扇摇。后来就开电扇,再后来就开美的或格力。

风就是命。可人们又常常忽视它,它也早就习惯了人们漠然的神情。一旦它发起威风来就又很让人害怕。记得那年二月二,我们一群小伙伴去村南拾豆茬根,忽然发现一个顶天立地的大旋风正从西边慢慢游来,一霎时天昏地暗。一个见过这旋风的小哥就喊:这是黑死黄风,跑哇!我们就往村边跑。小哥还边跑边说,这风里有妖怪,能把好看媳妇和胖小子卷走……我们就跑得更快了。后来才知道这就是龙卷风。要说今天生态破坏气候反常,可是我一直再没见过那么大的龙卷风。大风小风,都属于天风,比人类早亿万万年。

说来国有国风,县有县风,乡有乡风,村有村风,家有家风。这自古就有。现在能见到的最最古老的风便是《国风》。但那时的国风主要指乡风民俗。现在说国风,更重要的是指国家民族的精神、性格与风尚,内涵又丰富多了。

我们是冀中平原上并不大的大石家庄,村风就是善良守信、勤俭耐劳、爱国孝亲。再具体到我们袁家东西两门,族风就是仁义诚信、勤俭敬业、

爱国行孝。袁家儿郎做生意受捉挨坑的多，在当今市场经济的战国时代因为恪守诚信便一再吃亏，而几百个进城打工的人们却普遍口碑良好，在外当兵任教为政的数十人也普遍敬业。有人总结说，晋州人是属木性的，扎下根就不要来回挪，树挪死、人挪活，这谚语不适宜他们。这是说，晋州人的脾性是爱岗喜稳，不羡慕来回迁徙的候鸟。我们村的人何不如此？一代代在忠孝难以两全的矛盾中总以国事为先，也不废养老孝亲之伦。不肖不贤、懒散蹭滑之辈固然难以绝迹，但他们却是大受谴责的对象，常如老鼠过街。

相反，袁家丰收老太太则是全村全乡都艳羡的。我娘寿至九十三，胖小娘高寿九十七，刚去世的如言嫂子九十五。特别是大堆家那个大媳已经一百零四了，是全村全乡之最，也是晋州和石家庄的长寿明星。男人也有寿达九十以上者，如茂起他爹活到九十三、红元他爹活到九十一、小志他爹又到九十二等等。这些世纪老人的康健，除了自身因素便是家庭慈孝和睦环境的作用了。

若说我家乡人的爱国精神，有日寇"五一大扫荡"时被活活烧死的同有他爹等死也不泄密的五条硬汉，还有在战场上和地下工作中牺牲的大货二货的爹等人。我们村列入《晋县志》烈士名单的就有18位。村中张老功、张大明、袁起家、周老召等第一批地下党人，都是披着脑袋组织群众抗日护村，还有在朝鲜战场上被大炮震聋耳朵的袁庆文、纪盛奎等等。他们身上体现着我们村的民性民气，体现着他们的家风家教，体现着不屈不挠的爱国风。

风啊风，世上万物皆在风中。由此又想起唐朝宰相李峤，他是赞皇县人，留下的诗文中就有一首《风》："解落三秋叶，能开二月花，过江千尺浪，入竹万竿斜。"这是说自然风会在深秋扫落叶、春催百花开，吹过江面时能掀起巨浪，进入婷婷竹林又能吹得棵棵都摇晃，以极言风的力量。这不正是先贤所做的哲意象征吗？

我们要顺风乘风驭风沐风，不可顶风逆风戗风挡风。另一方面说，也必须区分善风良风清风正风、污风浊风歪风妖风。还要学习古今贤良们善于选风育风导风向、传风带风兴新风。

风呵,我家乡的风是金贵的风,是令人珍惜的风,是与时俱进的中国风!

2016年9月5—6日

家乡的云

有风就有云,正所谓风云际会也。

我们家乡的云是蓝天白云,是银河东边的仙子织女巧手织出的奇幻锦绣,是朝霞姐姐和晚霞妹妹用神剪铰出来的天庭窗花。

我们一群放了暑假的孩子是最喜欢仰头看云的。从春末到秋后天上的云彩最活泼,巧云奇景也最吸引人。这天太阳升到一竿子高,我们背上草筐就出发了,一路上说说笑笑,打打闹闹。路边锄地的大人们说,你们哪,活像一群叽叽喳喳的小野鹊,多割点草,别光疯玩!又一个大声吃喝,光打闹,别踩了庄稼!我们支应着,仍然吵吵着来到一棵老柳树下,这儿竟有一片好草。大家马上放下筐子抄起了镰刀,跃跃欲试。

可是邻家大哥说,着什么急呀,黑家下了雨,这会儿露水还大,咱在凉儿里歇歇。他说着往白沙地上一仰,用镰把指着天空惊奇地喊:"你们看,这像个什么?"我们就一齐朝天上望去——呀!这像个大白狗!不,这像个大白猫!不,这是个大尾巴狼!不对,这就是一头狮子……我们七嘴八舌地嚷成了一团,于是让小哥哥裁判。不料大哥哥说,什么都不是,要不你们再看看!可不,那大块白云在变,一会儿不像什么了。不过又一块云彩飘来了,大家的兴趣马上转了过来,自然又是一番叽吵。我看像个水茄子!我看像个黄瓜!我看像个柳叶!我看呀,就是个歪巴子正尿歪尿……

这一说不要紧,一个小鸡鸡长得歪的就叫歪巴儿。不过父母又怕孩子以后不好寻媳妇,就起了学名。学名一时没人叫,叫他小名他也答应。今天不知怎么了,他竟然一听恼了。正好有个不看眉眼高低的又指着天上大声喊:"歪巴儿,你上天去尿歪尿,不嫌臊!"这一喊小歪巴儿就哇啦一声哭了。有的还要笑他，没到过年你别洗蜡碗呀！小哥哥到底懂事多，马上说别闹了，又过去哄歪巴儿："啼乎啼乎又笑了，买了个麻糖又要了……"他还抹眼泪，小哥就再冲天上大声喊："都看——歪巴儿长直了，尿正了！"大伙儿便一齐喊："长直了！"这一喊歪巴儿也扑哧一声笑起来，大伙儿就又批评他太不吃闹。

我们又看见天空飘来更多更好看的云，一片像躺着的大杨树，一片像连着的棉花垛，实际上这叫炮台云。一会儿又来一个长条，有的说不像蛇倒像蚯蚓，唯有小傻有了新发现：这是个仙女！嗷——大家一听再一瞅，还真像个裙袖飘然的飞天女！不过马上就招来一片责问和嘲笑：傻子，你才十二就想媳妇儿了？又说刚才他是怕娶不上媳妇，你更是个媳妇儿迷……

哎哟！快晌午了，咱割草吧！我们便赛跑似的向那片碧绿冲去。

人啊，看云的时机年年有，云就是最古老而又最有创意的漫天动画，就是给人赏心悦目的过天图。但人入城市，看低不看高、看近不看远，即使偶尔抬头望云也是慌慌张张的。若论情趣，还是吾乡吾土的童年望云好。

2016年9月6—7日

家乡的月亮

杜甫曾经说:"露从今夜白,月是故乡明。"李白则说:"举头望明月,低头思故乡。"古来思乡的诗词歌赋何止万千,而且甚多的是如诗圣诗仙那样遥遥地寄情于明月。我们现代人思亲怀乡也都常借助于月亮。幽明的无言的月亮,是最最古老又最最便捷无偿的人间情思寄托处。更应当说,月亮是天设地造的祖传的人性化的特特大号的卫星——能让人类同尊同爱,共享共通。

故乡老辈子就把月夜和月亮叫作月亮地儿,也早就产生了明月几时有的疑问和畅想。我儿时,一次住在西头姥姥家,晚饭就着月亮地儿吃。姥姥指着东边的月亮说,天上的日头月亮是兄妹俩,原先日头是哥哥,月亮是妹妹。妹妹长得丑,嫌人们笑话就和哥哥换了换。这样妹妹便早晨出来,谁抬头一看,她就拿针扎谁的眼。哥哥改到天黑出来,他天生是个漂亮小伙儿不怕看,人们越看他就越使劲放明光。

还记得,有一年八月十五是在南头家中过的。天没黑就盼星星盼月亮,月亮出来就明快了,还能好好望望明月哥哥,特别是能吃上月饼。可是月亮总是不露面,小妹妹睡着了,我也困得眼皮打架。娘就哄我们讲,月亮上原先没有人,后来才上去了个好看媳妇。本来她男人把她当佛佛供着,她还想长生不老。男人就去老远老远的山里找仙人,求回来两个不死药丸,说是他俩各吃一个就都死不了了。这事给一个横行霸道的家伙知道了,他就趁这男人去打猎去抢不死丸。那媳妇打不过这坏蛋,就一下子把俩药丸全吞了。谁知道,她刚吃下去身子就往上飘,把她吓得又喊又哭,可谁也没法拉住她。这个美人就飞呀飞呀,飞到了月亮上,再也没法下来,一对好夫妻就天上地下两分离了。

讲到这里,见东天上明亮了,我也精神起来,盼着月媳妇快出来。

这时就把姥姥的故事说给娘。娘听了笑笑，不以为然地说，这我早听过，那是一种说法。我说的才是真的，你看月亮每个月都大二小三地出来，那真是想她男人瞅她男人哩。我一想也就是，月亮脾气柔和又好心地给人照明，像是个女的。

后来研究神话传说方知晓，这些都是人们想象出来的。不过娘的讲法在古书中早有记载，比较有根有巴的。记得那天，娘先给月亮上了供，摆的是月饼、鸭梨和青红枣，烧了三支香，我随着她磕了头。这时弟弟他们早都睡着了。娘给我一个月饼，又拿去切成四半，说那几块替我省着。我接过这一小块月饼欣赏着，使劲闻它的香味儿。娘催我吃啊吃啊，我才吝啬地轻轻地咬了一小点儿，然后慢慢地慢慢地嚼，细细地体味那白面、白糖和花生、核桃仁、果脯们在舌尖上的感觉，第二口就舍不得咬了：月饼这么香甜，月亮上的仙女你下来吧，一起品尝人间的美食吧。我凝望着半空的圆月，她还是安然而神秘地似笑非笑地高高在上，也像是无动于衷又似乎在善意地说：你们生产队一人分给一个，比我在天上还寒苦……那是我儿时在举杯邀明月，也似把酒问青天了。是心邀意邀，因为我们那里祭月不上酒。

这是我记事以来印象最深的一次祭月拜月，那种感觉至今储存在我的身心中。月光如水，万物朦胧，一切都变得是又不是。有的组成了新的图景，有的变成了另一种东西，什么都有了几分奇幻。平时，这正是我们上街疯耍得好时候。我的爹娘却总要趁着月色干这干那。爹还说，省了油，日头是天火，月亮是天灯。月亮是天灯，现在被电力取代了，照明方便了，而发电造成的生态麻烦也太可怕了。所以城里的月亮总是暗淡无光、没精打采的像个黄脸婆，不由自主地尴尬地巡行着，出不出来都无人理会。我可怜她的孤独。

而家乡的明月依然亮得如天上镶牢了的硕大水晶，照得大地一片银白。今天仍然有更多的人说月是故乡明。这千古名言与明断是足以让月宫嫦娥喜欢得落泪，也让游子们多生几分乡愁的。感谢诗圣杜子美。

2016年9月7—8日

家乡的声音

我那冀中平原上的家乡名不见经传,平常得不能再平常,普通得不能再普通。据说,河北全省有村庄五万多个,我家乡数不着大也数不着小,说不上富也说不上穷。论大小,我小时1000余人,现在长到2400多口,这在冀中地区很多见。论贫富,这滹沱河故道的沙窝窝不肯让谁家发大财。论功名与为政,清朝时有过总兵王国宗、袁家四举人,新中国成立后只有过考入清华的我们西门的袁春堂。总之,家乡在万千村落中属于无名之辈,默默无闻久矣。但这儿是我的出生地,是孕育我生我养我的襁褓热土。她有她作为母体的可亲可爱的理由,她有她绵延的血脉和气韵,特别是她有她不够强壮却属于自己的气息和声音。

村里不曾立集市也没有庙会照样人来车往,从朝阳将出到日头落山是活泼的。农家的奔忙与嬉笑,小学校的琅琅书声,偶尔大喇叭里吆喝猪狗鸡猫或招徕人们快来买的高调门,或不知何时村干部想起什么来喊一阵子,但比城中街巷还是冷清了许多。这儿车辆虽然多还是少。以前过大年的鞭炮声也小了,闹元宵的狮子、锣鼓和霸王鞭不见了。村中最最热闹的年头是半个世纪前的"文革"之初,曾经口号连天,半夜鸡叫了还开批斗会或社员大会,天不亮就又广播、敲钟学大寨。没多久,村里就像一个石子落入水中卜咚一下马上没音了,似乎什么也没有发生。安宁、恬静是家乡固执的传统金科玉律与天生本性。

好多声音是于无声处听惊雷。刘家科曾经听雪,牛兰学曾经听花开,张华北喜欢听水虫的爬行,还有多少人专注庄稼拔节。可贵的是他们听到了细微,听出了韵致,道出了此处无声胜有声,彰显了无中之有,微中之真。家乡的子夜,文雅地说就是万籁无声我难以忘怀的是，从我上初中后，不住校时夜间看书睡得晚或者半夜醒来，正是鸡不叫狗不咬的时候，就常常听到一种沉重的声音遥遥地传来，呜——呜——呜——幽幽地，从容地，分贝极低地，在我耳畔响着。像晋楚之地吹奏古埙，也近似南方的洞箫或葫芦丝。但这声音比男低音还低八度，每一声大约四五秒长，两声之间大约相隔十来秒。我稍一动弹有点小声音，这呜呜声便听不见了。心中猜测这是从村南野地里发出来的，又觉得像从村西发出来的，还以为是从老井中传出来的……于是我便有些害怕，觉得这一定是什么鬼魅在作怪，在叫人的魂。

一个星期天，我们往田间走着说起此事。有的说没听到过，有的说也听见过，都说这一定不是好声音。我心里更有些发毛，但愿再也听不到这瘆人的声音。为了查清这声源，后来几个人还特意去看过几口井和几座老坟，也没有发现什么。似乎好久了，茂起突然想起半夜怪音的事就问他爹。他爹说，这不是鬼儿叫，传说是一种特殊的大尾巴扇，尾巴长，身子笨，算个鸟又不会飞。它半夜里叫，声音很粗很闷不好听。可老年的讲，这是叫年景的。它叫就会有好收成，不叫就可能闹荒年。那么它藏在哪儿偷偷叫的？他爹摇摇头说，还没听谁说见过这玩意儿，不知它到底藏在哪儿呜呜。

家乡平常而又神秘，很多奇怪的现象可能是千古之谜。这种笨鸟是不是和凤凰一样又是世人造出来的，还没闹清。但我以为，深夜的呜呜就是家乡的大地之声。海有海鸟叫，那便是大海的音符。山喜鹊喳喳喳，便属于大山的欢笑。这夜半呜呜，就是家乡自然存在的无形天籁。

家乡的人气还是第一紧要的。我们在下地拾柴割草或上学看戏看电影去，就有意识地高声喧哗，互相捉乎嬉闹，或喊破嗓子般地唱几句戏文，或一起高唱流行的电影插曲。一个夏夜，又去东里庄看电影。我们东小街的一群半大小子刚拐到十字街，就开始咧咧《上甘岭》插曲。都没有嘹亮的女声金嗓子却有战斗英雄的气派："一条大河波浪宽，风吹稻花香两岸……"西头东头几帮子男男女女也同路而往，一听我们唱得不着

调就很烦:"南头的愣头青们,刚过了瓜菜代、低指标,你们就撑得不知道姓袁了。"还有一个更损:"小叫驴们,别呃啊呃啊叫唤了!"我们一听也就上了火:"俺就唱,谁听谁才是驴哩!"于是我们就且战且跑且唱,先去占了得看的好位置,把一只鞋脱下一坐。这回看的是新片《打击侵略者》,歌词还记不住,回来时就学剧中角色的口气,还互相提示和纠正。

回到十字街南拐就是小东街,同起他们哥儿五个来了仨,唱劲小了,我独个往南胡同一拐,就一面跑一面大声唱:"地道战,地道战,唤起人民千千万……"还没推开街门就喊娘,上了门闩又赶紧往屋里跑。娘还在灯下做活儿,见我猛然推门就说:"你跑得咚咚咚,唱得挺响,一听就是你,我的孩子我知道。"这真是知儿莫过母!

我的声音,我的声音。对,家乡早就有我的声音,有祖祖辈辈的声音。这里的街道、房舍、田畴、花草树木,储存着回荡着多少代人的声音和气息。因为家乡本是一个气场、生命场。

家乡的梨园

我们村西南有大片的梨园,人们叫它梨树地或梨树趟。老滹沱河故道上的流沙地里不长庄稼长梨树,结出的梨果水气大又甘甜,色气也黄澄澄的。这里种桃栽杏也成。村东村北的地发黏适合种庄稼,栽了梨树结的梨发酸。什么水土长什么苗,一方水土养一方人,这半点不假。

我们村的梨树是大有来头的。都说这是天上王母娘娘得知人间闹呵喽喘的挺多,就在三月三蟠桃会上拿起一个桃核,吹了口法气扔了下来。这核儿有了仙气,在天空转了个圈,看中这滹沱河故道上的马家滩沙窝子了,啪嚓落下来就酿芽,见风就长,一会儿就长成一棵高大的梨树,又开花结果。但梨儿太小,跟老太太做衣裳绾的小布扣差不多。人们发现平地冒出一棵参天大树都很奇怪,来了个胆大的汉们就爬上去摘果儿吃,不料这东西又麻又涩便马上吐了,观看的人们也便纷纷离去。因为它从土里冒出来个头又高,那勇士便用一个土一个木凑到一起叫它杜树,那小涩果便叫它杜梨,谐音就是都离、都不理,长熟掉下来才能捡着吃,也是都理。天上太白金星发现了,就让这大树多酿小苗,又给这大汉们托梦,让他刨了树苗四下里去栽,告诉他小杜梨秋后摘下捂一捂就能吃。这样杜树才在沙窝里长多了。有的果儿结得大些,人们就捡果儿最大的去栽,还把大果芽往小杜树上去接,和枣树等长甜果的树木接,杜梨树就结出几种大甜果来。马家滩就是天下梨树的发源地。乡亲们都为此自豪着,我也为家乡有这个传说多了一层钟爱之心。

我小时就吃父亲从这里背回来的棠棠梨、面梨、油秋梨,也在秋冬拾柴时捡熟落的小杜梨。棠棠梨、面梨还有冻梨都和杜梨一个德行,长得皱巴巴的,褐青褐青的,一拿硬邦邦的,很不可爱,非得捂它半月

家乡风韵

二十天的才变得脸蛋褐红，一吃又面又甜。上学去就抓两把兜上边走边吃，或者下了学饭没做熟先去嚼它几个，既解饥也解渴。油秋梨比棠棠梨个大长相也不强，但它长熟就能吃，水气也大些。论个头，从小到大排排队，是杜梨、棠棠梨、面梨、油秋梨、冻梨。冻梨也是红不红黑不黑的面皮不佳，大人们都说它硬堞捌的，傻乎乎的，谢梨时就对它连揪带打毫不怜惜，像是后娘打孩子，与对待棠棠梨面梨是同一个规格。它挨杆子钩子挨摔惯了就很皮迟、能忍受，被打破脑袋不流血不啦啦水，疼得满地打滚也不啼哭不叫唤，不说草鸡话，被卸到哪里扔到哪里都一声不吭。它知道自己从祖宗那时就不受人戴见，却为了传承根苗沉默至今。冻梨冻梨，它还不怕天寒地冻，养成了抗寒的品性，在冰冷中转变自己，悄悄将涩硬化成甜甜的糖浆，最终甜活了嫌它丑的人们，又被称为梨罐儿。一次我发烧闹嗓子，娘就说，去，西屋闲炕上扔着那么些梨罐儿，拿个软了的慢慢吸溜喽。我便去挑了一个，一拿真像过年杀猪时取出的水凌子泡，在手上直忽悠。它的皮却是黑褐的仍然不俊，还冰凉冰凉的。咬开一个小口一吸，哈，那种冰甜是少见的，里头还有小颗粒要嚼一嚼。慢慢往下一咽，让全身都一激灵，嗓子眼儿里冒火似的又难受又舒服。娘说这叫冻甜，最败火治嗓子了。果然一会儿嗓子就疼劲小了，脑袋、鼻子也清亮起来，一晌吸溜一个，又捂了一回被子，三个就好了。从此我就敬重这梨罐儿，爱吃这种天然良药，又省事又省钱又不苦。都说良药苦口利于病，忠言逆耳益于行。梨罐儿却告诉我这不完全对，甜苦都能治病，当然要对症下药了。面梨也是去火清肺的。不知为什么，可能是为了长得多卖钱多吧，在我出门求学时把大小梨园清理阶级队伍一般，只剩下属于晚辈的鸭梨雪梨两种。杜梨树这个母亲树也不让它占地儿了，它们产量低不能出口就有罪该万死了。梨氏家族，包括我的恩公冻梨后来常被西药片取代，它的儿孙可能在西边太行山中才得以偏安吧。

鸭梨雪梨是幸运儿，它们也确实为家乡致富立下了赫赫功勋。先是以天津鸭梨、天津雪梨的名义出口亚欧，后来又以河北和唐代名相魏徵的品牌打向江南及五大洲，把1400年前魏征做过的梨膏糖也试验恢复起来了。

说来鸭梨原本叫鸭子梨，它一反老杜梨面梨的粗糙与丑陋，光滑金黄，香气十足，水气更足，很是馋人。咬一口汁水就往下啦啦，很是解渴。个儿也大到两三个一斤，这便惹得人见人爱了。但它不再那么圆了，水分坠得它上小下大，垂垂如下落中的雨滴，如瓢葫芦、秤砣，歪把儿也近似鸭子长脖，就被叫成鸭子梨了。样子也若弥勒佛只是不笑。后来出口箱子上印着"天津鸭梨"字样，乡亲们才顺应地简化成鸭梨的。

而雪梨，原叫相牙梨或写相鸭梨、象牙梨吧。赵县人也说它是王母娘娘扔下的仙种。这种梨更是黄澄澄的，皮比鸭梨稍厚，身上光滑度也差些，但它个子大，半斤一个是平常，一个八两一斤也不稀罕。个儿太大了装箱时常被剔下，只能零卖或留着自己享用去。一个雪梨能让满屋昼夜飘香。它没有鸭梨的肉细腻，却含糖量高，一吃浓甜浓甜的，掉一滴汁很黏糊，差点能拉丝儿一般。它个也高，中间大上下小，近似上下拉长了的六边形，在果品中是少见的造型，也有的像个站着的胖娃娃。记得一个大伯说，我有个治咳嗽喘的偏方你记住，拿个象牙梨切开去了核放上川贝母，再搞点儿绵白糖，合上包好放锅里慢慢咕嘟半个时辰，连汤带梨都吃下，一天一个，一般一集就见轻，重的十天见效。我一直记着还告诉过别人，也从一小本书中看到过类似说明。

最为招蜂引蝶的梨园景致是梨花盛开之时，那是天赐神赠的香雪海，周边引出了多少个梨花节。我们村没办过梨花节，却有习惯的清明上坟图，因为坟茔多在梨林里，这是不买门票的逍遥游。落英缤纷时，白茫茫铺似银毯，不见黛玉荷锄来葬，而疏花人的双手比春风的剪刀又快多了，有时还要疏果，对她们是宁少不肯多，宁大不贪小。

2016年9月17—18日

家乡的酒

记得一首歌里唱道:"走哇走,那里没有烈酒……走哇走,家中才有烈酒……"那粗犷的男中音,那游子思乡的忧郁和返乡路上的急切心声,每每都引发我满腹的乡愁,也勾起我对家乡酒风的回忆。

我那冀中平川上的家乡够不上酒乡,至多算个好酒之乡。因为我们村里没人会酿酒,相邻的村庄也没有支烧锅的传统,饮酒闹酒倒是相沿成习。我在老家喝的是晋县烧酒,便是家乡的酒了。记事时,好像那酒是父亲背上黑釉大酒壶,去二里外东里庄酒铺里打回来的。那是漫长的散酒时代之末了,即使有一斤半斤的小瓶也是瓷的,见到酒装玻璃瓶已经开始了"大跃进",一般人家是舍不得买的。我家的老酒壶大肚子小口长脖子,造型和某些古代出土文物相似,叫它壶也是一种老式的瓶,那几何流线形状很受看。

后来去东里庄赶年集,见到了路北老酒铺里那个大酒缸,缸口也向上收小了好盖住,盖它的不是木板而是软软的粮袋子,却堵不住酒香悄悄地飘出来。有人来打酒,大胖老头就伸手把它掇开,用长脖子酒提往缸里一摁再一提,将酒往人家的酒碗或酒壶里轻轻慢慢地一倒。爹是头年里才打一回酒,也从不在铺子里或坐或站地喝,背上酒壶就往回走,累了渴了也不肯啜一口,到家把壶往西里间墙角财神坁台下一放,更舍不得喝。他当不了财主也学不成孔乙己,都像他这样酒铺大胖子还不饿死?但父亲总是愤愤地说,上集就吃喝的,都不是过日子的好庄稼主儿。还说,你看你乐乎爷真乐乎,把酒当饭吃,见酒走不动,集集喝,集集醉,这辈子喝了三缸六瓮的了,正南八北的酒桶一个,要不他就打光棍儿!

我第一次尝酒是上了小学之后的正月里,发小们聚在一家院里玩玻璃球,上房大人们在吆五喝六地热闹着。突然有人喊我们进去。进去了就得一人喝一盅,我们都说不会喝。一个半醉子下命令:不喝也得喝!袁家小子哪有不喝酒的?不会喝酒没资格娶媳妇,也不让你们上家谱!他说得如此严重,我们就轮着喝。到我这了不喝不沾,便端起盅子抿了一小口,好辣呀!头盅辣,二盅香!接着有只大手伸来一打,整盅酒就全倒进我嘴里了。我被呛得咳嗽起来,他们却哈哈大笑。我便趁机逃去,伙伴们也一哄而出,都红着脸说这叔叔太嘎了。后来这叔叔告诉我们,那回喝的是有名的老白干,你们没口福,一盅就吓跑了。再后来才从袁然在墙上画的漫画上知道,那老白干是67度!这是我饮酒生涯一开始就被打的下马威。到了家,爹娘还好一顿训。

过了几年,一个大年三十,娘让我到西头姥姥家去过年。五队队长双亭找我们几个半不桩子去队上守夜防火,一宿给两个工,就是二十分。爹正愁家里嘴多粮食少,就高兴地说去吧去吧,发现放炮引着了柴草就喊人,我在牲口圈那边能听见,要不就去敲钟。于是我就抱上个被子去了,庆造他们几个也来了。队长早给屋里铺了干草,点上了保险灯,就是马灯、风雨灯。又端来两大海碗酒、一碗肉杂,说这屋的炉子灭早了。你们吃着喝着暖和暖和,可别误事,分两班出去转着。

这一夜,我们就在四面八方的鞭炮声中吃喝起来,把防火的重要任务忘了个一干二净,酒和肉也闹了个一干二净,先后倒头睡去。等我醒来时,大年初一的太阳真照着屁股了,炮声还在稀稀落落地响着。见庆造哕得到处都是,他的新棉袄上也沾着他吐的烂肉丝丝儿,喊也喊不醒,踹了他两脚他才惊恐地睁开了眼睛。他醉得最重最出洋相了。而我们都觉得头晕头疼,一个说这酒是山药干的,不是老白干。大家就大喊上当上当,队长肯定不喝这破玩意儿。这便是我第二回沾酒、头一回醉,难受了三天。不过我这个属鸡的,也是记吃不记打的货,肚里像生了馋虫儿,酒还真的喝起来,成为新的酒桌生力军。

喝酒是要讲规矩的,划拳成为我们这帮半不桩子的一门新课。好奇

家乡风韵

的爱喝的就向大人们讨教，有时在街上，有时在田头树凉里，但谁也不会在家中。家长们普遍反对小孩学喝酒，我爹娘和姐姐们更是坚定的反对派。我们弟兄都能唱但都不太爱喝，对呜儿巴喊地猜拳行令也没有兴趣，内心还嫌吵得慌，这倒让爹娘很放心。村里人把划拳称作叫梅、叫拳，这梅也可以用媒人、媒体的媒吧，因为抡胳膊行酒令便是推行酒水的媒介和方式。我这里暂且用梅花的梅，似乎更有字面上的美感。叫梅也是村人们对喝酒的代称。你去干什么呀？去叫梅去。大人小孩都知道是什么意思。这一带叫梅都先叫哥俩好、两好嘞，然后才猜着对方的心思斗智。有的好一开始先叫五魁首。交战进行中，我听见有的大喊一声七巧，却只伸出三个指头，越听越看越觉得眼花缭乱。后来有人告诉我，喊七巧伸三个，对方伸四个正好是七，喊七的就赢，对方就输了，输了就得喝酒。哦，那是心口不一的迷惑战。这很需要费些心机，我可干不了，要叫起来会一输到底醉如泥的。有时观阵也会不由得替哪一方紧张，与红着脸暴着青筋吵架似的叔叔哥哥们同样裹挟在酒席间的惊惊乍乍中。那场面那气氛，在过年和红白喜事上是屡见不鲜的，如今拉开了岁月的距离却产生了浓浓的美感。生活是需要发酵消化甚至要糖化醋化酱油化，才产生其色香味的。

　　我喝酒是从来没有叫过梅的哑巴喝。但后来在酒桌上猜火柴棍、数七，斗虎虫棒和锤子剪子布之类倒是玩过不少。有一天黑家，在我新北屋里摆下酒场，酒过三巡大伙选我当酒官。我便提议猜火柴，大家都说这很文明。我就按在场的九个人弄了九根火柴，但攥起来让他们猜的不一定是九根，因为有人不动脑子好猜两头进展太快。还规定伸左拳右转弯，出右拳左转弯。谁猜对了我就喝一杯，把桩主让给谁。如果都猜不对，我就背过手去换换数，举出一个拳头来进行下一轮。

　　到半夜，我竟然连做了九次桩还一杯没动，大辈小辈们就不干了，说奖励你仨，逼我喝下，还喊你滴一滴罚三杯。不料最后一盅没喝净，倒过来竟然滴答下三点来。大伙可逮住报复的机会了，一齐起了哄。我就说,你俩回回逃脱也得同端同喝。那俩不肯陪我干九个,就大喊冤枉,也说俺没这大福气。最后还是大辈子发话打圆盘,让我先喝六个,他俩喝仨,最后人人都端。于是我看看这三盅一两的大白盅子真发了怵,我是慢喝家,不能太猛。但大家众目睽睽,眼珠子贼亮贼亮的,嬉皮笑脸地都等着我的好看哩。又一想在我家我怕什么,喝!便往起一站,英雄无悔地一盅一盅干起来。大家还赞美着:看人家端酒的好架势,就是念书有文化的来派儿!我说,咱不吃醋也不吃酱,六个的任务完成了!万没料到,旁边一位抢过我的盅子说慢着慢着,接着一举一倒,大家一看哗然了:哈哈,又掉三点,再来九个!你真有口福哇……我一见脑袋嗡一下子蒙了,二九一十八个连着干可够我受的,不喝又知道逃不了,就提出他俩先把那仨端了我再喝,两眼就向大辈求救。大辈就说,别吵了,你俩先把仨酒端喽,再全体都端起,他那九个还敢不喝?那俩早馋了便利索地喝下,大伙也都齐端了。我便快捷地把身边那位的盅子举起来一倒。雪亮的眼睛们,都睁大了看着,掉了一点,两点,三点,四点!三四一十二,问题更严重!他一看就说,那你是打击报复贫下中农!大伙一听都笑起来,上纲上线了。大家七嘴八舌地催掉四点的喝,他却冲我嚷嚷:你是臭老九,贩卖封资修!我就说,我比你节约了一点哪!你掉四点,浪费可耻……屋里吵成了一锅粥。

这时,门开了,在外间炕上睡的娘实在睡不下去了,就进来说:鸡叫了,赶明儿黑家再接着吧。大家就说,对不起奶奶了,咱同端同喝起,祝她老人家健康长寿吧!我真感谢娘及时出场救驾,要不我还得撅九个的。

可是第二天黑家人们没来,我从此也再没在家中摆过酒场子。酒场无英雄,也只有喝到七八成了才英勇起来。好喝酒的豪爽的老家人也是如此。

2016年9月20—21日

家乡味儿

家乡味儿,这是城里人常说的一句话。

什么是家乡味儿,却各有各的理解。我以为,家乡味儿既指老家的气息又指这儿的各种味道,既指有形有色的乡间物也指文化的精神的东西。

老家的气味,一般说来就是泥土味、青草味、庄稼味,还有牛马棚里猪圈里的大粪味。其实,这里一开春就会有柳青味杨絮味,清明时会有百草万花香,夏收时有新麦与杏桃瓜果香,秋天里又有黄谷玉米红枣金梨苹果争相散发的诱人气息。一年四季酸甜苦辣,那是老祖宗就熟识了的多型香气与多样的口感,那都是粪土熏化养育出来的农家百味。入冬之后又会产生出干草味、枯柴味,风干味、雪融味。这都是不掺假不放添加剂的清纯气息。乡亲们身上有泥土味、汗酸味,还有大烟叶子味。青壮汉们也常带些酒气,酒气冲天,豪气干云的。

家家户户又各有自己的气味。讲卫生的婶子嫂子们平时收拾得勤,家中自然杂味少些。新屋新院新媳妇则总有一种白灰味、油漆味,有护肤的洋欧子、增白的雪花膏味——这是男孩子们讨厌的味。不少家庭主妇一生娃娃就变了样子变了味,享受一个月子便有了奶味尿褯子味。她们若无婆婆小姑就又奶孩子又做饭又急着下地,头不梳脸不洗地过着比男人更邋遢的日子。这样人们不嗤笑,有时还夸奖这是能生能干正经八百过日子的好媳妇。如果哪个媳妇擦油施粉不生不养不干活,人们就背地里议论,这可能是个不结棒的枪杆儿,也叫她甜棒。这是指不长棒的玉米,秸秆里有甜水能劈开吃。谁家的媳妇又会打扮又里外周详两不误,人们就羡慕地说,人家是让男人省心的好女人,一家子的福气。夫妻都邋遢，家中就产生腌臜气、臭脚丫子味，那是邻家隔着墙头吆喊不肯进院的味。大雨时兴时，他们就在家中不以为然地享受潮湿腐沤味。

如今也有不少人家喜欢种花，庭院里年年有几丛月季芍药蜀葵海棠西番莲美人蕉步步高死不了黄菊花狗尾巴花。有的院大，还会种上几畦茄子葫芦黄瓜北瓜冬瓜西红柿，甚至高大的望日莲，入伏又种上红白萝卜大白菜。一年三季青枝绿叶红紫黄白很惹眼，那大院小院就打扮得有些人见人爱的姑娘样了。冬天在屋内窗台上养花的也年年增加。这是一俊遮百丑，有花就袭人呢。他们可能不修边幅却又很爱空间美。

而逢年过节时，不管好过难过都得过，院里街上树尖云头上都会弥散着油味肉味枣香菜香面香糯味香。人们从一进腊月就开始了忙年，一直持续到正月十六七。父亲和东邻的急了大伯、后邻胖胖哥及大街王家伙，总是在腊八节前就把大杀猪锅盘在东小街口上，四街的都可以抬上大猪背上柴草端上盛血的瓦盆来。于是这儿便有猪的拼命挣扎和号叫，有猪的屎尿味，猪血的腥气和烫猪锅里说不上来的腌臜气。猪一生只洗一次热水澡，还得让人去侍候。特别是那大灶膛窜出来的红火苗和伴随着的青烟，烤得人们暖暖的，又在风向一转时熏得人们眼泪不止，呛得一个个咳嗽着躲到上风头去。但人们还是喜笑颜开的，把一年的惆怅与不快扔到了脑后，好像香香的肉方子已经吃上。这是家乡年味长剧的开场锣鼓，是一套乡间文化大餐的头道菜。

"糖瓜祭灶二十三，离年还有七八天"。这时家乡更是年前百家赛忙、千人竞欢的冲刺阶段。农家能造出的什么气味就全缭绕于天地间了。做豆腐的说别吃，光熏就饱了。煮肉的说，香了个半饱比吃几口还滋润。鞭炮声渐渐多起来，那种硝烟味也浓起来，大年的丰盛与隆重由这些气味显现出来。

除夕的团圆饭、辞岁酒,大年初一起五更的蜡烛香火味与元宝水饺味，成为人们与天地与祖灵相互沟通的引信。正月十五闹元宵的花灯会与玩狮子赛大鼓的社火又把年味膨胀到了一个总高潮。这时邻村的大戏不过

家乡风韵

刚刚开始，说书人也不过才润了润喉头，绵绵延延就到龙抬头的二月二了。

三月三、清明寒食，五月单五、七月七、八月十五、九月九，都是农家世世代代传下来的活动日程表，又是一个节日一个味。乡亲们苦也罢缺也罢，心头是充满欢欣与希冀的。想当年享受了土地改革的实惠又慌忙地进入大集体中的人们，继续迎着太阳走。改革开放后都说年味淡了、节味少了，却又年年不断制造新年味、创造新节俗。三十守岁看春晚，新年钟声一响就大放鞭炮，比过去起五更早了，但起五更酬天迎神可能拖到六更天将亮了。

家乡味儿，家乡味儿，谁不眷恋家乡味儿？家乡的气息和味道是混合复杂的。它总有斩不断的传统味、原始味、人性味甚至是粗野味；有含辛茹苦味、愚顽味、寒酸味、小农味、世俗味，也有诚信与豪气，良善与怜悯，爱家与忧国，承接与新创，更多的是拖不垮打不烂的浓浓人情味与融融的和睦味。

2016 年 9 月 22—25 日

爱恨交织的热土

家乡，你好！是你宽宏地养育了我的祖祖辈辈，亲昵地哺育了我和我的兄弟姐妹。

我是你的儿孙，你是母亲的母亲，我的母体之母体，是能孕育无数生命的天然胎盘。你是东方大地上的无名之辈，在县级地图上才有你一个小小圆圈。你没有恒河沙数，而有滹沱古滩。我只不过是这儿被风吹走的一粒土星儿。

你有幸坐落在偌大的中国，内心充满着自豪。你虽然小却有个不小的名字——大石家庄。但你怎能与四百万人的省城相比呀？是你让贤于石家庄，还是石家庄埋没了你？你是石家庄的大哥，石家庄也不过是你的二弟，原先的二弟小石家庄还不得不屈尊老三。

不过你自古而今不图热闹、不惊天下，不抛头露面，厮守宁静，期望平安。虽有血性，曾怀壮志，多为不成或实绩平平。我一降生身上就带着你的因子，自然亦是如此。我曾经对你无限依赖，至今照样依恋，对你无比感恩，这是离乡愈久眷爱愈炽深。

早有乡谚道：儿不嫌母丑，狗不嫌家贫。不应有恨。可我既为恋母的游子，又偏偏生出一些恨意来。

你不该安贫乐道，固守那三十亩地一头牛、老婆孩子热炕头的农家乐老经，没有让更多的儿女及早地走出去。多少走出去的也要娶个农家妻，把根留在这里。犹如郑义的中篇《老井》里的孙旺泉被拴在村里，生儿育女，接替香烟。你身上不但要出产粮棉还要出产人才，而今朝的人才是社会培养的，花盆里长不出参天大树的。大清盛世中袁家四举人就被窝着，且在乡间妄自尊大，这不是应当继承的传统。阶级论又窝毁

了多少我的同代人？眼界不开，误村也误国。

尊师重教、教子有方是个优良村风家风，所以才有袁清吉为康熙时的国学，四个儿子才皆中武举，至今美谈代代。但怎能比得上西边十里赵七子村唐代一家七进士？20世纪50年代，我们西门的袁斌一跃而入清华，其弟袁捷随之也升入大学，当时人们只是羡慕和赞美，可村间谁想到这应当大力引导，以蔚然成风？

现在你到底开放了，走出去打拼者三四百人，只是低端打工比例太高。走出去的大中学生也多了，有的是研究生，但还没有一个博士，更没有博导和院士，这里的文脉还没有发达起来。自古晋州多学士。但村中看电视看手机讨厌读书的风气已经在青少年中弥漫开来，这比"文革"中"读书无用论"的泛滥更为可怕。村中学校的求知气氛不浓，教学质量平平，因为有条件的学生去了城里，好教师也不安心或找门路走了。他们一律转成公立吃上了皇粮，却有的惦着责任田的春种秋收，有的还让学生们去帮忙。

我的家乡，你仍然是十字凤凰街，但你的容颜变了，两旁的青蓝砖房变成了道道红墙，树木也在铺油路时刨去不少。老门楼被可以开进拖拉机的大梢门取代了，大铁门的气势犹如宫门，门楣上还贴有"家和万事兴""财源旺盛"之类的漂亮瓷砖。原来的内向与朴实找不到了，找不到了，当年的景象和感觉没有了。

我的家乡，你已经被化肥、农药、复合饲料和垃圾堆污染得有些麻木了。虽然除草剂和机器能让老少爷们轻快，种田不合算也已是事实。不种又觉得不该让它去长荒草。大批壮劳力出去了，还响应号召户口迁走。大量老少病弱苦苦留守。老爹老娘们也甘心固守，不愿进城，像我娘说住高楼像进了鸽子笼憋得慌，想厮守到剩下一个时才不得不去。代沟也是无法填平，当今中国儿媳在家掌权意识一代代升高，不少老人进了城并不舒坦。儿时一家子和和美美共享天伦的景象在村中锐减，小两口新婚不久就单独一院已成新俗。不孝不顺、不供不养现象时有出现，大吵大闹也非稀奇。

古朴而优良的家风村风哦,你何时能重新吹进家乡人的心灵?他们有的只有钱心没了后心,认为人伦道德算什么?人心不古,世风日下,想钱想疯了呀。两个小伙劫一辆出租车,拙笨而残忍地杀死了司机,他们竟然是我们南头的袁家人!我从媒体上看到后羞愧至极,愤怒至极——杀人越货,丧尽天良,这是我记事以来村中从来没有的,他们的爹娘怎么养儿教子的?老祖宗啊,他们到了那边不能轻饶他们!我们几个人正修袁氏家谱,上面要勾掉他们罪恶的名字!

家乡啊家乡,咱村的大学生们也不肯学习邢燕子回乡兴农。你推出了人才又最需要人才,他们却大都一去不回头。你被这些子孙们遗弃了。村内有主无人的空心院鳞次栉比,空心村在悄悄地形成中。

这多么可怕,怕又如何?让这片古老的热土返璞归真,需要花费多少年,多少气力?孙旺泉们扎根于故地,从美丽乡村建设上说也太重要了。在中国,再城市化也离不开农业、农村和农民,要不谁都会饿死的。家乡的人啊,要能走,也能留,走出去也应该能走回来。要走的走,留的留。

这里倾诉我的爱,是爱家乡你的温馨与本色,也为你与时俱进旧貌换新颜而高兴。爱你是默默的无形的根,我和我的儿孙的根。整个中国,整个人类,都是先有农后有城。古今城里人的根脉都在农村。

可你也有顽疾与弊端,我没看你的面子而为你遮掩。原谅吧,家乡!

2016 年 9 月 25—27 日早 6 时

2016 年 10 月 19 日出样修改,26 日一稿,29 日二稿,11 月 23 日三稿

后　记

　　2003年，我曾经出过一本《西柏坡凝思》。当下这本《回不去的故乡》是我的第二个散文集。目的是趁着头脑还比较清醒把少儿时代的事情记述一下，防止连儿孙们都不知道我的故事了。这也是对生我养我的家乡的一种回报。一小部分是两三年前怀念父母的，大部分在今年秋天草草而成。两部分拼凑在一起，算作一本童年视角的乡土散文集。

　　乡忆是一种传统。20世纪的鲁迅、茅盾、沈从文等大师们都有这种写作，有的还很经典。这是五四新文学传统的重要一脉。近见《文艺报》上有徐志摩与家乡宁海的故事，写他在老家硖石村与各色人等的接触，对硖石村山水景观的依恋，而且他还以方言入诗。（见《文艺报》2016年11月16日第7版张云鹏《徐志摩的故乡情怀》）其实早在南宋时，文论家严羽就曾经在《沧浪诗话》中说："唐人好诗，多是征戍、迁谪、行旅、离别之作，往往能感动激发人意。"（中华书局1985年版，第40—41页）的确唐诗中怀乡思亲的名作名句很多。比如"露从今夜白，月是故乡明"，"何处积乡愁，天涯聚乱流"，"旅次经寒食，思乡泪湿巾"等，曾经感动过多少代人。再上溯到古老的《诗经》，思乡的歌咏已经很是惹眼。比如《击鼓》是一个军人在战争中的"不我以归，忧心有忡"，还想起了他成婚时"执子之手，与子偕老"的誓约。在《四牡》中，又有"王事靡盬，不遑将父""不遑将母"，是一位服役驾车人的忧乡思亲之歌，也包含着对王者的埋怨。还有《采薇》《出车》《杕dì杜》《沔水》等篇什，都强烈地表达了时人的思乡怀亲情绪。应当说，乡愁口头创作从2500多年前就已经常见，是我们今日乡愁文化的源头。

　　这里，我在倾诉乡愁，也在为故乡喊魂。关于乡愁是什么，周兵在

《"乡愁"文化与新型城镇化》中说:"乡愁文化就是人类社会历史发展中不断创造、积累下来的源自故乡的、令人难以忘怀的、以有形和无形为载体的物质财富与精神财富的总和"。(见《学术探索》2015年第4期)我感到他说的有道理。还说这是"回不去的乡愁"。本集定名《回不去的故乡》后才翻到周兵此文,庆幸与之相合。我们都强调了今日农村时空变化之巨大。

乡愁也便是愁乡,乡情也便是情乡。乡情也便是城情,乡愁也便是城愁。因为这大多是如我一样走出家乡热土者的复杂情怀。

西方学者马斯洛曾经论述人的需求可以分为生理、安全、爱与归属、尊重和自我实现五种。其中后三者是精神层面的,自然包括乡愁文化的需求和寻求发展的需要。(转自《民俗研究》2016年第6期刘爱华《城镇化语境下的"乡愁"安放与民俗文化保护》)歌唱乡土,表现农家乐与农家苦,吟咏农村生态的美好,是我们笔下永恒的主题。现在的思乡写作不能只是田园牧歌,也不能以城市人的优越感鄙夷农民。写乡民们走出去,也应当呼吁有一批人走回来,否则美丽乡村建设人才匮乏,城乡经济文化发展失衡。

关于散文写作,在圈子内好像它最为神圣、高尚。而文学理论家李敬泽则说,散文没有一个"难度堤坝",缺少明确的难度指标、难度界限和疆域。(见《散文选刊》2015年上半月刊第10期)的确如此,所以散文往往被人小看和轻视。那么就放弃它吗?不是的。富有创意、进行创新是文学创作的共同规律,我们遵循这个规律就可以走出窠臼,超越以前,有所开拓,有所创造,写出自己来。

我是白描式的俗事俗写,口吻也有些家乡味儿。以叙事为主,抒情为辅。写人物不英雄化,也不矮化,而是追求立体化,从而保真,也力求其活。我挚爱他们的善良天性和在困顿中的生存能力,也暗暗哀其不幸、怒其不争。家乡是有文化因子的。我力争富有地域文化感,有柏格森所说的盐基的泡沫,有不亚于城市的生活美、人性美、生命之美,却

不求唯美，实际上是美丑杂糅。那些富有幽默感的人和事没有剔除。散文中应当有喜剧味道。也想过，要雅写书卷气的美文，就可能在文字中缺少了生活的质感。

我在叙述中运用对话很多，少了些轻捷、流利，却有利于克服散文表达上的同质化，于是减少那些惯用的词语。相反在民间多见的乡俚乡称中寻取了一些，掺和在一起。如冀中甚至京津冀地区多见的"娘们""汉们""半不桩子"，相信大多数读者会懂的。而"家乡风韵"一组，又重抒情、议论，是另一种路数。几个好友建议舍去，编者却认为它们主要的还是表现了童心童趣，有必要保留，于是未动。行文中，嘱咐自己不要让人感到是在自恋自赏，怕别人说你也很小资。

书稿组成后，发给我当年的玩伴、同学袁茂起、赵邦臻，也发给文友张华北、樊更喜等挑毛病，大家的意见很中肯。李东顺、谢丙月等也在博客、微信群中发出过一些。花山文艺出版社的总编辑张采鑫对此书给予了关照，责编卢水淹为之花费了大量心血，河北彩虹印务公司精心地进行了设计。值此，我对他们表示衷心的感谢！

由于水平有限，时间仓促，差错在所难免，敬请大家指正！

作　者

2016 年 11 月 27—29 日于石家庄